영혼의 향기

이 소설에 등장하는 인물과 사건은 자유롭게 지어낸 것이다.
살아 있는 인물 혹은 이미 세상과 작별한 인물을 떠올리게 만드는
비슷함은 우연일 따름이다.

영혼의 향기

클라라 마리아 바구스 지음
김희상 옮김

DER DUFT DES LEBENS

청미

사랑하는 것보다
더 큰 행복을 느끼게 하는 일은 없다.

나의 남편과 우리의 쌍둥이 아들들에게

차례

프롤로그 9

예고편 11

봄 43

여름 111

가을 133

겨울 269

에필로그 343

프롤로그

어린 소년이 미래에 품어도 좋은 희망은 아늑한 보금자리를 찾는 현재를 살아갈 다른 과거이리라.

돌연 소년은 하늘에서 파란 새 한 마리를 발견했다. 새는 깃털 하나를 떨어뜨리며 소년을 향해 외쳤다. "잊지 마, 네 영혼에는 날개가 있어."

예고편

아비브

1

안개가 들판에 내려앉아 우리의 이야기가 시작되는 저 도시를 뒤덮기 전에, 그래서 모든 색채와 소리의 울림과 향기, 곧 모든 자연을 덮기 전에, 말하자면 인간의 영혼들을 품기 전에, 일 년 가운데 어둠이 가장 길었던 날에 아비브라는 이름의 아이가 태어났다. 아비브(Aviv)는 '봄'이라는 뜻이다. 그래서 이 아이가 나중에 커서 도시의 사람들이 영혼을 잃지 않게 막아주며, 그들에게 봄의 향기를 되돌려주는 일을 맡게 되는 것은 놀라운 이야기가 아니다.

기묘한 사건들이 끊이지 않고 일어나는 이 도시는 겉으로는 여느 다른 도시와 별로 다를 바가 없어 보였다. 그래서 사람들은 이 도시가 세상의 다른 도시들과 다른 점을 알아보려면 약간 시간을 필요로 했다. 하긴 해가 갈수록 꽃이, 향기가, 새의 날갯짓이 줄어들며, 꽃을 피우는 나무가, 색채가, 멜로디가 보기 힘들어지는 도시를 어떻게 묘사해야 좋을까? 도시는 죽어가고 있었다. 그리고 오로지 몇몇 사람만 매시간, 매일, 매달 슬그머니 찾아드는 변화를 알아볼 뿐이다. 이 도시는 예감이 사라진 곳이다.

12월 21일 밤 정확히 자정에 헬레네는 피부가 매끄럽고 보들보들하며 마치 홍매화처럼 발그스름한 낯빛을 가진 아들을 낳았다. 갓 태어난 생명의 달콤하고 부드러운 향기에 감싸인 아기의 두 눈은 장미 석영*을 깎아 만든 듯한 얼굴에서 보석처럼 반짝였다. 첫 울음소리는 어찌나 은근하고 조용한지 새의 노랫소리 같았다.

헬레네는 마치 아기의 탄생 시점을 자연과 합의라도 본 것 같았다. 자연도 아주 조용한 가운데 마지막 겨울 꽃들을 활짝 피웠기 때문이다. 꽃들은 아비브처럼 신비를 간직했다.

산파인 젤마는 이 가족을 거의 알지 못했다. 그녀가 아비브의 뿌리를 두고 들은 유일한 이야기는 아빠가 이미 이 세상 사람이 아니라는 것이었다. 사람들은 아기가 생기고 나서 얼마 안 있다가 아빠가 죽었다고 수군거렸다. 그러나 젤마는 그동안 헬레네의 사정을 충분히 알게 되어 그런 이야기를 믿지 않았다.

조심스럽게 젤마는 아기의 작은 몸을 부드러운 천으로 감싸 헬레네의 배 위에 올려놓았다. 이 순간이야말로 헬레네 인생의 가장 아름다운 절정이었다. 그러나 안타깝게도 이 순간은 고작 몇 호흡 정도만 지속되었다. 헬레네가 누운 침대의 하얀 시트가 갑자기 피로 물들기 시작했기 때문이다. 출혈이 너무 심해서 불과 몇 분 만에 아마포를 검붉게 물들였다. 떨리는 손으로 젤마

---

* 붉은색이나 엷은 붉은색을 띠는 석영.

는 심한 출혈의 원인을 찾아 피를 멈추려 했으나 허사였다.

젤마의 이마에 땀방울이 송골송골 맺혔다. 어떻게 해도 헬레네의 몸에서 피가 멈추지 않고 흘러나왔다. 젤마는 아비브의 뺨을 엄마의 뺨에 대고 손으로 헬레네의 배를 어루만졌다. 아무런 도움이 되지 않는다. 헬레네는 너무 많은 피를 흘린 나머지 갈수록 약해졌다.

어떻게 이런 일이 일어날 수 있을까? 젤마는 어찌할 바를 몰라 현기증이 날 정도였다. 침대 모서리에 걸터앉은 젤마는 헬레네의 미지근한 피가 자신의 앞치마를 흠뻑 물들였음을 알아차렸다. 그녀의 손은 지칠 줄 모르고 헬레네의 배를 쓰다듬었다. 아무 소용이 없다. 이렇게 피를 흘리다가는 목숨을 잃고 말리라.

자신이 최후를 맞으리라는 것이 분명해지자 헬레네는 종이 한장과 펜을 가져다 달라고 했다. 헬레네는 갓 태어난 아들에게 아무 메시지도 남기지 않은 채 떠나고 싶지 않았다. 그러나 작은 종이 한 장에 끓어오르는 감정을 모두 담아내는 것이 가능할까? 많은 말을 쓰기에는 힘도 시간도 부족했다. 헬레네의 눈에는 눈물이 차올랐다. 눈을 깜박일 때마다 풀잎처럼 짙은 속눈썹에 눈물이 맺혔다. 파르르 눈을 떨 때마다 눈물이 어린 아비브의 이마 위로 떨어졌다. 눈물에 젖은 아비브의 이마는 마치 무수한 진주가 영롱한 빛을 발하는 것처럼 반짝였다. 헬레네는 자신의 코를 아들의 코에 대고 부드럽게 비볐다. 눈을 감은 헬레네는 마치 아비브의 향기를 자신의 것으로 만들어 영원으로 가져가려는 듯 깊게 들이마셨다. 천천히 다시 눈을 뜬 헬레네는 글을 쓰기 시작했다.

편지지에서 사각거리는 펜 소리만이 질식할 것 같은 침묵을 간질였다. 그리고 헬레네의 마지막 숨결이 거친 소리를 내면서 종이 위의 잉크를 말렸다.

이 무슨 운명의 변덕스러운 장난일까. 한 번 눈을 움찔 뜨고 난 헬레네는 목숨을 거두었다. 한동안 무자비한 침묵이 시간을 짓눌렀다. 아기도 아무런 소리를 내지 않았다. 침묵은 마치 덩굴처럼 산파의 심장을 휘감았다. 젤마는 두 손으로 자신의 얼굴을 감싸고 짓눌렀다. 다시 손을 떼자 얼굴에는 손가락 자국이 선명했다. 얼굴에 새겨진 근심의 하얀 표시는 다시 피가 돌면서 차츰 사라졌다.

젤마는 침대 모서리에 걸터앉은 채 꼼짝도 하지 않았다. 깊은 생각에 빠져 그녀는 미동도 하지 않았다.

불과 몇 시간 지나지 않았음에도 헬레네의 차가운 몸은 딱딱하게 굳어져 창백하게 느껴졌다. 그러나 아기는 여전히 헬레네의 배 위에 놓여 있었다. 아기는 마치 엄마의 마지막 향기를 놓치고 싶지 않은 듯 깊고 힘차게 숨을 들이마셨다. 헬레네의 차가운 몸은 아들의 숨결에 따라 가볍게 흔들렸다.

젤마는 창문을 열었다. 아침이다. 주변의 모든 것이 다시 숨을 쉬기 시작했다. 모든 것이 특별한 빛으로 반짝인다. 뭔가 기묘한 일이 일어났다. 헬레네의 정원에서는 비밀처럼 오므리고 있던 꽃 망울들이 활짝 꽃을 피웠다. 나무들도 하얀색과 핑크색의 향을 풍기는 옷을 입은 것만 같다. 겨울 한복판에 이게 무슨 일일까. 부드러운 바람에 실려 푸른 깃털이 방 안으로 들어왔다. 깃털은 아기의 등에 조용히 내려앉았다.

아침 햇살이 헬레네의 머릿결과 그 기품 있는, 죽은 몸을 감쌌다. 그 반짝이는 빛다발은 아기를 환하게 비추었다. 젤마는 마치 음악을 듣고 있는 것만 같았다.

바깥 풍경을 내다보니 참으로 따스한 위로가 된다. 점점 더 따뜻해진다. 눈이 부드럽게 녹아내리기 시작한다. 나뭇가지와 덤불 위에 쌓인 눈이 녹아 흐르며 반짝이는 크리스털이 된다. 눈이 녹아 흐르는 물이 햇살을 받아 수천 개의 별처럼 빛난다. 곳곳에서 물방울이 나직한 소리를 내며 떨어져 내린다. 젤마는 조용히 흐르는 물 덕분에 마음이 평화로워졌음을 느꼈다. 충격에 휩싸였던 젤마의 생각은 맑고 차가운 아침 공기 속에서 점차 맥락이 없는, 서로 연결되지 않은 단어들로 해체되어버렸다. 결국 남은 것은 무어라 말할 수 없는 아픔뿐이다.

젤마는 숨을 깊이 들이마신 뒤 창문을 닫고 침대 모서리에 앉았다. 그녀는 자신의 은빛 머리카락을 머리 뒤로 묶고 자그만 아비브를 죽은 엄마의 배 위에서 들어 올려 팔에 안았다. 얼마나 오랫동안 그런 상태로 앉아 있었는지 젤마는 알지 못했다.

이제 아기를 어떻게 할 것인가? 헬레네는 물론 자신의 유지를 남겨놓기는 했지만, 그것은 오로지 아들을 위한 것일 따름이다. 물론 젤마는 편지를 읽었다. 읽고 나서 편지를 접어 푸른 깃털과 함께 자신의 상의 호주머니에 넣었다. 젤마는 편지에서 아비브를 어찌하면 좋을지 하는 답을 찾을 수 있기 바랐다. 그러나 편지 안에 담긴 내용은 모두 작은 아비브가 아니라 다 큰 아비브를 위한 것이었을 뿐이다. 젤마는 헬레네의 뜻을 최대한 존중해주고 싶었다.

아마도 헬레네는 사람들이 대개 그러하듯, 또 젤마가 지금 간절히 바라듯, 이런 절박한 순간에 위중한 결단을 내려야만 하는 의무로부터 해방시켜줄 그 어떤 우연한 일이 일어났으면 하는 바람이 간절했으리라. 그러나 그런 우연한 일이란 대체 무엇이어야 할까?

젤마는 돌연 자신이 늙었다는 느낌을 피할 수 없었다. 매년 갈수록 더 숨 가쁘게만 돌아가는 세상에서 사람들로 하여금 독을 품게 만드는 일들을 얼마나 많이 보아왔던가. 세상의 리듬이 낯설기만 해서 자신은 더는 세상에 맞지 않는 것 같은 느낌은 얼마나 막막했던가. 이런 세상에서 아이에게 도대체 어떻게 살아야 한다고 가르쳐야 할까?

그렇지만 지금 자신의 팔에 안긴 이 가엾은 생명은 이 땅에 아는 사람이 하나도 없으며, 아무것도 가진 것이 없다. 아이가 가진 유일한 것은 한 장의 편지뿐이다. 엄마가 남긴 마지막 글귀, 아들에게 해주는 처음이자 마지막인 말들. 편지는 조심스레 접혀 젤마의 상의 호주머니에 간직되었다. 아이를 세상으로 이끌 편지는 물론 아비브가 그 내용을 이해할 수 있을 정도로 컸을 때에야 비로소 제 역할을 다하리라. 헬레네의 마지막 숨결과 아비브의 첫 숨결이 이뤄낸 평화로운 조화 가운데 헬레네의 영혼은 아기를 젤마와 함께 두고 세상을 떠났다.

이제 젤마는 어떻게 해야 할까? 그녀는 지금껏 수백 명의 아기를 받아보았다. 젊은 시절 자신도 아기를 가질 수 있기를 얼마나 간절히 바랐던가. 그러나 운명은 다른 결정을 내렸다. 자신이 아기를 가질 수 없는 몸임을 알게 되었을 때 남편은 그녀에게 너는 마른 땅처럼 황폐하다고 악담을 퍼부으며 다른 여자와 가족을 꾸리겠다고 집을 나가버렸다. 젤마는 가슴을 갉아 먹히는 것만 같던 그때의 아픔이 생생하게 떠올랐다. 몇 년 뒤 남편이 다른 여자에게서 두 아이를 얻었다는 소식을 들었을 때 젤마는 삶의 의욕을 거의 잃고 말았다. 아이를 갖고 싶었던 인생의 꿈, 거의 자기 자신과 다를 바 없던 이 꿈은 말라비틀어져 죽고 말았다.

그때부터 자신은 결코 맛볼 수 없는 어떤 것을 향한 갈망 때문에 무너져 내릴 것만 같은 순간이 헤아릴 수도 없이 이어졌다. 내 아기를 품을 수만 있다면. 젊은 시절 희망과 꿈과 가능성으로 찼던 심장은 이제 텅 비었다. 젤마의 눈에는 깊은 슬픔이 가득했고, 그녀의 낯빛은 시든 꽃 같았으며, 어깨는 운명의 무게로 축 처져 있었다. 그렇지만 지금은? 돌연 자신의 팔 안에서 작은 생명이 숨 쉰다. 어린 아비브가 발산하는 생명의 향기가 기분 좋게 코끝을 간질였다.

비록 제대로 의식하지는 못했지만 젤마의 심장 안에서는 헬레네의 마지막 숨결 이후 내려진 결정이 무르익고 있었다. 손수 이 아기를 키우리라. 아마도 이런 결심은 어쩔 수 없어 자포자기한 끝에 내린 것일 수도 있다. 그러나 인생의 뜻하지 않은 선물에 놀라고 감격해서 내린 것일 수도 있지 않을까.

　오로지 충분히 오래 믿고 선행을 쌓기만 하면 우주는 뿌리 깊은 꿈을 이루어줄 것이라는 젤마의 희망은 그녀를 실망시키지 않은 모양이다. 심장 저 깊숙한 곳에 잿더미에 묻혔던 작은 불씨가 돌연 활활 불꽃을 일으키며 심장을 따스한 온기로 채우는 느낌이 들어 젤마는 자신도 모르게 몸을 부르르 떨었다. 그녀의 얼굴은 활짝 피어난 한 송이 꽃처럼 보였다. 오랜 세월 동안 눈물마저 메말라 화끈거리기만 했던 눈의 아픔은 불현듯 멈추었다. 지금 그녀의 뺨 위로 유리구슬 같은 눈물방울이 흘러내린다. 막혔던 가슴을 풀어주는 것처럼 치유의 힘을 발휘하는 눈물이다. 인생은 결코 쉽사리 베풀지는 않지만, 그래도 모두에게 맞춤한 선물을 준비해두었다. 그렇다, 인생은 비밀로 가득하다.

　젤마는 아기를 들어 올려 조심스레 그 작은 머리를 잡고 자신의 뺨을 아기의 뺨에 가져다 대었다. 비록 친엄마는 아니었지만,

아기의 머리는 젤마의 가슴에 폭 안겼다. 마치 지금껏 찾지 못했던 짝이라도 만난 것처럼. 그러자 젤마는 분명하게 깨달았다. 아픈 상실의 시간 이후 그녀는 자신의 인생에 뭔가 의미 있는 것을 성취할 용기를 내보지 않았다는 사실을! 인생이 베풀어주는 선물을 받아 누리기도 전에 잃을까 두려워 멈칫거리기만 한 자신을! 그러나 그동안 더 잃을 것도 없었기에 절망은 인생의 말년에 전혀 기대하지 못한 어떤 귀중한 것을 얻지 않을까 하는 희망에 자리를 내주었다.

젤마는 아기를 돌봐주어야 한다고 생각하자 특별한 느낌, 시원하면서도 홀가분한 느낌이 들었다. 그녀는 이 생각이 어떤 거대한 것, 자신은 파악할 수 없지만, 세상에 특별한 마법을 베푸는 거대한 것의 일부라는 느낌이 들었다.

젤마는 아기라면 숱하게 보아왔다. 그러나 이 작은 아비브처럼 특별하고 밝은 분위기를 가진 아기는 본 적이 없다. 그리고 젤마는 아비브야말로 이 세상에 아주 귀중한 선물을 가져다줄 특별한 아이 가운데 한 명임을 깨달았다.

감격의 따뜻한 흐름이 온몸으로 퍼졌다. "인생의 행복은 전혀 기대하지 않은 순간에, 상상했던 것과 완전히 다른 곳에서, 뒤늦게야 찾아오는구나!" 하고 중얼거리며 이 아담하고 부드러운 체구의, 사랑이 넘치는 여인은 눈물을 흘렸다.

봄에는 단 며칠 만에 온 세상이 활짝 핀 꽃들로 뒤덮인다. 인생에서 인간이 충만한 행복을 맛보는 일도 오랜 인고 끝에 찾아오는 단 몇 순간이면 충분하다. 젤마의 봄이 찾아왔다.

젤마는 돌연 자신의 인생을 채운 측량할 수 없는 환한 빛을 새삼스러운 눈길로 바라보았다. "행복은 어려움을 참고 견디며 올바른 때를 기다려온 모든 사람에게 입 맞춰주는구나!" 젤마는 아비브에게 이렇게 말하며 미소와 함께 아기를 어루만졌다.

이 순간은 젤마를 다른 여인으로 만들었으며, 모든 것을 바꾸어놓았다. 이것은 젤마와 아비브와 소도시를 위한, 아니 전 세계를 위한 변화였다.

2

이 겨울날부터 헬레네의 정원에서는 매년 사계절 내내 화려하기 이를 데 없는 색채의 향연이 벌어졌다. 사과나무에는 봄에 꽃이 구름처럼 피어 사방에 향기가 그윽했다. 가을에는 탐스러운 사과가 주렁주렁 열렸다. 마치 헬레네의 생명이 자연으로 넘어간 게 아닐까 싶은 생각이 들 정도였다. 그녀의 향기는 오래도록 정원의 공기를 물들였다.

헬레네의 집은 도시에서 약간 벗어난 곳의 언덕 너머에 위치했다. 이곳에서 젤마는 아기를 키웠다. 집으로 이어지는 길은 외지고 좁았으며 주변의 상수리나무들의 가지로 덮여 있었다. 아침 햇살 속에서 바람이 이파리들을 살랑살랑 흔들 때면 부드러운 소리와 함께 땅 위에 숱한 빛의 점들이 춤을 추었다. 이처럼 아비브가 자란 곳은 조용한 성장의 장소였다.

아비브는 젤마가 직접 손으로 받아낸 마지막 아기였다. 아기 덕분에 행복을 누리면서도 젤마는 혹시 헬레네가 자신의 실수로 죽음에 이른 게 아닐까 하는 아픔을 참을 수가 없었다. 저 충격적인 밤 그녀의 가슴 깊숙한 곳에 아로새겨진 아픔은 그만큼 크기만 했다. 때때로 아기를 낳다가 죽는 엄마들이 있었다. 그건 그 누구의 책임도 아니었다. 그렇지만 이제 다른 사람에게만 일어난다고 믿었던 일이 자신에게 일어났다는 사실을 젤마는 참을 수가 없었다. 내가 잘못해서 그런 게 아닐까? 젤마는 이런 물음의 답을 전혀 알 수 없으리라. 어쨌거나 자신이 보호해주었음에도 그런 끔찍한 사건이 벌어졌다는 것은 발아래 바닥에 구멍이 뚫린 것 같은 충격을 안겼다. 그리고 조심하지 않는다면 그 구멍이 자신을 집어삼킬 것이라고 젤마는 굳게 믿었다.

이 조그만 아기가 친엄마를 다시는 볼 수 없을 거라는 생각에 우울해질 때마다 젤마는 아비브의 얼굴을 찬찬히 살폈다. 그런 다음 젤마는 아픔을 저 가슴 속 깊숙한 곳에 다시 잡아두려는 것처럼 꿀꺽 삼켰다. 아무튼 인생이라는 이 이해하기 힘든 길은 계속 가는 수밖에 달리 도리가 없다.

12월이 끝나갈 무렵, 저무는 해는 그 마지막 숨결을 납물처럼 하늘에 걸어두었다. 마치 여차하면 시간에 납물을 들이부으려는 것만 같은 인상을 주는 하늘이다.

젤마는 해를 거듭할수록 아기의 손에 별들이 가득 담기기를 바랐다. 그녀는 세상에 태어나자마자 아픈 일을 당한 아기가 좋은 인생을 살 수만 있다면 무슨 일이든 하고 싶었다.

3

저 충격적인 밤 이후 처음 몇 달 동안 젤마는 세상에 홀로 버려진 것 같은 외로움으로 힘들었지만, 그동안 빠르게 생명이 자라나는 모습, 어린 아비브가 하루가 다르게 커가는 모습을 보며 커다란 위안을 얻었다. 불꽃처럼 환한 미소를 자랑하는 아기는 젤마에게도 인생의 꽃을 활짝 피우는 시기를 선물했다.

엄마 노릇을 하며 아기가 커가는 과정을 함께 해주는 것이 무엇을 의미하든 젤마는 어렵다고 생각해본 적은 없다. 그러나 모든 것을 올바르게 하고 있는지 하는 의심과 조바심이 마치 벌레가 사과를 먹어치우듯 그녀를 괴롭혔다. 자신이 벌레 먹은 과일처럼 껍질만 남고 속은 텅 비어 썩은 게 아닐까 하는 느낌이 이따금 그녀를 사로잡았다. 그러나 함께 이야기를 나눌 사람이 아무도 없었다. 무엇이 좋은지 나쁜지, 어떤 게 옳은지 틀린지 말해줄 사람이 단 한 명이라도 있으면 좋으련만. 모든 답은 젤마 스스로 찾아내야만 했다. 그러나 애쓰는 그만큼 아기를 향한 사랑이 그녀에게 힘을 다시 돌려주었다.

아비브는 처음 눈을 떴을 때부터 세상을 바라보는 시선이 특이했다. 커다란 눈망울은 대체 자신이 어떤 세계로 온 것인지 묻는 것만 같았다. 작은 머리를 주의 깊게 돌리며 새로운 세상을 집어삼킬 것처럼 바라보는 커다란 눈은 어찌나 왕성한 호기심을 자랑하는지 그 작은 머리에서 튀어나올 것 같았다. 젤마는 아비브를 보며 이 아이가 무슨 특별한 사명을 가지고 태어난 게 아닐까 하는 물음을 품는 일이 잦았다. 그만큼 아비브는 속세와는 전혀 관련이 없는 특별한 능력을 타고났다는 강렬한 인상을 자랑했다.

세월이 흘렀다. 젤마와 아비브는 누구의 방해도 받지 않은 채 둘만의 특별한 행복을 맛보는 많은 순간을 함께 누렸다. 젤마는 유리종처럼 아이를 감싸고 그 어떤 불운도 범접하지 못하게 지켜주었다. 젤마는 집 안의 모든 구석을 따뜻한 온기로 채웠다. 아비브는 젤마의 사랑이라는 이름의 강보에 싸여 아무 불편 없이 무럭무럭 자랐다.

충분히 자라 사려 깊은 의젓한 청년이 되었을 때 젤마는 그에게 그날 밤에 일어났던 일을 이야기해주었다. 젤마는 용서를 구하는 심정이었다. 제발 누군가 이 무거운 죄책감을 덜어주었으면 하는 간절함이기도 했다. 그러나 청년은 개의치 않았다. 이미 벌어진 일을 있는 그대로 받아들이려는 분명한 눈빛을 청년은 보여주었다. 잘못이 없는데 무슨 용서인가.

그래도 젤마는 죄책감을 지울 수 없었다. 자신이 막지 못한 일을 좋은 쪽으로 돌릴 유일한 방법은 계속해서 아비브의 눈에서 미소를 볼 수 있게, 그리고 본질을 가려볼 줄 아는 그의 안목을 더욱 날카롭게 키워주기 위해 최선을 다하는 것뿐이다. 그리고 젤마는 성공했다.

젤마는 아비브에게 고요함의 마법, 자연의 신비, 세계를 관찰하는 법을 가르쳤다. 두 사람은 함께 잔디밭에 앉아 바람결에 살랑대는 이파리들의 춤에 귀를 기울이곤 했다. 또는 따뜻한 밤에 반딧불이가 나뭇가지 사이를 날아다니며 그리는 하늘의 무늬를 경탄의 눈으로 감상하곤 했다.

"인간에게 중요한 일은 자신이 누구인지, 이 단 한 번뿐인 인생에서 무엇이 되고 싶은지 알아내는 거란다." 젤마는 이렇게 말하며 잔잔한 미소를 지었다. "자신이 누구인지, 다른 사람을 어떻게 대해야 하는지, 세계를 어떤 눈으로 보아야 하는지 알아내는 자세는 꼭 필요해. 네 몸이 나무라면, 네 생각은 꽃봉오리와 같아. 신선하고 건강하고 밝고 유익할 때 너 자신과 다른 사람의 안녕에 보탬을 준단다. 반대로 시들고 병들고 어둡고 독한 생각은 너를 병들게 만들어 전염병처럼 다른 사람들에게로 번진단다. 꽃봉오리는 말라비틀어지며 결국 인간이라는 자연이 무너지고 말지." — "네 정신을 크리스털처럼 맑게 지키려무나. 주의력을 집중해서 정리한 맑은 생각은 현실을 있는 그대로 비추어

준단다. 항상 거울을 깨끗이 닦고 광택이 나도록 노력해야 나쁜 생각이라는 오점이 거기 절대 들러붙지 않는단다."

그리고 젤마가 아비브에게 운명의 그날 잘 접어 간직해두었던 친엄마의 편지를 건네자 아비브는 이렇게 말했다. "지금은 아니에요, 엄마. 그 편지를 지금 읽는다면 우리가 함께하는 현재가 흐려지고 말아요. 저는 때가 오면 제 과거가 어떤 것인지, 또 앞으로 제가 맞게 될 미래가 무엇인지 생각해 볼게요. 하지만 저는 엄마가 저에게 선물한 시간을, 우리를 하나로 묶어주는 아름다움을 절대 의문시하고 싶지 않아요. 제가 가졌던 적이 없는 과거를 두고 슬퍼하거나, 현재에 충실하지 못하게 하는 미래를 쫓아다니고 싶지 않아요. 지금은 우리의 시간이에요. 편지는 알맞은 때가 오기까지 저를 위해 보관해주세요."

젤마는 두 눈을 감았다. 그녀의 눈꺼풀은 그 아래 눈동자가 없기라도 한 것처럼 깊숙이 내려앉았다. 그동안 늙은 기색이 역력했다. 반짝이는 눈물방울이 뺨 위로 흘러내렸다. 젤마는 편지를 다시 호주머니에 넣었다. 아, 이 얼마나 사랑스러운 청년인가! 젤마는 자신의 몸으로 낳지 않은 이 아이를 향한 사랑이 이토록 충족감을 줄 거라고는 전혀 생각지 못했다. 아비브의 얼굴을 보며 젤마는 몸의 모든 혈관으로 숨결이 고루 퍼지면서 구석구석까지 채워지는 감사함을 느꼈다. 젤마는 아비브 덕분에 온전한 충족감을 누렸다.

"사랑한다, 얘야. 그리고 이런 행복을 주어 고맙구나. 너는 참 훌륭한 아이야, 아비브." 젤마가 말했다.

"엄마가 키워주신 거에 비하면 아직 멀었어요." 아비브는 이렇게 말하고 엄마를 안았다. 엄마의 아담한 몸을 안아주느라 아비브의 숱 많은 검은 머릿결이 그의 귓바퀴를 덮으며 흘러내렸다. 두 사람은 한동안 그대로 있었다. 저마다 자신의 방식으로 지금 이대로가 좋다는 것을 알았다.

젤마는 참으로 선한 사람이었다. 그녀는 사람들과 일어난 사건을 두고 그 전후 사정을 살피지 않고 성급하게 판단한 적이 결코 없다.

"다른 사람의 잘못과 악행과 부정한 행동을 심판하기 전에 왜 그런 일이 일어났는지 먼저 그 과정을 정확히 살펴야 한다." 젤마가 입버릇처럼 하는 말이다. "악은 종종 전혀 예상하지 못한 곳에서 시작되곤 하니까."

젤마는 다른 사람들을 두고 이러쿵저러쿵 이야기하는 것도 좋아하지 않았다. 사람들은 일반적으로 생각은 거의 하지 않으면서 말만 많이 한다고 젤마는 꼬집었다. 아마 그럴 거야 하는 따위로 엉뚱한 험담이나 하는 것을 젤마는 정말 싫어했다. "아비브, 다른 사람 이야기를 하기 전에는 먼저 충분히 생각해야 한단다." 젤마는 아비브에게 이렇게 일러주곤 했다. "이 세상은 묘하게도 당사자가 실제 어떤 말과 행동을 했는지에 상관없이 그 사람을 둘러싼 소문이 더 중요시되고 또 더 오래가지. 그 내용이 틀리든 맞든 아무도 신경 쓰지 않아. 마치 누군가의 이마에 낙인을 찍는 것 같은 게 소문과 험담이란다." 젤마는 자신의 관자놀이를 어루만졌다. "사람들은 자신이 들은 이야기대로 상대방을 볼 뿐이야. 안타깝지만 사람들의 그런 태도는 바뀌지 않아. 우리가 할 수 있는 최선의 일은 자신이 스스로 바꿀 수 있는 게 무엇인지 찾아내는 거야. 내가 바꿀 수 있는 것은 나의 생각과 말과 행동뿐이란다."

아비브는 젤마에게 세상의 특별한 점을 가려보는 법을 배웠으며, 아무리 하찮은 것일지라도 무시해서는 안 된다는 것, 범사에 감사하는 마음을 가져야 한다는 것을 배웠다. 아비브는 주의력이 뛰어나 눈에 잘 띄지 않는 변화라 할지라도 쉽사리 알아차렸다.

이렇게 해서 아비브는 다른 사람은 알아차리지 못하는 것을 쉽사리 읽어냈다. 주의 깊은 안목 덕분에 그는 다른 사람의 머릿속에 들어가보는 놀라운 재능이 있었다. 다른 사람의 생각을 꿰뚫어볼 줄 아는 그의 능력은 정말이지 경이로웠다. 사람들이 자신의 생각을 말하거나 감정을 묘사하기도 전에 아비브는 상대가 왜 그런 생각과 감정을 가지게 되었는지 그 이유를 짚어냈다. 자신이 왜 그런 생각을 했는지 미처 알지 못했던 사람들은 행동까지 예견하는 아비브의 능력에 놀란 입을 다물지 못했다.

많은 경우 아비브는 자신이 관찰하고 발견하는 게 너무 많아 부담스러울 정도였다. 그럴 때 아비브는 자신과 세상 사이에 거리를 두는 것이 꼭 필요하다고 생각하고, 숲으로 들어가 침묵의 소리에 귀를 기울였다.

그럼에도 피할 수 없이 아비브는 자신의 깨인 안목으로 사람들의 욕구와 충동을 환히 꿰뚫어보게 되었다. 너무도 추악하고 괴이해서 마음 같으면 그저 두 눈을 질끈 감고 외면하고 싶었지만, 내면에서 들려오는 목소리는 발견한 것에 눈을 감고 무시해서는 안 된다고 아비브에게 속삭였다.

대다수 사람들이 그저 눈앞의 것만 보는 근시안적 안목으로 허망한 화려함에만 빠진 것과 반대로 아비브는 이 도시에서 뭔가 어둡고 기이한 일이 벌어지고 있다는 것을 느꼈다. 물론 아비브는 이런 느낌을 불러일으키는 것이 무엇인지 아직 정확히 말할 수는 없었다. 그러나 그것은 분명 뭔가 암울하기만 한 일임에 틀림없었다.

카민스키

4

카민스키는 사람들을 좋아하지 않았다. 단 한 번도 좋아한 적이 없다. 또 사람들은 카민스키가 그들을 좋아할 만한 계기를 제공해준 적이 전혀 없다. 카민스키는 언제 누가 자신을, 오로지 카민스키만을 기쁘게 해주려고 뭔가 한 적이 있다는 기억 자체가 없었다.

그는 자신이 다른 모든 사람과 같지 않음을, 뭔가 분명한 차이가 있음을 일찌감치 알아차릴 정도로 똑똑했다. 카민스키는 동물을 괴롭히는 게 재미있었고, 다른 사람들이 아파하는 것을 보면 즐거웠다. 노인들은 카민스키를 보고 영혼이 없는 아이라 말했다. 카민스키의 어머니는 이 말에 커다란 충격을 받았다. 할머니는 어머니에게, "괜찮아, 크면 달라질 거야." 하는 말로 위로했다. 그러나 달라질 낌새는 전혀 보이지 않았다. 그 대신 어머니는 혹시 하늘이 엉뚱한 아이를 점지해준 것은 아닐까 하는 의구심만 커졌다.

아직 배 속에 있을 때부터 카민스키의 발길질은 매서웠다. 어머니는 아기가 너무 아프게 찬다고 하자 노인들은 그 녀석이 파괴력을 자랑하는 모양이라며 태어나면 골치깨나 썩일 모양이라고 수군거렸다.

세월이 흐른 뒤에도, 아이의 영혼이 실제로 타락할 운명을 타고난 것인지, 아니면 그를 거부한 주변 탓에 그렇게 된 것인지 하는 물음의 답은 명확하게 찾아지지 않았다.

어렸을 때 카민스키는 비둘기에게 돌팔매질을 했으며, 갈대 줄기를 가지고 고슴도치의 눈을 후벼 팠고, 망치로 고양이의 목덜미와 등을 계속 후려쳐 그 충격으로 고양이의 목이 꺾이고 머리뼈가 호두 껍데기처럼 깨지는 것을 보고 낄낄댔다.

물리학자인 할아버지는 모든 사건을 과학의 원리로 보아야 한다고 주장하며 설명할 수 없는 불가사의한 일을 의심했다. 그런 할아버지조차 이 악동이 이상할 정도로 비인간적이라, 혹시 이 악동이 영혼이라는 것이 아예 없는 것은 아닌지, 또는 그 영혼이 본래부터 시커먼 것인지 헷갈릴 지경이었다.

아버지와 할아버지가 보기에 카민스키의 비범함은 세상에 무자비한 고통만을 안기는 쪽으로 한정되어 있는 것 같았다. 그래서 그들은 숙식비와 교육비를 10년치 선금으로 치르고, 당시 아홉 살이던 카민스키를 고향과 멀리 떨어진 기숙 학교로 보내며 아예 연을 끊어버렸다.

카민스키는 자신의 어린 시절을 그저 조각조각으로만 기억했다. 주변 사람들이 화를 눌러가며 참고 지켜보던 아이, 그러다가 쫓겨난 아이, 사랑이라고는 단 한 번도 받아본 적이 없는 아이. 이것이 그가 기억하는 자신의 모습이었다.

기숙 학교라기보다는 고아원이나 다를 바 없는 곳에서 카민스키는 다른 아이들의 접시에 남은 것만 먹어야 했다. 대개 감자 껍질이나 고기를 깨끗이 발라먹은 앙상한 뼈다귀만 그의 차지가 되었다. 다른 아이들이 놀 때 그는 빨래를 하고 바닥에 걸레질을 해야만 했다. 결국 그의 우주는 오로지 잔혹함만이 남은 장소로 좁아들었다.

이른 새벽부터 도시로 가서 학교에 필요한 물품을 조달해야만 했던 카민스키는 도시의 공원 벤치에 남루한 몰골로 널브러져 있는 사람들을 보곤 했다. 세상은 그들의 존재를 알고 싶어 하지 않았다. 그는 저런 꼴이 되지 않겠다고 다짐했다. 어떻게든 버텨 고아원 시절 이후에는 축축한 바닥에서 싹을 틔우는 버섯처럼 악착스럽게 싹을 틔우겠다고 다짐했다.

이렇게 해서 카민스키의 어린 시절은 그와 세계 사이를 가로막는 담이 되었다. 그의 심장은 오븐 안에 넣어두고 잊어버린 고기처럼 말라비틀어지고 말았다.

거부당했다는 아픔이 너무 고통스러운 나머지, 카민스키는 어느 순간 어린 시절의 마지막 기억마저 망각의 안개 속으로 말끔히 지워버렸다.

그는 혼자였다. 세상에 의지할 사람이 단 한 명도 없는 철저한 혼자였다. 이런 혹독한 느낌은 살을 에는 듯한 얼음장 같은 바람보다 더 심하게 그의 내면을 굳어지게 만들었다. 그의 내면을 얼게 만든 냉기는 이내 그의 사람됨 전체를 악의로 굳어지게 만들었다. 그의 양심이 퇴색할수록, 하긴 그가 양심이라는 것을 가지기는 했는지 의심스럽기도 하지만, 어쨌거나 잔혹함을 즐기려는 그의 광기는 불타올랐다.

하늘과 카민스키는 더는 서로 할 말이 없었다. 그는 자신의 속 안에 그만의 어두운 세계를 품었다. 이 검은 세계에는 그 어떤 것도 누구도 접근할 수 없었다.

이렇게 해서 카민스키는 결코 굴복하지 않는 고집불통이 되었다. 그는 남의 말을 듣는 일이 전혀 없었으며, 법이나 규칙 따위를 깨끗이 무시했다. 그의 완전한 이름은 아르투어 베냐민 카민스키다. 그는 의사가 되었다. 더욱이 이내 이 도시에서 가장 유명한 의사가 되었다.

5

카민스키는 항상 습관처럼 거의 벗겨진 머리를 쓰다듬었다. 틈이 날 때마다 머리를 만지는 모습은 마치 잃어버린 무엇인가를 아쉬워하는 것처럼 보였다. 그도 그럴 것이 그동안 50대가 된 카민스키의 머리는 탈모가 심해 그저 거미줄처럼 걸린 몇 가닥의 가느다란 새치밖에 안 남았다. 그래서 그는 아마도 어떤 날씨든 검은 모자를 쓰는 모양이다. 카민스키는 날카롭게 꺾인 매부리코에 콧구멍이 넓적했으며, 항상 굳게 다문 입술은 얄팍했다. 입술은 파르타가스* 시가를 빼물 때만 벌어졌다. 그의 날카로운 턱은 앞으로 튀어나왔으며, 목은 짧기만 했다. 그의 시선은 상대를 벨 것처럼 날카로웠다. 그리고 그는 목적이 없는 말을 입 밖으로 흘린 적이 거의 없다.

무슨 보물을 모으듯 그는 머릿속에 추악한 생각을 차곡차곡 쌓아두었다. 더욱이 추악한 생각은 종류별로 잘 정리되어 있기도 했다. 그 전모를 한눈에 알아볼 수 있게 정리했다고나 할까. 모든 경우마다 그에 맞춤한 악의의 서랍이 따로 있었다. 이로써 카

---

* 파르타가스(Partagás): 1845년부터 쿠바에서 생산된 시가의 이름.

민스키는 자신이 필요로 할 때마다 꺼내 쓸 수 있는 잔혹함을 종류별로 강도를 조절해가며 과시했다.

그 어떤 불의의 사고나 개인적 운명에도 그는 끄떡도 하지 않았으며 무심한 반응을 보였다. 세상에서 일어나는 일들은 그의 심장을 건드리지도 못하고 무시되었다. 자신의 머릿속에 쌓아둔 어두운 생각은 엎질러진 검은 잉크처럼 번졌다. 그는 눈물을 보인 적이 전혀 없는 냉혹한 인간이었다. 아무리 가슴 아픈 일에도 눈물을 흘리지 않는 사람은 얼마나 추악한 영혼을 가졌을까? 아니, 영혼이 아예 없는 것일까?

카민스키는 의학뿐만 아니라 생물학, 약학, 화학에 걸쳐 수많은 시험에 합격할 정도로 박식함을 쌓았다. 전공 분야의 대가이자 노련한 의사인 그를 보며 환자들은 경탄하고 존경했으며 경외했다. 그렇지만 그를 좋아하기엔 그가 너무 인간적이지 않았다. 자신과 거리를 두는 사람들을 보며 카민스키는 개의치 않았다. 감정이라고는 없는 냉담함은 세월이 흐르며 터무니없는 증오로, 결국에는 세상의 모든 것을 짓밟는 잔혹함으로 바뀌었다. 이런 혐오스러운 잔혹함은 그에게 자신이 다른 사람에 비해 우월하다는 느낌을 심어주었다. 그리고 그는 이런 우월감을 즐겼다. 카민스키는 다른 사람의 말과 행동에 흔들리는 일이 전혀 없었다. 그는 항상 모든 것을 장악하고 통제했다.

몇십 년이 넘게 카민스키는 세상이 어떻게 돌아가는지 잘 안다고 자부했으나, 어느 날 문득 인간의 본질이 무엇인지 모르겠다는 생각이 들었다.

갑자기 그는 다른 사람들이 그냥 단순한 존재가 아니라, 뭔가 특별한 점을 가졌다는 생각을 떨칠 수가 없었다. 그리고 그들을 더 잘 관찰할수록, 아니 더 정확하게 말해서 연구할수록, 그만큼 더 확연해지는 사실이 있었다. 그것은 눈으로 보는 것 그 이상의, 또는 지성으로 파악할 수 있는 것 그 이상의 무엇과 그들이 맞닿아 있다는 점이었다. 이 세상이 아닌, 저 피안의 무엇과! 이 무엇은 카민스키 자신에게는 없는 것이었다. 그들은 뭔가 생동하는 것, 따스한 것, 다채로운 것, 의미 있는 것을 가졌다. 그것들은 모두 카민스키 자신은 알지 못하는 특성이었다.

카민스키는 진실이 무엇인지 몰라 그동안 인생을 자유롭게 살아왔다는 것을 스스로 알아차리고 인정할 정도로 충분히 냉철한 사람이었다. 불현듯 다른 사람들이 느끼고 사랑하는 것을 자신은 절대 느끼고 사랑할 수 없음을 깨닫자 카민스키의 머리는 지뢰밭이 되었다. 마치 지난날을 앙갚음하러 달려드는 과거의 유령들에 뒷덜미라도 잡힌 양 카민스키는 이루 말할 수 없이 화를 내며 왜 자신은 행복이라는 감정을 느낄 수 없는지 고통의 몸부림을 치기 시작했다. 다른 사람들이 자신을 보면 두려워하고 존중해주기는 하지만 사랑받아본 경험은 전혀 없다는 사실이 카민스키를 미치게 만들었다. 이런 깨달음은 카민스키의 발 앞에 바닥이라고는 없는 심연을 파놓았다. 여차하면 그 안에 빠져 다시는 빠져나올 수 없는 이 심연의 이름은 외로움이었다. 외로움 때문에 카민스키의 얼굴은 일그러졌다. 그의 머릿속에는 이 모든 아픔을 덮어버리고 싶다는 욕구가 불타기 시작했다. 카민스키는 인간다운 세상에서 한 자리를 얻고 싶었다.

그러나 무얼 어떻게 해도 그의 상황은 변하지 않았다. 갖가지 시도와 모든 노력에도 그는 사악함을 떨쳐버릴 수 없었다. 그리고 결국 떨쳐버릴 수 없는 사악함이 그에게 무한한 고통을 안겼다.
　카민스키는 잔혹함이 자신을 파괴하기 전에 잔혹함을 파괴하고자 간절히 희망했지만, 그는 자신의 악의에 맞서 번번이 지고 말았다.
　카민스키는 사람들이 어떻게 사랑이라는 감정으로 서로 맺어지는지, 무엇이 그들을 강하게 만들고 갖은 어려움에도 사랑에 충실하려 늠름하게 싸우는지 살펴보면서, 자신이 유일하게 느끼는 감정, 곧 증오가 이 세상의 모든 좋은 것을 받아들일 수 없게 만든다는 점을 깨달았다. 세상에 화가 난 나머지 품게 된 증오, 이게 사악함의 뿌리였다.
　카민스키는 인생을 살며 이미 너무 많은 지옥을 거쳐왔다. 아주 어려서 이미 첫 번째 지옥을 경험했다. 나중에는 아예 다른 사람에게 해를 입히기 위해 스스로 지옥으로 내려갔다. 그런데 이제 돌연 카민스키는 사악함이 말 그대로 자신을 내면에서부터 망가뜨린다는 점을 깨달았다. 분노와 증오가 어떻게 혈관으로 퍼져나가며 어떻게 자신을 좀먹는지 그는 목도했다. 쓰라린 분노는 차가운 피처럼 혈관을 흐르다가 언젠가는 자신의 어둡고 말라비틀어진 심장을 다 먹어치워 마침내 그 어떤 따뜻한 감정도 느낄 수 없게 만들리라.

사랑하는 능력, 온기를 느끼는 능력, 그리고 마침내는 사랑받는 능력을 가진 평범한 인생을 살았으면 하는 그의 돌연한 갈망이 너무도 커진 나머지 카민스키는 무엇이 자신을 그처럼 다르게, 무엇보다도 냉혹한 악한으로 만들었는지 알아내고야 말겠다는 집착에 가까운 야심을 키우고 말았다.

카민스키는 오로지 이성으로 설명할 수 있는 것만 믿었던 할아버지처럼 비판적인 정신의 소유자였다. 그렇지만 혹시 자신이 인간다운 존재가 아닐 수 있다는 미쳐버릴 것만 같은 짐작 탓에 긴장한 나머지 카민스키는 갑자기 정말 실제로 영혼이 있는가 하는 문제에 관심을 가지기 시작했다. 카민스키는 아무리 봐도 이 세상에 순수한 영혼이란 존재하지 않는 것처럼 여겨졌기 때문이다.

왜 카민스키는 이런 생각을 예전에는 하지 못했을까? 그 모든 세월 동안 그의 두 눈이 검은 악의에 가려진 나머지 따뜻한 감정이라는 세계를 놓치고 있다는 점을 알아보지 못해서? 그럼 왜 지금 하필 이런 생각을 떠올렸을까?

카민스키는 영혼의 존재 여부를 둘러싼 진실을 찾기 전에는 자신이 결코 평안할 수 없음을 알았다.

카민스키는 이런저런 추측을 해보았다. 자신이 어린 시절에 겪은 지옥 때문에 자신의 영혼에 있는 좋은 씨앗이 모두 말라 비틀어진 걸까? 아니면 자신의 영혼은 다른 사람의 영혼과 아예 태어나면서부터 성질이 달랐을까? 카민스키는 어느 쪽이 더 나쁜지조차 가늠할 수 없었다. 자신의 영혼은 갑자기 돌연변이를 일으켜 퇴화했거나, 아니면 처음부터 썩은 부분이 있어 매일 계속 썩어가다가 자연의 결함처럼 저절로 소멸했을까?

돌연 카민스키는 머릿속에서 울리는 커다란 외침을 들었다. 그래, 바로 그거야! 원래 자신이 가졌던 것을 잃었다면 인간과 자연에서 자신이 잃은 것을 가져오면 될 게 아닌가! 좁쌀만큼이라도 본래의 모습을 간직하는 한, 영혼이 완전히 파괴되는 일은 없으리라는 생각을 하자 카민스키는 적잖이 위로가 되었다. 그럼 그 좁쌀만큼만 가지고도 다시 영혼의 싹은 틔울 수 있을 것이다. 더 나아가 정말 자신이 영혼이 없다면, 그럼 다른 사람의 영혼을 차지해버리면 될 게 아닌가. 인간의 영혼을 가지지 않고는 이제 인생은 아무 의미가 없다. 그리고 새로운 깨달음과 함께 사랑을 주고받는 따뜻한 인생을 향한 갈망을 충족하기 위해서 카민스키는 영혼을, 그것도 완벽한 영혼을 필요로 했다.

봄

아비브

6

아비브는 하루 일과를 주로 물가에서 끝냈다. 물가의 촉촉한 공기가 거의 하루 종일 화덕의 열기로 지친, 유리 세공사의 피부를 달래주었기 때문이다.

호수는 유리판처럼 맑고 잔잔했다. 호수는 하늘, 유유히 날아다니는 새들, 맹그로브* 숲을 고스란히 비추어냈다. 맹그로브의 뿌리는 호수 위로 튀어나와 있었고 햇볕과 바람에 시달린 탓에 나무껍질에는 비늘 모양의 독특한 주름이 생겼다. 아비브는 놀라운 주의력으로 이 모든 것을 세세한 점 하나하나 놓치지 않고 관찰했다. 마치 자신의 감각을 더욱 날카롭게 가다듬으려는 듯이. 그리고 시끄러운 속세는 이 아름다운 자연으로부터 저 멀리 멀어져갔다. 아비브는 풍경과 하나가 되었다.

아비브는 두 강이 만나 호수를 이루는 이곳을 사랑했다. 계곡을 굽이쳐 흐르느라 진흙을 머금어 강물이 뿌연 작은 강은 이곳에서 계곡의 넓은 강과 만난다. 넓은 강은 도도한 흐름을 쉬

---

* 아열대나 열대의 해변이나 하구의 습지에서 자라는 관목이나 교목을 통틀어 이르는 말. 조수에 따라 물속에 잠기기도 하고 나오기도 한다.

어가기라도 하려는 듯 호수를 이룬다. 다시 호수를 빠져나가 이어지는 넓은 강의 물은 어찌나 맑은지 바닥의 돌을 하나하나 헤아릴 수 있을 정도다. 호수로 흘러든 물 한 방울이 다시 호수 끝에서 빠져나가기까지는 몇 달이 걸린다. 그동안 진흙은 호수의 바닥에 가라앉고 물은 수정처럼 맑아져 호수를 빠져나간다. 물 한 방울도 이런 여행을 통해 자신의 혼탁함을 깨끗이 떨쳐버리거늘.

작은 강의 흙탕물은 넓은 강의 깨끗한 물속에서 잉크처럼 퍼지고 두 강물이 서로 섞여 노란 강물을 이룬 다음 호수를 거쳐 마침내 영롱한 에메랄드 빛을 자랑하며 계속해서 도시와 계곡을 흐른다.

강물이 콸콸 흐르는 소리, 물결이 찰랑이는 소리, 귀뚜라미와 매미가 우는 소리, 새들이 푸드덕 날아오르는 소리. 풀잎들이 사각거리는 소리. 바람결에 부딪히는 나뭇가지들이 탁탁거리는 소리. 커다란 지구에 비하면 정말 작은 이 장소에서 이처럼 풍부한 색과 소리의 향연이 펼쳐진다.

강가로 이르는 좁은 오솔길을 지나노라면 길바닥 곳곳에 나무뿌리들이 튀어나와 있다. 조금 가다 보니 쓰러진 나무토막이 만든 일종의 다리가 노랗게 빛나는 물 위로 인도한다. 균형을 잡으며 그 위를 걸어가면서 아비브는 반대편 강가에 펼쳐지는 신비한 광경 속으로 곧장 걸어 들어가는 것 같은 느낌이 들었다. 반대편에는 여름날의 저녁 해가 강물 속으로 잠기며 모든 것을 붉게 물들이고 반짝이게 한다.

강물로 말갛게 씻긴 반대편 강가는 풀이 무성한 벌판으로 매끄럽게 이어진다. 바람이 풀들을 쓰다듬자 풀들이 물결치며 부드럽게 사각거리기 시작한다.

아비브는 하늘 전체가 따뜻한 무한함을 펼쳐내는 이 작은 지점을 굽어보는 것 같은 인상을 받았다. 그는 풀밭에 누워 깍지를 낀 손으로 머리를 감쌌다. 눈을 감고 고요함이 속삭이는 소리에 귀를 기울였다. 잠들기까지는 그리 오래 걸리지 않았다.

바람결 따라 몸을 눕혔다가 일어나는 풀들의 한복판에서 아비브는 새장 하나를 발견했다. 가까이 다가가 보니 그 안에 죽은 새가 한 마리 있다. 새장을 물끄러미 바라보노라니 새장의 금속 창살이 흐물흐물 녹더니 다시 인간의 뼈대 모양을 형성했다. 그리고 죽은 새는 뼈대의 그림자와 하나가 되었다가 푸른 깃털로 변해 뼈로 된 토르소 안에서 살랑거리며 날아다녔다. 이 깃털 역시 점차 녹다가 사라졌다.

아비브를 깨운 것은 새의 날갯짓이다. 아비브는 눈을 떴다. 꿈의 잔영이 허공에서 춤을 추다가 점차 사라진다. 이게 무얼 뜻하는 꿈일까? 꿈은 도대체 의미라는 것을 가질까? 아버지 같은 친구 아브라모비치의 말을 믿는다면, 인생의 의미는 깨달음에 있다. 그리고 깨달음의 기회는 도처에 숨어 있다. 우리의 꿈 안에도.

밤이 풍경 위로 날개를 펼쳤다. 아비브는 자리에서 일어나 집으로 향했다.

카민스키

7

머리를 옆으로 돌릴 수 없을 정도로 외투 깃을 높이 세운 채 카민스키는 봄날 아침 집을 나섰다.

공원을 산책하는 모든 다른 사람들은 이 매혹적인 색의 왕국을 만끽했다. 특히 하루가 깨어나고 꽃과 잎사귀와 풀에 이슬방울이 반짝이는 이른 아침에 색채들은 고운 자태를 뽐냈다. 오렌지를 키우는 온실에는 익어가는 첫 과육의, 실처럼 부드러운 향기가 창과 문으로 흘러나와 거리를 수놓다가 도시 전체를 뒤덮었다. 자연과 함께 사람들도 깨어나 가벼운 발걸음으로 걸어 다녔다. 곳곳에서 나누는 대화에서 명랑함이 싱그럽게 묻어났다. 이 평화로운 소도시의 풍경, 대지와 나무들이 평화롭게 호흡하는 자연의 광경을 보며 누구도 임박한 위협을 느끼지 못했다.

유치원과 학교 앞에서 엄마들은 아이들과 작별을 나눈다. 여기저기서 포옹을 하며 이마에 입을 맞추는 소리가 쪽쪽 들린다. 마치 세상과 혼연일체가 된 듯 환한 표정과 듣기만 해도 기분 좋은 웃음소리는 카민스키로 하여금 최근에 품은 욕구, 곧 모든 것을 자신도 느꼈으면 하는 욕구를 더욱 불타게 만들었다. 이 새로운 욕구는 그를 완전히 사로잡았다. 그의 몸 안에는 두 명의 전혀 다른 사람, 곧 한쪽은 자신의 잔혹한 본성을 즐기려 하며, 다른 한쪽은 평범한 사람들이 느끼는 감정을 무조건 자신도 가졌으면 하는 상반된 두 사람이 대립하는 모양새가 연출되었다. 연기처럼 이런 욕구는 날이 갈수록 그의 안에 퍼져 마침내 그를 완전히 채웠다.

8

그녀의 피부는 푸른 미광(微光) 바탕 위에 놓인 백옥처럼 하얬다. 얼굴은 그만큼 매끈함을 자랑했다. 그녀는 체구는 작았지만, 마치 온 세상을 품어 안은 것처럼 보였다. 사람들은 그녀를 '도시의 영혼'이라 불렀다. 그 어떤 어두운 구석도 그녀는 꺼리지 않았으며, 고통으로 신음하는 인생은 모두 알았다. 그녀는 도움을 청하는 모든 이에게 도움을 아끼지 않았다. 그런 그녀가 이제 힘이 다해 몸져누웠다. 그리고 놀란 눈으로 카민스키를 바라보았다. 그녀는 자신이 영원으로 여행을 떠날 때가 되었음을 알았다.

늙은 여인은 이제 자신이 세상을 떠난다 할지라도 그동안 자신이 해온 일과 다른 사람에게 심어준 기억은 절대 잊히지 않으리라고 확신했다. 그녀는 자신이 도왔던 사람들의 기억 속에서 살아가며, 심지어 그들의 행동을 이끌어주리라. 그리고 분명 자신이 해온 일을 계속 이어줄 사람이 반드시 나타나리라 그녀는 믿었다.

이 도시의 대다수 사람들에게 그녀를 안다는 것은 일종의 특권이었다. 카민스키는 이 늙은 영혼이 곧 세상을 뜰 것이라는 소문을 듣자마자 그녀를 찾아와 그 임종의 자리를 하루 종일 꼼짝도 하지 않고 지켰다. 그는 그토록 많은 사람들이 존경하는 늙은 여인의 마지막 순간에 영혼의 존재 여부를 알아낼 수 있을 거라는 기대에 조바심을 감추지 못했다.

봄날의 소나기가 몰려왔다. 하늘이 어둑해졌다. 창문에 빗물의 짙은 커튼이 쳐졌다. 빗물은 유리창을 요란스레 때리며 서로 연결된 흔적을 따라 흐르며 마치 혈관을 흐르는 피처럼 활력을 자랑했다.

세상의 모든 것이 맞물려 흘렀다. 시간의 흐름에 따라 계속 형상이 바뀌며, 새 형상이 태어났다. 그 어떤 것도 상실되지 않는다. 물 한 방울마저도 사라져 없어지는 일은 없다고 여인은 생각했다. 물방울들은 저마다 흐르는 유리처럼, 천천히 구름 사이로 다시 고개를 내미는 햇빛을 반사했다. 그녀는 눈을 감았다.

비가 멈추었고, 카민스키는 창문을 열었다. 잿빛 안개 같은 여명이 도시를 사로잡았다. 방 안에는 서늘한 침묵이 몰려왔다. 공기 가운데 습기가 어찌나 짙은지 손으로 만지면 잡힐 것 같다.

그때 갑자기 늙은 여인의 숨결이 갈수록 조용해지고 느려지면서 안개가 걷히고 하늘에는 먹구름 사이로 금빛의 모세관 그물이 펼쳐졌다. 구름 사이의 구멍이 갈수록 커지면서 모세관은 작은 혈관이, 작은 혈관은 굵은 핏줄이 되면서 하늘은 황금빛 대리석 같아졌다.

여인의 마지막 깊은 숨결과 더불어 마침내 모든 구름이 걷혔다. 한동안 방 안이 너무 밝아 카민스키는 눈을 감아야만 했다.

그는 여인의 마지막 숨결이 사라지는 걸 들었다.

다시 눈을 떴을 때 카민스키는 뭔가 매혹적인 향기를 느꼈다. 방 안에는 마법과도 같은 빛이 시간 위에 걸려 있었다. 카민스키는 그윽한 향기에 취한 나머지 곧바로 창문을 닫고 순간을 잡아두려 했다. 그러나 창문을 닫기 무섭게 공간은 다시 어둑해지면서 향기는 사라졌다. 섬세한 구름 조각만 같았던 향기를 카민스키는 더는 감지할 수가 없었다.

카민스키는 다시 죽은 이의 침상에 앉았다. 모든 신비로움은 사라졌다. 하늘에는 다시 먹구름이 몰려들더니, 다시 비가 내리기 시작했다. 의사 카민스키는 손으로 자신의 얼굴을 받치고 이제 완전히 달라진 여인의 얼굴을 물끄러미 바라보았다. 모든 생명이 빠져나간 모습이었다. 좀 전의 빛과 향기가 영혼이었을까?

카민스키는 허리를 굽혀 여인을 내려다보며 코로 숨을 깊게 들이마셨다. 아무 냄새도 나지 않는다. 이 여인의 시신은 아무 냄새를 풍기지 않는다. 불과 몇 분 전 이 공간을 채우며 흘렀던 압도적인 향기는 그녀의 내면에서 나온 것일까? 그럼 빛은? 그 빛은 어디서 왔을까? 영혼에는 향기가 있을까? 영혼에는 색깔, 밝거나 어두운 색이 있을까? 대체 영혼은 무엇일까? 영혼은 인간의 특성, 인간의 본질일까?

밖에서는 다시금 소나기가 내렸고, 안에서는 카민스키가 자신의 뇌 깊숙한 곳에서 돌연 번쩍 하는 빛을 느꼈다. 전혀 예상하지 못한 가운데 그는 자신이 간절히 찾던 것을 발견했다.

의사는 감격해서 벌떡 자리에서 일어섰다. 발견의 감격으로 그는 전율했다. 왜 이런 생각을 일찌감치 하지 못했을까! 이런 굉장한 생각을 아직 아무도 하지 못한 것이 카민스키는 기이하게만 여겨졌다. 카민스키는 이런 천재적 착상을 한 자신이 자랑스러웠다. 이제 그는 어떻게 하면 인간의 영혼을 빼앗을 수 있는지 그 방법을 알았다.

'세상'은 '그'를 외면했을지라도, '그'는 아직 '세상'과 대결을 끝내지 않았다.

자신의 발상에 감격한 채 카민스키는 죽은 사람의 집을 나왔다. 그의 앞에 펼쳐진, 빗물로 반짝이는 거리는 마치 검은 거울처럼 보였다. 도로에 깔린 촉촉한 포석이 반짝이는 걸 보면서 카민스키는 자신이 잃었다고 믿어온 인생 가운데 오늘이야말로 전망이 가장 밝은 날임을 알았다.

아비브

9

겨우내 얼었던 땅이 녹으며 김이 모락모락 피어오른다. 도처에서 봄의 향기가 진동한다. 라일락 향기를 담은 가벼운 바람이 들판을 살랑살랑 흔든다. 하늘은 깊은 바다처럼 푸르다.

이 계절의 일요일 아침에 아비브는 좋아하는 산책을 나갔다. 공원의 풀밭을 거닐며 그는 마음에 드는 곳이면 그냥 편하게 드러누워 촉촉한 땅과 젖은 풀잎의 향기, 곧 신선함을 듬뿍 들이마셨다. 이슬방울에 사로잡힌 햇빛이 꽃과 잎사귀에서 반짝인다. 주변의 나무들은 온통 꽃봉오리를 피웠다.

공원의 바람이 나무에 핀 꽃들을 흔든다. 이곳에서도 별처럼 핀 라일락꽃의 향기가 주위를 가득 채웠다. 나비들이 마치 떼를 이루듯 날아들어 꽃들에 내려앉자 꽃대가 부드럽게 몸을 떤다. 새들이 무리를 지어 공원을 날아다닌다. 모든 것이 빛으로 채색되었다.

떡갈나무에 기대앉은 걸인 한 명이 아비브의 눈에 띄었다. 걸인은 나무에 등을 기대고 첫 봄날의 햇살을 머금은 나무의 온기를 즐기고 있다. 손에 든 책을 읽고 있어 오로지 그의 정수리만 보인다. 그의 머리카락은 덥수룩한 게 마치 퇴비를 쌓아놓은 것처럼 보였다. 그의 옷은 남루한 나머지 구멍이 숭숭 났으며, 시간이 좀먹은 흔적이 역력했다.

남자는 열중해서 책을 읽느라 여념이 없어 보인다. 조심스레 페이지를 넘기며 손가락으로 누렇게 바랜 종이를 쓰다듬다가 마침내 책을 덮고 두 손으로 닳고 닳은 가죽 장정의 책을 꼭 잡았다. 그에게 몹시 귀중한 책인 모양이다.

하늘에는 부드러운 노란 분말 같은 꽃가루가 가득 날렸다. 라일락과 목련과 벚꽃이 발하는 향기가 남자들의 얼굴을 휘감았다. 아비브는 숨을 깊게 들이마셨다.

걸인이 고개를 들어 올려다보았다. "생명의 향기를 마시는구려, 그렇죠? 마치 향기가 이내 사라질 것처럼 깊게도 들이마시는구려."

이 남루한 옷차림의 낯선 남자가 자신의 생각을 어떻게 읽었을까, 아비브는 놀란 눈으로 그를 바라보았다.

갑자기 하늘이 어두워지더니 구름이 몰려와 비가 내리기 시작했다. 빗방울은 공원 안에 구불구불 난 길로 떨어지며 포석에 부딪쳐 튀어 오른다. 아비브는 비를 피해 떡갈나무 아래로 들어가 남자 옆에 앉았다. 두 남자는 미친 고양이들처럼 서로의 꼬리를 물려고 쫓아다니는 구름의 그림자들을 구경했다. 날은 갑자기 어두워졌다.

잠시 뒤 하늘이 다시 열리며 황금빛 햇살이 다발을 이루어 풀을 비춘다. 남자들은 머리를 들었다. 두 사람의 눈길이 마주쳤다. 걸인의 주름진 얼굴, 세월의 풍상이 고스란히 새겨진 얼굴에서 두 눈은 광택을 낸 검은 구슬처럼 반짝였다. 그의 빛나는 표정은 침착한 영혼의 평화를 고스란히 알려준다. 그는 세상에서 자신이 있어야 할 올바른 장소를 누리는 사람처럼 평온함을 그대로 보여주는 담백한 미소를 지었다. 운명의 호된 시련에도 그의 생명력은 위축되지 않은 것처럼 보였다.

묘하게도 두 남자는 인생을 살며 여러 번 마주친 적이 있는 것만 같은 느낌을 받았다. 아니면 그냥 그렇게 상상한 것에 지나지 않은 걸까?

소나기가 몰려올 때와 마찬가지로 갑자기 하늘이 다시 밝아졌다. 진한 향기를 머금은 바람이 두 사람을 스쳐 지나간다. 두 남자는 향기를 마음껏 들이마셨다. 모든 감각을 일깨우는 향기는 말 그대로 화려한 꽃다발이었다. 그것은 마법과 같았다. 그리고 마법처럼, 바람이 떡갈나무 앞에 펼쳐진 풀밭을 어루만지자 차례로 모든 꽃망울이 터지며 반짝이는 꽃 양탄자를 이루었다.

두 남자는 놀란 눈으로 주위를 돌아보았다. 그러고는 다시 마주 보았다.

"저게 뭐죠?" 아비브가 물었다.

"마법? 기적?" 걸인이 되물었다.

"어떻게 저런 일이 가능하죠?"

"젊은이, 자네가 생각하는 것보다 가능한 일은 더 많다네."

"어떻게 저런 일이 있을 수 있죠?"

"정확한 물음은 이거야. 왜 저런 일이 일어날까?"

"왜일까요? 왜 저런 일이 일어날까요?"

"나도 자네처럼 답은 모르네. 짐작만 할 뿐이지."

"그럼, 무엇을 짐작하시나요?"

"아마도 이 도시의 선한 영혼이 죽은 모양이군. 나는 따뜻한 심장을 지닌 사람의 죽음과 자연의 갑작스런 만개 사이의 연관을 관찰해왔어. 죽음과 자연의 만개는 서로 다른 곳에서 일어나기도 해. 말하자면 마지막 숨결이 땅을 떠나 영원으로 여행을 떠나기 전에 마지막으로 보내는 작별 인사랄까. 그렇지만 이런 짐작은 오로지 내 머릿속에서만 옳은 것일 수 있어."

"그럼 검은 영혼이 죽는다면요?"

"아무 일도 일어나지 않아."

"전혀요?"

"검은 영혼은 다행히도 살아 있는 동안에만 세상에 영향을 주지. 살아 있는 동안 검은 영혼은 모든 걸 자기중심으로 비틀어놓으니까."

"그럼 그런 다음에는요?"

"다음이란 없어. 오로지 선한 영혼만이 죽음과 함께 그 날개를 펼치지. 그런 다음 몸을 떠나 새 출발을 위해 날아올라. 세상에서 오로지 나쁜 짓만 한 검은 영혼은 살아 있는 동안 그 날개를 태워버리고 말아. 불나방처럼 불을 찾아다니니까. 날개가 숯덩이처럼 타서 더는 날 수가 없어."

"불편하게 들리네요." 아비브는 이렇게 말하며 눈썹을 치켜올렸다.

"악함은 편하지 않지."

"그럼 선함과 악함 사이에는 아무것도 없나요?"

"그야 물론 있지. 회색도 얼마나 다양해. 게다가 영혼이 없는 사람도 있어. 이들은 느끼는 게 많지 않아. 느낌이 없다 보니 사람들은 이들의 존재를 느낄 수가 없지. 영혼 없는 사람은 선함과 악함을 구분하지도 않아. 내가 보기에 이들은 날개가 꺾였거나, 아예 날개가 없어. 날개가 무슨 소용이 있겠나? 인생을 살며 날아오를 꿈조차 가지지 않는데." 걸인은 한동안 아무 말도 하지 않았다. 이윽고 다시 입을 열었다. "여보게 젊은이, 자네는 정말 순진해 보이는군. 이런 문제를 생각하기에는 너무 이르지 않나?"

"인생의 진리를 추구하기에 이른 때라는 것은 없죠."

"그렇다면야 말릴 수 없지. 내가 추구하고자 하는 인생도 정해진 기준에 맞추는 인생은 아니니까."

걸인은 자리에서 일어나 책을 겨드랑이에 끼고 밀짚모자를 쓰고는 아비브에게 까딱 목례를 하고 걸어갔다.

아비브는 늙은 떡갈나무에 기대어 한동안 앉아 있었다. 바람이 향기와 색채를 세상에 불어넣어주었던 사건은 아비브를 완전히 혼란스럽게 만들었다. 그게 무슨 일이었을까? 그리고 저 지혜로운 걸인, 저 기인은 대체 어떤 사람일까? 운명이 이 사람의 인생을 걸인의 신세로 만들었을까, 아니면 스스로 고른 인생일까? 그와의 만남은 단순한 우연일까, 아니면 어떤 커다란 계획의 일부일까?

카민스키

10

카민스키는 거울에 비친 자신의 시든 얼굴을 바라보았다. 그가 기억하는 한 그의 얼굴은 활짝 핀 적이 없다. 그의 눈은 빛도 삼켜버릴 정도로 검다. 그의 검은 영혼과 마찬가지로. 그의 심장이 악의를 쌓아둔 곳에 지나지 않는다는 점은 의문의 여지가 없다.

자연이 자신에게 베풀지 않은 것, 곧 인간다움을 허락하지 않은 자연에 앙갚음하기로 결심한 이래, 카민스키는 매일 인간에게서 영혼을 탈취할 도구를 찾을 계획을 다져왔다.

이제 드디어 그의 때가 찾아왔다. 선한 인간의 영혼을 빼앗아 자신의 것으로 만들 수 있다는 희망에 부풀어 카민스키는 드디어 인생의 의미를 발견했다.

카민스키는 무엇을 해야 할지 잘 알았다. 또 그 방법도 찾았다. 그는 죽어가는 사람에게서 영혼을 빼앗아 여러 성분으로 나눈 다음, 그 엑기스만 뽑아낼 생각이었다.

이런 작업을 위한 적절한 도구는 이미 마련해두었다. 더 필요한 일은 계획을 더욱 섬세하게 다듬는 것이다. 자신의 의도에 알맞은 영혼을 정확하게 골라야만 하기 때문이다.

그가 관심을 가지는 것은 덕성, 곧 전체적으로 완벽한 인간을 만들기에 부족함이 없는 자연적인 특성과 초자연적인 특성이다. 그는 이에 필요한 영혼들을 수집하고 그 엑기스를 뽑아낸 다음 걸출한 덕성들의 팔레트를 가지고 완벽한 영혼을 빚어낼 생각이다. 최고의 인간됨을 단 하나의 영혼에 담아내는 일, 오로지 자신만을 위한 영혼을 빚어내는 것이 카민스키의 목표다.

카민스키가 집을 나섰을 때 4월의 저녁 하늘은 다시금 먹구름으로 물들어 도시의 색깔들을 거두어갔다. 굵은 빗방울이 땅을 때리며 마치 탄알처럼 터졌다. 그는 검은 빗줄기 속에서 몰아치는 바람과 갑작스런 냉기의 엄습에도 아랑곳하지 않고 성큼성큼 걸어갔다.

그리고 이날 저녁 창문을 통해 밖을 내다보는 사람들에게 밤은 그 어느 때보다도 더 음험했다.

11

집은 한적한 곳에 홀로 떨어져 있었다. 집은 망사르드지붕*을 커다란 모자처럼 뒤집어썼다. 카민스키는 뒷문으로 이르는 길을 걸었다. 그가 듣는 유일한 소리는 젖은 포석을 걷는 자신의 발자국 소리뿐이다. 육중한 철문을 열자 아치형 천장을 가진 지하실로 내려가는 가파른 계단이 나타났다. 계단은 어둠 속에서 형체를 감추었다. 카민스키는 벽의 갈고리에 걸린 기름등잔을 켜고 아래로 내려갔다. 긴 복도는 두 개의 마주 보는 공간으로 이어졌다. 둘 가운데 큰 공간은 이미 몇 달 전부터 카민스키가 모든 종류의 실험을 할 수 있게 꾸민 곳이다. 공간은 그의 계획에 맞춤하게 만들어졌다. 이곳에서 카민스키는 자신이 간절히 원한 것, 완벽한 영혼을 빚어내리라!

벽면에 마련된 선반은 채워지기를 기다린다. 이 방에는 작은 창문이 단 하나밖에 없고, 그 창문 주변에는 풀이 무성하다. 그 창문으로 흘러드는 빛으로 카민스키는 기름등잔이 없이도 얼마든지 볼 수 있다. 그러나 먼지가 뿌옇게 날아다니는 빛으로는 누구도 바깥에서 안을 살필 수 없다.

---

* 프랑스의 건축가 망사르(Mansart)가 고안한 지붕. 경사가 완만하다가 급하게 꺾인 지붕으로, 아래 지붕에 채광창을 내어 다락방으로 쓰게 되어 있다.

마디가 굵은 손가락으로 카민스키는 창문을 열었다. 봄바람이 창문 사이로 이미 잊은 줄로만 알았던 일말의 희망을 일깨운다. 오랫동안 카민스키는 자신의 두뇌를 마치 레몬처럼 쥐어짰다. 더는 즙이 나올 수 없을 것처럼 보일 때까지 말이다. 그리고 이제 마침내 마지막, 그러나 많은 기대를 품게 해주는 시큼한 즙이 나왔다. 이 얼마나 대단한 발상인가! 다시는 없을 기회에 카민스키는 감격했다.

자신의 계획에 도취한 카민스키는 날카로운 웃음을 터뜨렸다. 그의 메스꺼운 웃음소리는 마치 벽이 삼켜버린 것처럼 아무런 울림을 남기지 않았다. 메아리가 없는 웃음소리는 소름 끼칠 정도로 섬뜩했다.

지하실 천장에서 검은 눈물과 같은 물방울이 카민스키가 애지중지하는 장난감, 곧 증류기로 방울방울 떨어졌다. 지하실 벽들이 이곳에서 얼마 뒤에 벌어질 일을 예감하고 눈물을 흘리는 것만 같았다.

의사는 호주머니에서 곱게 짠 천을 꺼내 증류기의 플라스크를 닦았다. 도구는 그 어떤 불순물도 허용하지 않을 정도로 완벽하게 청결해야만 한다. 그래야 사로잡은 영혼으로부터 그 성분을 증류하는 기술이 발휘된다. 이 기술은 영혼을 여러 성분으로 나누어준다. 이로써 카민스키는 인간의 영혼이 가진 속성을 연구하고, 그 개별 성분들로부터 가장 좋은 것만 취해 자신의 영혼을 빚어낼 수 있다.

그는 탁자 가까이 의자를 당겨 거기에 앉았다. 히에로니무스 브룬슈비히[*]가 1500년에 쓴 책인 『리베르 데 아르테 디스틸란디 데 심플리시부스(Liber de arte distillandi de simplicibus: 증류의 진정한 기술을 다룬 책)』가 그의 앞에 놓였다. 가죽 장정의 이 책은 이미 매우 닳아 책장을 넘길 때마다 페이지가 떨어질 것처럼 위태로웠다. 표지의 제목은 낙인을 찍듯 새겼다. 카민스키는 손가락으로 제목을 쓰다듬었다. 이 책에 담긴 내용으로 그는 마침내 얼음장 같은 현재로부터 해방될 수 있다. 태어난 후 날마다 그의 안으로 기어들어와 그를 옥죄던 현재로부터 풀려나고자 하는 그의 갈망은 뜨겁기만 했다. 그의 영혼은 악마처럼 검은 날개로 그를 짓누르며 암울한 인생에 그를 가두어놓았다. 이제는 풀려날 수 있다. 자신의 심장에 박힌 가시를 이제 뽑을 수 있다.

인생의 좋은 것이 자신의 손길이 닿지 않는 곳에 있다는, 과거의 씁쓸하기만 한 기억은 이제 깨끗이 쓸어버릴 수 있다는 확신이 카민스키를 즐겁게 했다. 이제 그는 인생의 좋은 것을 간단하게 취해 자신의 인생에서 처음으로 세계를 호령할 수 있으리라.

만족스러운 눈길로 공간을 둘러본 다음 카민스키는 지하실에서 나왔다. 그의 부푼 기대는 반딧불이처럼 밤하늘을 윙윙 날아다녔다. 손만 뻗으면 반짝이는 많은 빛을 잡을 수 있을 거 같았다.

---

[*] 히에로니무스 브룬슈비히(Hieronymus Brunschwig: 1450~1512): 독일의 의사로 각종 의술책을 펴낸 인물이다.

아비브, 카민스키와 만나다

12

남자가 들어섰을 때 마침 아비브는 화덕에서 유리 녹인 물을 나무 손잡이가 달린 취관(유리의 모양을 잡을 때 입으로 바람을 불어넣는 긴 쇠관)으로 들어내는 작업을 하고 있었다. 아비브는 상점의 문이 열리며 모서리에 달아놓은 작은 종이 울리고는 문이 다시 닫히는 소리를 들었다. 그런 다음 아비브는 찌르는 가시 같은 눈길을 느꼈다.

아비브는 유리 녹인 물을 주목하며 춤을 추듯 현란한 손놀림으로 취관을 돌리면서 입으로 불다가 유리를 석판에 대고 굴렸다. 마침내 취관 끝에 방울 모양의 유리 공이 생겨나자 아비브는 여러 도구를 써가며 몇 번이고 다시 가열하면서 원하는 모양을 만든 다음, 여전히 뜨거운 유리를 취관에서 잘라냈다. 손과 입과 몸을 써가며 작업을 하는 아비브의 동작은 춤을 추듯 경쾌했다.

와인 잔을 완성한 다음 그것을 식히는 장치에 넣어두고 나서야 비로소 아비브는 그 찌르는 것만 같은 눈빛이 목덜미에 불쾌하게 와 꽂히는 낯선 남자를 마주 보았다. 낯선 남자는 마치 전

쟁에라도 나선 사내 모양 적대적인 인상을 주었다. 이 남자의 눈을 오래 보면 바닥을 모를 심연으로 끌려들어갈 것만 같았다. 남자의 눈은 속을 들여다볼 수 없는 검은 유리판처럼 보이지만 그래도 그 뒤에 뭔가 숨겨져 있다는 것은 짐작할 수 있게 해주었다. 아비브가 그곳에서 짐작해낸 것은 아비브를 두렵게 만들었다. 아비브는 이미 몇 년 동안 숙련된 유리 세공사로 일했지만, 이처럼 쏘는 눈길을 가진 고객은 전혀 보지 못했다.

"여기는 너무 뜨거워서 머리가 익어버릴 것 같군!" 남자는 계산대 뒤 벽에 걸린, 에나멜로 만든 명판을 바라보았다.

아브라모비치 & 아들
유리 세공업, 1786년 창업

"아브라모비치 주니어!" 검은 외투로 몸을 감싼 남자는 거친 목소리로 말했다. 아비브가 자신의 정확한 이름은 아비브 질버베르크라고 알려주기도 전에 남자는 계속 말을 이었다. "흠, 주니어, 자네는 매우 섬세한 솜씨를 가진 것 같군. 나는 바로 이것 같은 작은 유리병 50개가 필요하네." 남자는 호주머니에서 유리병 하나를 꺼내 계산대 옆에 놓았다. "되도록 빨리 만들어주었으면 좋겠는데, 얼마나 걸릴까?"

아비브는 어두컴한 작업장에서 나와 매장 안으로 들어섰다. 아비브는 이 낯선 남자가 뭔가 이상하다는 것, 평범한 사람과는 전혀 다르다는 것을 알아차리는 데 한 번의 눈길이면 족했다. 가까이서 낯선 남자를 보자, 서늘한 기운이 아비브의 목덜미를 타고 흘러내렸다.

아비브의 섬세한 감각은 남자가 자신의 이름을 오해한 것을 굳이 밝히지 않는 편이 더 낫다고 직감했다. 어차피 아브라모비치는 자신에게 아버지와 다를 바 없을 정도로 친밀했다. 아비브는 이 유리 세공 장인을 사랑했으며, 노인도 그를 친아들처럼 아꼈다.

그냥 아브라모비치 주니어로 행세하며 아비브는 병을 한 손으로 잡고 돌려보며 다른 손으로 병목의 곡선을 살핀 다음, 병을 다시 계산대 옆에 내려놓았다.

"이것은 매우 특별한 병이로군요. 병목이 정말 특이해서 완성하려면 시간깨나 걸리겠습니다. 50개라면 한 달, 아니 혹시 두 달 정도." 아비브는 이렇게 말했다.

"더 빨리 완성해야만 해." 이 불편한 손님은 두 남자 사이의 공기를 단칼에 자르는 것 같은 목소리로 말했다.

머릿속으로 상황을 분석하며 아비브는 천천히 신중하게 말했다. "지금 다른 주문도 많이 기다리고 있어서요. 혹시 금요일마다 들러 그때까지 작업이 끝난 제품을 수령해가시면 어떨까요?"

"그렇게 하기로 하지." 카민스키는 입꼬리를 씰룩거리며 말했다. 그는 다시 호주머니에서 연필로 스케치가 된 종이 한 장을 꺼냈다. 의사는 그 냉혹한 표정을 다시 가다듬고는 아비브를 노려보았다. "그리고 이것은 아주 특별한 도구야, 주니어. 세상에서 유일한 거야." 그는 집게손가락을 화살처럼 설계 도면에 찍었다. "만들 수 있겠나?"

아비브는 종이를 180도로 돌려 자세히 살폈다. 도면은 대략 주먹 크기만 한 크리스털을 갈아 만든 향수병처럼 보였다. 마치 고대 그리스 아테네 여신 축제에서 상으로 주던 암포라, 곧 배가 타원형이고 목에 좁으며 손잡이가 달린 도자기를 닮은 크리스털 향수병이었다. 부조 무늬 장식과 함께 유리 병마개도 도면에 그려져 있었다. 마찬가지로 표면은 매끈하게 다듬은 모습이었다. 아비브는 도면을 살피고 말했다.

"물론이죠, 손님. 주문서에 손님 이름을 뭐라고 적을까요?"

카민스키는 자신의 이름과 주소가 적힌 명함을 호주머니에서 꺼내 설계 도면 위에 놓았다. 그리고 가져온 병을 그 위에 올려 놓고는 계산대 위의 다른 모든 것은 쓸어버렸다.

"일주일 뒤 금요일까지." 카민스키는 이렇게 말하고 돌아섰다.

"죄송한데요, 손님, 이런 촉박한 주문에는 선불로 주셔야 합니다."

다시 돌아서지도 않고 카민스키는 말했다. "만족스럽게 제작된 걸 내 두 눈으로 확인해야만 지불하겠네."

"믿어도 됩니까?"

"자네는 달리 선택할 게 없어, 아브라모비치 주니어."

그는 모자를 흔들고는 가버렸다.

아비브는 낯선 남자의 뒷모습을 지켜보며 남자의 뒤통수에서 읽을 수 있는 것이 결코 좋지 않은 것임을 확신했다.

13

다음 금요일 이른 아침 검은 외투를 입은 남자는 소리도 없이 유리 세공소에 나타났다. 아무 말도 없이 그는 개업과 휴업을 알리는 작은 알림판을 돌려놓고 문을 안에서 잠갔다. 그의 움직임은 정말이지 인간이 맞나 의심스러울 정도로 아무런 소리를 내지 않았다. 그것은 전혀 편하다고 할 수 없는, 위협적인 정적이었다. 등에 날아와 꽂히는 시선만으로도 아비브는 손님이 온 것을 알아차렸다.

아비브는 등을 돌렸다. 역광 탓에 아비브는 검은 남자의 얼굴을 거의 알아볼 수 없었다. 그렇지만 이 남자가 매장 탁자에 가까이 다가올수록 그 실루엣은 또렷해졌으며, 각이 지고 어두운 얼굴의 윤곽이 선명해졌다.

카민스키는 자신의 검은 동공에 아비브의 얼굴이 비칠 정도로 바짝 다가왔다. 동공에 비친 얼굴은 갈수록 커지다가, 동공의 검은 빛에 집어삼켜지고 말았다. 카민스키는 두 손가락을 부딪치며 딱 소리를 냈다. 아무 말도 없이 아비브는 허리를 숙여 계산대 아래에 있는 선반에서 완성된 유리병을 꺼내 탁자 위에 놓았다.

"이것이 손님이 주문하신 50개 가운데 첫 번째 완성품입니다."

아비브가 말했다. "손님의 스케치에 맞는 독특한 유리병은 곧 갖다드리겠습니다."

카민스키는 첫 번째 병을 돌려보며 잠깐 살피고는 이내 고개를 들어 아비브의 눈을 빤히 바라보았다. "이게 뭐야?" 그는 청년에게 대뜸 호통부터 쳤다. 그런 다음 카민스키는 병을 탁자에 사정없이 내리쳤다. 산산조각이 난 병의 유리 조각들이 바닥으로 우수수 떨어졌다. "내가 자네에게 가져다준 견본은 어디 있나?" 그는 퉁명스럽게 다그쳤다.

아비브는 다시금 허리를 숙여 선반에서 견본을 꺼내 유리 조각이 수북한 탁자 위에 놓았다. 견본은 깨진 유리병과 아주 섬세한 뉘앙스까지 똑같았다. 여전히 화가 난 목소리로 카민스키가 호통을 쳤다. "더 섬세해야만 해. 깔때기 모양의 병목이 더 길어야만 한다고."

아비브는 조금도 흔들리는 기색이 없이 종이와 연필을 가져와 가벼운 손놀림으로 스케치를 하고는 종이를 카민스키에게 보여주며 물었다. "손님이 원하시는 게 이런 모델이 아닌가요?"

아비브의 섬세한 손재주와 상상력 그리고 자신감 넘치는 태도에 내심 놀란 카민스키는 고개만 끄덕였다.

"월요일에 원하시는 모델의 첫 제품 3개를 받으러 오시죠. 그것은 완벽할 겁니다." 말을 마친 청년은 돌아서서 작업장으로 들어가 카민스키의 설계도대로 완성한 향수병을 가져왔다. 카민스키는 아직 온기가 남은 병을 두 손으로 받아들고 돌려보며 손가락으로 몇 차례나 쓰다듬더니 마개를 열고는 코로 가져가 마치 진짜 향수라도 들어 있는 것처럼 냄새를 맡고는 다시 마개를 닫아 탁자 위에 내려놓았다. 그야말로 완벽했다! 의사는 아비브에게 그 섬세한 솜씨와 재능에 놀란 자신을 보여주지 않으려 안간힘을 쓰며 고개만 끄덕이고는 이렇게 물었다. "이 향수병으로 나는 자네에게 얼마나 빚을 졌는가?"

"전체 계산서에 넣겠습니다." 아비브는 올곧은 자세와 그 어떤 것에도 굴하지 않는 눈빛으로 대답했다. 청년에게 깊은 감명을 받았다는 점을 들키지 않으려 카민스키는 아비브의 손을 잡고 짐짓 힘주어 악수했다. 허세를 부리느라 어찌나 꽉 쥐었는지 아비브의 손에서 우둑 하는 소리가 났다. 카민스키는 모자를 흔들고는 가버렸다.

아브라모비치 시니어(창업주의 먼 후손)는 배달을 갔다가 가게로 돌아와 유리 조각들을 쓸고 있는 아비브를 보았다.

"뭐가 깨진 모양이로구나, 아비브?"

"그저 자신이 뭘 주문했는지조차 모르는 화난 고객이 그런 것뿐이에요. 보시다시피 그는 제가 만든 게 마음에 들지 않았나 봐요."

"심각하게 받아들일 거 없다, 얘야. 인생을 살며 배워야만 하는 가장 중요한 교훈 가운데 하나는 나보다 더 잘하는 사람의 비판만 받아들여야 한다는 거야. 유리 세공사는 자신보다 더 나은 솜씨를 가진 유리 세공사의 비판만 중요하게 들어야 해. 예술가는 자신보다 더 노련한 예술가의 가르침만, 와인 담그는 사람은 자신보다 더 잘 아는 와이너리[*] 주인의 가르침만 받아야 하지. 손으로 하는 일뿐만 아니라 머리로 하는 일도 마찬가지란 다. 누가 너의 작품을 비판하거든, 그 사람이 너보다 더 잘 알거 나, 경험이 더 많은 경우에만 그 비판을 감사하게 받아들이렴. 너의 작품과 견줄 만한 것을 만들어보지 않은 사람의 비판은 들어줄 하등의 가치가 없어. 그런 비판은 질투나 공연한 화풀이 일 따름이니까. 질투는 어차피 이도 저도 아닌 얼치기가 자신의 약한 성격을 숨기려고 부리는 심술에 지나지 않아. 그리고 화풀 이나 일삼는 사람은 인생을 살며 그저 추한 험담만 늘어놓을 뿐이야. 그런 사람의 악의적인 비판은 작품의 잘못이 아니라, 비 판하는 사람의 문제만 드러내지. 그리고 마지막으로 아비브, 어 리석은 사람이 너의 작품을 흠잡는 것은 오히려 너를 칭찬하는 것과 다르지 않아. 다른 사람들은 그런 비판을 전혀 수긍하지 않으니까."

"올바르게 생각하는 법을 익힐 때 인생은 절로 성공의 길을 열어가는군요." 아비브가 말했다.

아브라모비치는 젊은이의 어깨를 다독였다. "작품의 진정한 가치는 우선 창조자가 얼마나 작품을 잘 다루는지에 달려 있

---

[*] 와이너리(winery): 와인을 만드는 양조장.

지. 다음으로 작품을 보는 사람의 영혼이 작품을 얼마나 이해
하는가, 작품 안에 담긴 것을 가려볼 줄 아는가에 달려 있어."

카민스키

14

그것은 그의 첫 번째 기회였다. 우연히 적당한 때 알맞은 곳을 찾은 덕에 카민스키는 그런 기회를 잡을 수 있었다. 그리고 그는 준비된 상태였다. 그는 잔뜩 기대를 품은 채 죽어가는 젊은 남자의 병상 옆에 앉아 있었다. 무자비한 열이 청년을 급습해 힘을 되찾지 못하게 만들었다. 지금 그는 죽음과 싸운다. 방 안에서 죽음은 그 어두운 기운을 뿜어낸다.

잔혹하게 급습한 운명에 얼이 나간, 청년의 부모는 병상 발치에서 고개를 푹 숙이고 두 손으로 얼굴을 감싼 채 웅크리고 앉아 있었다.

카민스키는 완전히 아무 소리도 내지 않고 가방을 열어 그 안에서 자신이 50개 주문했던 크리스털 병 중의 하나를 꺼냈다. 그는 병마개를 빼고 자리에서 슬그머니 일어나 젊은 환자를 굽어보며 등으로 부모가 보지 못하게 시선을 가렸다.

파렴치하게도 그는 비탄에 빠진 부모가 지켜보지 못하는 순간을 이용해 환자의 입에 깔때기 모양의 병 입구를 들이대고 그의 마지막 숨결을 병에 잡아넣었다. 재빨리 병을 닫은 카민스키는 부모가 눈치채지 못하게 병을 다시 가방에 집어넣었다.

그러고는 젊은 남자의 부모에게 다가가 한 손으로는 어머니의 어깨를, 다른 한 손으로는 아버지의 어깨를 잡았다.

"미안합니다. 제가 더 어떻게 할 수가 없네요. 이제 두 분이 아드님과 마지막 작별을 하시기 바랍니다. 저는 장의사에게 연락하겠습니다." 카민스키가 말했다.

카민스키는 겉으로만 안타까운 척했을 뿐, 그의 내면은 심드렁하기만 했다. 그는 사랑하는 사람을, 더욱이 친자식을 잃는다는 게 어떤 건지 알지 못했다. 그는 한 사람에게서 생명이 온전히 빠져나가고 오로지 빈 껍데기만 남는다는 것을, 이 육신이라는 껍데기가 오로지 슬픔만으로 채워진다는 것을 몰랐다. 그리고 이 슬픔은 누군가가 붙들어주지 않으면 그대로 껍데기를 부숴버리려 위협한다는 것도, 슬픔에 빠진 사람은 따뜻한 위로와 사랑의 손길이 없이는 쉽게 회복할 수 없다는 것도, 슬픔에 빠진 사람에게 관심을 베풀면 기적이 일어날 수 있다는 것도 카민스키는 알지 못했다.

부모는 고개를 들고 죽은 아들을 바라보며 두 손을 털썩 무릎에 떨어뜨렸다. 어머니의 창백하고 깡마른 손이 무릎에서 꼼짝도 하지 않았다. 그녀는 울부짖고 싶어 입을 열려 했으나 떨어지지 않는 입술을 깨물고 얼굴과 양팔을 부들부들 떨었다. 아버지의 몸도 들썩거렸다. 그는 주먹을 꼭 쥐고 자신의 허벅지를 내리쳤다. 마치 그렇게 하면 이 상황이 변하기라도 할 것처럼. 그러나 그 자신은 이 순간 마지막 희망조차 산산이 부서져 먼지가 되어버렸다는 것을 잘 알았다.

카민스키는 부모의 어깨에서 손을 거두고는 말없이 사라졌다.

15

그의 앞에 병이 놓였다. 작은 창문을 통해 흘러드는 몇 줄기 햇살이 크리스털을 통과하여 병 안에 있는 액체 방울을 진주처럼 영롱하게 빛나게 한다. 카민스키의 첫 번째 영혼 엑기스이다. 그는 향수병을 조심스럽게 들어 병에 이름표를 붙였다. 그런 다음 다시 병을 탁자의 증류기 옆에 내려놓았다.

카민스키는 가죽 장정을 한 노트를 펼치고 펜에 푸른 잉크를 듬뿍 묻히고는 노트의 속표지에 장중한 글씨체로 이렇게 썼다.

영혼 카탈로그

주인: 아르투어 카민스키

카민스키는 다음 쪽을 펼쳐 이렇게 적었다.

야콥 뢰벤슈타인, 22세

그는 50개의 병 가운데 빈 것 하나의 무게를 쟀다. 그런 다음 이 무게에 해당하는 저울추를 골라 천칭 저울의 한쪽 판에 놓았다. 이제 카민스키는 영혼 엑기스를 담은 병을 다른 한쪽 판에 놓았다. 빈 병에 해당하는 무게는 이미 로마 제국에서 썼던 '실리쿠아'라는 이름의 청동 동전에 맞먹는 0.189g이다. 영혼을 담은 병은 확실히 더 무거웠다. 그래서 카민스키는 '실리쿠아'를 무게가 1.137g인 '스크리풀룸'으로 바꾸었다. 여전히 저울은 영혼을 담은 쪽이 더 기울어졌다. 의사는 '스크리풀룸'을 빼고 무게가 3.411g인 '드라크마'를 놓았다. 이제 저울의 양쪽은 거의 균형을 잡았다. 물론 영혼 엑기스 쪽이 약간 더 무거웠다. 카민스키는 '드라크마'에 '실리쿠아'를 하나씩 올려가며 무게를 맞추었다. 세 개째 '실리쿠아'를 올려놓았을 때 드디어 균형이 딱 맞았다! '드라크마' 하나와 '실리쿠아' 세 개의 무게가 정확히 영혼 엑기스의 무게였다.* 천칭 저울은 완벽한 균형으로 미동도 하지 않았다. 카민스키는 자신의 카탈로그에 이렇게 썼다.

3.978g 영혼 엑기스 천연 그대로

카민스키는 노트와 펜을 옆으로 치우고 천연 그대로의 영혼 엑기스를 침착하게 증류기의 가열 통 안에 넣고 끓였다. 피어오르는 수증기가 냉각 유리관을 거치며 다시 액체로 변하면서 유리 용기 안으로 방울방울 떨어졌다. 위쪽의 플라스크에는 영혼의

---

* 실리쿠아(Siliqua)와 스크리풀룸(Scripulum)과 드라크마(Drachma)는 모두 로마 제국에서 사용했던 동전의 명칭이다. 셋 중 가장 낮은 단위가 실리쿠아이며 스크리풀룸은 중간 것, 그리고 드라크마는 은화를 부르는 명칭이다.

가벼운 성분이 모였다. 카민스키는 이것이 그 어떤 악한 성분도 깨끗이 분리해낸 영혼의 가장 순수한 성분, 곧 선한 성분이라고 믿었다. 그리고 아래쪽 플라스크에는 액체가 실처럼 가늘게 흘러내리며 영혼의 무거운 성분이 모였다. 카민스키는 이것이 영혼의 순수하지 않은 부분, 곧 악한 성분이라고 보았다.

이 얼마나 대단한 발명인가! 영혼을 증류하다니! 정말이지 주도면밀한 방법이다! 위대한 의사 카민스키는 실제로 영혼 엑기스를 두 개의 서로 다른 성분으로 나누는 데 성공했다.

그는 각각의 엑기스의 무게를 재어 각기 다른 병에 부었다. 이름표에는 청년의 이름과 함께 가볍고 순수한 성분에는 'L'이라고, 무겁고 탁한 성분에는 'S'라고 썼다.[*] 그런 다음 영혼 카탈로그에 이렇게 적어 넣었다.

3.0g, '가벼움'

0.5g, '무거움'

(0.478g은 증류하는 과정에서 증발해버렸음.)

이제 카민스키 앞에는 두 개의 작은 병이 있다. L-향수병의 영혼 엑기스는 크리스털을 통해 그 어떤 불순물도 없이 영롱한 맑은 빛을 발했다. S-향수병의 영혼 엑기스는 마치 홍차를 아주

---

[*] L은 독일어 '라이히트(leicht: 가벼운)'의 약자이고, S는 독일어 '슈버(schwer: 무거운)'의 약자이다.

묽게 희석한 정도로 흐릿했다.

카민스키의 두 눈은 자부심으로 빛났다. 그는 인간의 마지막 숨결, 휙 날아가버려 잡기 힘든 마지막 숨결을 붙잡아 영혼의 본질을 두 개의 크리스털 병에 잡아두는 데 멋들어지게 성공했다. 그것도 거의 상실이 없이. 단지 극소량만이 증발해버렸다. 이런 눈부신 성공을 거두다니!

그는 손가락 끝으로 두 향수병을 마치 자신의 자식인 양 어루만졌다. 이 작은 병은 본래 있을 수 없는 것, 죽음을 부르는 죄악으로 만들어진 것이지만, 카민스키는 해냈다. 너무도 간단하게 이뤄진 성공에 카민스키는 얼떨떨하기만 했다. 젊은 영혼의 생명 엑기스를 이처럼 손쉽게 차지하다니!

이제 필요한 일은 영혼의 엑기스를 뽑아낸 것이 실제 효과를 발휘할지 검증해보는 것이다. 카민스키는 젊은 야콥의 영혼을 실제로 사로잡았을까, 아니면 그냥 그렇게 착각한 허튼 소동에 지나지 않을까?

"그거야 자기 실험*을 해보면 알지." 카민스키는 중얼거렸다. "물론 아주 신중하게 시작해야만 해. 내가 생각했던 대로 가볍고 맑은 엑기스가 영혼의 선한 특성을 이루는 것이라면 이 엑기스를 과도하게 섭취했다가는 내 전체 계획이 수포로 돌아갈 수 있어. 아직은 이 엑기스가 내 안에서 어떤 효과를 불러일으킬지

---

* 자기의 몸을 실험 대상으로 삼는 실험.

나는 알지 못해. 만약 양심의 가책을 자극한다면, 내가 계획을 완수하는 데 방해가 될 거야. 반대로 탁한 성분을 너무 많이 섭취했다가는 어차피 썩어가는 내 영혼을 완전히 짓밟아 완벽한 영혼을 누려보고자 했던 내 계획은 물거품이 되고 말 거야."

순수한 성분부터 시작해야만 한다는 점은 이내 분명해졌다. 만약 이 성분으로 심장이 너무 물러터진다면 곧바로 탁한 성분으로 교정해줄 수 있지 않은가.

신중하게 카민스키는 병마개를 열고 영혼 엑기스 한 방울을 자신의 손등에 떨어뜨렸다. 그러고는 향수 냄새라도 맡듯 코를 엑기스에 대고 킁킁거렸다. 놀라웠다. 이 작은 한 방울은 실제로 향기를 발산했다. 아주 부드럽고 미세하면서도 뭔가를 연상시키는 냄새였다. 그것은 은방울꽃 혹은 백합의 가벼운 향기였다. 카민스키는 혀끝으로 손등을 핥았다. 엑기스는 혀를 맴돌다가 목을 타고 흘러내렸다. 아무런 맛이 느껴지지 않았으며, 대단히 부드러웠다. 돌연 입안을 가득 채운 생기가 느껴졌다. 그것은 마치 비단처럼 부드러우면서 따뜻한 물이 온몸을 관통하는 느낌이었다. 불현듯 카민스키의 내면에는 책이 한 권 펼쳐졌다. 카민스키는 몇 분의 1초라는 극히 짧은 순간에 야콥 뢰벤슈타인의 주마등처럼 펼쳐지는 인생을 읽을 수 있었다. 카민스키는 청년이 살아 경험한 감동의 순간을 고스란히 맛보았다. 카민스키는 무어라 말로 형언할 수 없는 것을 느꼈다. 그런 것을 설명할 언어는 없었다. 그것은 따뜻하고 선한 무엇이었다. 그러자 인생에서 처음으로 카민스키는 뜨거운 눈물을 흘렸다. 그래, 바로 이 눈물이다! 이 눈물 덕분에 카민스키는 지금껏 비현실적이라고 여겨온 모든 것을 실재하는 것으로 실감할 수 있었다. 상상할 수 없던 것이 눈앞에 현실로 펼쳐졌다.

영혼의 순수한 엑기스는 특별한 성격, 재능, 덕성 외에도 한 인간이 살며 겪은 가장 아름다운 순간을 간직하는 모양이다. 영혼은 그 안에 인생 전체를 담았다!

한순간 카민스키의 거칠어 보이기만 하던 인상이 기묘하게도 풀리며 아주 마음씨 좋은 아저씨처럼 보였다. 카민스키는 인생을 살며 처음으로 깊고도 만족스러운 호흡을 했다. 그리고 감격했다. 지금껏 50년에 가까운 험난한 인생에서 그는 검은 숨만 토해냈을 뿐, 이 비슷한 감정을 느껴본 적이 없다. 비인간적인 카민스키는 이제 인간적이 되었다. 그는 누군가를 안아주고 싶은, 야콥의 부모를 위로해주고 싶은, 그들에게 아들을 돌려주고 싶은 충동, 그렇다, 사랑의 감정을 느꼈다. 그러나 지금은 홀로였기에 그는 자기 자신을 끌어안았다.

생동하는 느낌은 찾아왔을 때처럼 빠르게 사라졌다. 카민스키의 영혼의 늪에서는 익숙한 냄새가 피어올랐으며, 그의 입안은 텁텁하기만 했다. 따뜻한 느낌은 온데간데없이 사라졌다. 다시금 그의 심장은 음습함의 지배를 받았고, 그의 냉혹함이 이내 돌아왔다.

한동안 카민스키는 자신이 발견한 것에 압도당해 얼떨떨한 기분이었다. 그 보잘것없는 한 방울의 영혼이 그처럼 심오한 감정을 불러일으키는 오묘함을 카민스키는 이해할 수가 없었다. 그럼 이 가볍고 순수한 엑기스를 남김없이 마셔버린다면 그 느낌은 정말 엄청나리라! 그리고 수많은 영혼들의 선한 부분들을 섞은 칵테일을 마신다면 그 효과는 얼마나 폭발적일까!

인간의 마지막 숨결로 영혼을 사로잡아 병에 담아둘 생각을 하다니 이 얼마나 천재적인 발상인가! 영혼 엑기스에는 그 영혼의 모든 성분이 담겨 있다. 카민스키는 이처럼 간단하리라고는 전혀 상상하지 못했다. 인생 전체를 마지막 숨결로 잡아두다니!

자신의 명석한 머리로 이 신비가 품은 비밀을 풀어낼 수만 있다면 카민스키는 완벽한 인간으로 거듭날 수 있다. 이 영악하고도 교활한 수법으로 그는 심지어 자신만의 유일한 영혼을 창조할 수 있다. 좌절 일보 직전에 이르렀던 카민스키는 이 암울한 상황을 모든 것이 보상되고도 남을 승리로 바꾸어냈다.

의사는 맑은 엑기스가 담긴 병의 이름표와 영혼 카탈로그의 해당하는 칸에 그 짧은 순간 동안 경험한 청년의 인생 특징을 기록했다.

선의, 호의, 평화로운 영혼

이제 그의 눈길은 탁한 액체가 담긴 병으로 향했다. 그는 또한

이 병의 마개를 열고서 한 방울을 자신의 손목에 떨어뜨렸다. 이번에도 그는 코로 킁킁거리며 냄새를 맡고는 콧잔등을 강하게 찡그렸다. 향은 마찬가지로 미세하기는 하지만, 이번에는 약간 신맛이 났다. 카민스키는 혀끝으로 그것을 핥고는 얼굴을 찡그렸다. 몇 분의 1초라는 찰나의 순간에 입안에는 쓴맛이 가득 퍼졌다. 카민스키는 속에서 분노와 광기가 치솟는 것을 느꼈다. 그가 아주 익숙하게 아는 감정이다. 카민스키는 갑자기 탁자를 쾅 하고 내리쳤다. 두 개의 병은 심하게 흔들려 하마터면 쓰러질 뻔했다.

이번에도 나쁜 감정들은 지극히 짧은 순간에 타올랐다가 이내 사그라졌다. 카민스키는 탁한 액체가 담긴 병의 이름표와 영혼 카탈로그의 해당하는 칸에 이렇게 메모했다.

분노, 광기

처음으로 수확한 영혼을 두고 카민스키는 이렇게 기록을 완성했다.

야콥 뢰벤슈타인, 22세

3.978g, 영혼 엑기스 천연 그대로
증류 이후:

3.0g, '가벼움', 맑은 엑기스 — 추출된 특성: 선의, 호의, 평화로
   운 영혼

0.5g, '무거움', 탁한 엑기스 — 추출된 특성: 분노, 광기

0.478g은 증류하는 과정에서 증발함.

한 방울의 효과는 대략 1분 뒤에 사라짐.

드디어 광란의 막이 올랐다. 마지막 숨결로 인간 영혼을 간단하게 사로잡아 증류기를 써서 좋은 성분과 나쁜 성분으로 분류하며 심지어 그 특성까지 상세하게 규정할 수 있다는 확신으로 카민스키는 이날부터 영혼 사냥꾼이 되었다. 이제부터 그의 고삐 풀린 야심은 도시 전체에 위협을 가하리라. 더욱 심각한 것은 이런 사실을 누구도 알지 못한다는 점이다.

아비브

16

이날 밤 달빛이 무척 밝아서 머리 위의 하늘은 터키옥의 짙푸름을 펼쳐놓았다. 짙푸른 하늘은 마치 잔잔한 호수의 수면 같았다. 달은 물속에서 하늘거리는 수초 사이에서 환히 빛나는 하얀 꽃처럼 보였다. 아비브는 마음 같아서는 당장에라도 물에 뛰어들고 싶었다. 그럼 정신이 맑아져 최근에 일어난 일들을 더 잘 이해할 수 있지 않을까.

아비브는 잠을 이룰 수 없었다. 아침이 잠옷을 벗었을 때 아비브는 근무 시작을 몇 시간 앞둔 이른 시점이었음에도 아직 잠든 도시를 향해 걸어갔다.

모든 것을 황금빛으로 물들이는 아침 햇살의 따스하고 부드러운 느낌과 신선한 향기는 세상의 모든 아름다움을 깨웠다. 아직 사람의 모습은 어디에도 보이지 않았다. 아비브는 이 고요함을 즐겼다.

정원이 딸린 어떤 집에 가까워졌을 때 아비브는 집 앞에 마차가 한 대 서 있는 것을 보고 발길을 멈추었다. 검은 외투에 모자를 쓰고 가방을 든 남자가 서둘러 계단을 내려왔다. 그 뒤로 두 명의 상여꾼이 관을 들고 따랐다. 아비브는 남자들을 관찰했다. 모자를 쓴 남자는 의사로 보였다. 검은 외투로 몸을 감싼 모습이 꼭 석탄 같았다. 그의 각진 얼굴은 보는 사람을 주눅 들게 만들었으며, 그의 태도는 위협적이었다. 아비브가 그를 알아보는 데에는 몇 분이면 족했다. 그는 카민스키였다. 이 남자가 어떤 형태의 죽음이든 늘 가까이 지낸다는 것이야 놀라운 일은 아니다. 그렇지만 어쩌 거꾸로 죽음이 그를 찾아다니는 것은 아닐까? 멀리 있다가 그에게 들키면 혼쭐이라도 날까 두려워서?

아비브는 자세히 살펴보고 싶은 호기심이 생겼다. 도로 건너편의 집은 무어라 설명하기 힘든 어떤 기운으로 아비브의 눈길을 사로잡았다. 그는 의사가 다음 길모퉁이로 사라질 때까지 기다렸다. 관이 마차에 실리고 마차 바퀴가 둔중하게 덜컹거리는 소리가 점차 멀어져갔다. 그러자 아비브는 집으로 다가갔다. 대문은 열린 채 그대로 있다. 그런데 이 무슨 기묘한 광경일까. 정원은 구석구석까지 황폐하기 이를 데 없는 모습이다. 꽃은 단한 송이도 흙에서 고개를 내밀지 않았다. 덤불은 말라비틀어졌으며, 색을 잃은 나무에는 잎들이 시들어 무겁게 달려 있었다. 지금은 봄인데 정원은 왜 이리도 황량할까.

"여기서 뭐 하세요?" 누군가 맑은 목소리로 물었다. 아비브는 움찔 놀라 뒤를 돌아보았다. 대문에 상냥해 보이며 깃털처럼 가벼워 보이는 곱슬머리의 소녀가 초록 옷을 입고 서서 동그랗게 뜬 눈으로 아비브를 바라보았다. 어깨에 닿을 정도로 긴 곱슬머리는 물살의 소용돌이처럼 굽이쳤다. 황량한 정원에서 소녀는 겨울 한복판에 핀 꽃처럼 빛났다.

"문이 열려 있더구나." 아비브가 조심스러운 목소리로 답했다. "정원을 보고 싶어서."

"정원을 본다……."

"일종의 취미 생활이지."

"그럼 분명 여기에는 아무것도 구경할 게 없어요. 벌써 오래전부터 아무것도 자라지 않았으니까요."

"왜?"

"그렇게 물어보신다면야 이 집에 살던 노인은 아주 못된 사람이었으니까요."

"꽃을 전혀 돌보지 않았니?"

"제가 어떻게 알겠어요. 노인이 이 집에 이사 오기 전에 이 정원은 아주 희귀한 꽃들로 매우 아름다웠어요. 그랬는데 해가 갈수록 꽃이 줄어들었죠. 노인은 죽었어요. 주변의 분위기를 독하게 만드는 사람이 죽었으면 기뻐해도 되는지 저는 궁금해요. 어쨌거나 저는 좋아요. 아마도 이제 다시 이런저런 꽃들이 이 흙에서 피어날 테니까요."

"그러니까 이 집 주인이 착한 사람이 아니라서 여기에는 꽃이 더는 피지 않았다는 거니?"

"그렇게 물어보신다면야 노인의 고약한 성격이 집과 정원을 망가뜨렸다고 해야겠네요. 이리 오세요, 제가 보여드릴게요."

소녀는 길을 잃은 씨앗이 정원 언저리에 피운 듯한 외로운 초롱꽃 세 송이를 꺾어 들고는 집의 현관에 이르는 계단을 올라갔다.

"어서 이리 오세요." 소녀는 황량한 정원에 뿌리가 박힌 것처럼 서 있는 아비브를 돌아보며 말했다. 소녀는 손잡이를 잡고 육중한 나무 문을 열고 집으로 들어섰다. 마침내 아비브는 소녀의 뒤를 따랐다.

아비브는 주위를 돌아보았다. 그는 방금 전에 주인이 죽은 집에 들어가본 적이 전혀 없었다. 집 안의 분위기는 을씨년스러웠다. 아비브는 사람이 살지 않는 텅 빈 집을 예상했지만, 마치 집의 벽들이 그에게 무어라 속삭이는 것만 같은 느낌을 받았다. 그는 조심스럽게 문을 열었다. 그곳은 집주인의 작업실이었다. 퀴퀴한 냄새가 아비브의 코를 찔렀다. 마치 차갑고 냄새 나는 손이 목덜미를 움켜잡는 듯한 느낌이 들어 아비브는 흠칫 몸을 떨었다. 그는 얼른 문을 다시 닫았다. 그는 음습하고 썩어가는 공기로 숨이 막힐 것만 같은 복도를 빠른 걸음으로 걸었다. 아비브는 손으로 코와 입을 틀어막고 발걸음을 재촉했다.

그사이에 소녀는 주방으로 들어갔다. 아비브는 소녀의 뒤를 따랐다. 여기서도 썩는 고약한 냄새가 나 아비브는 숨이 막힐 것만 같았다.

소녀는 뭔가 찾는 것처럼 두리번거렸다. 그런 다음 찬장에서 유리잔 하나를 꺼내 물을 채워 탁자 위에 놓았다. 아비브는 의아한 눈빛으로 소녀를 보았다.

"이걸 자세히 보세요." 소녀는 이렇게 말하며 꺾어 온 초롱꽃을 잔에 넣었다.

눈을 믿을 수가 없었다. 이게 무슨 일일까? 순식간에 초롱꽃은 시들었다. 신선한 물인데.

"이 추악한 노인이 집과 정원에서 일체의 생기를 빼앗아 버렸어요. 심지어 물도 생명력을 잃었죠. 이 집의 수도관을 흐르는 즉시 물은 독이 되고 말아요." 소녀는 누군가 엿듣는 게 아닐까 걱정하듯 낮은 목소리로 말했다. "저에게 물어보신다면 이 노인은 검은 영혼을 가졌어요. 아저씨는 그의 얼굴을 봤어야 해요. 얼굴 곳곳에 혹이 난 데다가 다크서클이 어찌나 선명한지 꼭 새겨놓은 것처럼 기괴했어요. 그의 눈길은 차가운 바람처럼 심장을 찔렀어요. 그와 너무 오래 접촉하는 사람의 정서는 머잖아 기묘하게, 소름 끼칠 정도로 변했죠. 아저씨가 직접 보듯, 이 집은 주인의 음험함을 고스란히 발산하고 있어요. 우리는 되도록 빨리 이곳에서 나가는 게 좋아요."

"놀랍군." 아비브는 이해하기 힘들다는 표정을 지었다.

"어서요, 빨리 여기서 나가요." 소녀는 이렇게 말하며 아비브의 소매를 잡아끌었다.

거리로 다시 나온 아비브는 당혹스러운 표정으로 소녀의 눈을 보았다.

"이건 도대체 무슨 일이지? 유령의 소동인가?" 아비브가 물었다.

"노인의 땅에?"

"집의 곳곳에."

"그래요, 곳곳에."

아비브는 불안한 눈길로 소녀를 보았다. "너는 이런 괴이한 일을 어떻게 알았니?"

"우연은 없어요. 우리 할머니가 해주신 말씀이에요. 모든 것에는 그에 합당한 뜻이 있대요. 우리가 이해하지 못하더라도 숨은 뜻이 작용하는 거라고 할머니는 강조하셨죠. 실제로 일이 벌어지기 전에 이미 세상은 그 뜻대로 움직이도록 정해져 있다고도 하셨어요." 소녀는 이렇게 말하고는 아비브의 얼굴을 올려다보았다. 그는 소녀의 큰 눈망울이 말하는 것을 읽었다. 이 세상에서 무슨 일이 일어나는지 아무것도 알지 못하는 완전히 무지한 아저씨네 하고 눈은 말했다. 소녀는 미소를 짓고는 깡충깡충 뛰어갔다. 아비브는 소녀의 춤추는 머릿결이 정원 문 뒤로 사라져 소녀의 초록 옷이 풀들과 하나로 어우러지는 것을 보았다.

다시금 아비브는 집의 앞면을 살펴보았다. 등에서 소름이 끼치는 것을 느끼는 순간 아비브는 젤마가 했던 말을 떠올렸다. "헛되이 사라지는 건 아무것도 없어. 집들도 그 주인의 본질과 분위기를 간직한단다. 너도 텅 빈 집에 들어갔다가 거기서 오래도록 산 사람을 느껴본 적이 있지?"

17

얼마나 오랫동안 그 집 앞에서 멍한 표정으로 서 있었는지 아비브는 알지 못했다. 한 줄기 바람이 거리를 스치자 그 황량한 집의 말라붙은 잎들은 분명 아직 봄이었음에도 가을 낙엽들처럼 소용돌이를 쳤다. 이 장면을 보며 아비브는 천천히 정신을 차리고 신선한 공기를 들이마셨다.

유리 세공소로 가는 길에 아비브는 어린 소녀들이 파스텔 빛깔의 옷을 입고 나비처럼 팔랑거리며 뛰어다니는 녹지대를 지나갔다. 사방에서 흙으로부터 생명의 향기가 피어오른다. 나뭇잎에서는 이슬방울이 반짝이며 생명의 갈증을 풀어준다. 아비브는 마치 유리 위를 걷듯 조심스레 풀 위를 걸었다. 부드러운 꽃향기가 코를 감싸는 꽃들을 밟을까 조심스러웠기 때문이다. 그는 한동안 쪼그리고 앉아 손을 펼치고 꽃들을 어루만졌다. 그의 손에 달콤하고 가벼운 봄의 향기가 스며들었다. 이 모든 것은 얼마나 아름다운가. 또 이내 사라져 덧없기만 한가.

아비브는 계속해서 거리를 걸었다. 그러는 동안 바삐 일터로 나가는 사람들이 많아졌다. 사람들은 마치 엎어놓은 유리병 속의

파리들처럼 북적거리며 한 자리를 맴도는 것만 같다. 청년은 사람들의 얼굴이 판에 박은 것처럼 보인다는 것을 처음으로 느꼈다. 대개 영혼의 생기라고는 보여주지 않는 얼굴들이다. 흐리멍덩하고 무딘 눈길들 가운데 이따금 생기 어린 눈이 보일 뿐이다. 아비브는 사람들이 거의 시대의 꼭두각시 같다는 생각을 했다. 그리고 그는 이들을 매단 줄을 누가 혹은 무엇이 잡아당길까 하고 자문했다.

사람들은 대체 언제 마지막으로 자신의 감각을 온전히 느껴보았을까? 또는 감각이 말해주는 것에 귀를 기울여보았을까?

그럼 자신은 세상을 있는 그대로 맑게 보았을까? 문득 아비브는 이런 자문을 했다. 아니면 노인의 집에 구석구석 배인 죽음을 느낀 탓에 사소한 것에도 자신의 감각이 예민하게 반응하는 것일까? 왜 오늘 이 시끌벅적한 도시의 일상에서 사람들이 하는 행동과 몸가짐이 이처럼 두드러져 보일까? 소녀가 사람들이 하는 생각과 말과 행동이 주변에 고스란히 영향을 미친다는 점을 상기시켜주어서? 주지하듯 인간의 눈은 자신이 관심을 가지고 찾는 것만 본다고 하지 않던가.

손으로 목을 받치고 골똘히 생각에 잠겨 있는데 문득 익히 아는 목소리가 들렸다. 이번에도 목소리의 주인은 아비브의 생각을 염탐하고 엿들은 것만 같았다.

"무의미한 인생에서 의미를 찾는다. 그게 어떻게 가능하지?

물론 인생을 자신이 뜻한 대로 살면서도 시대에 뒤처지지 않는 것이야말로 진정한 예술이지. 유감스럽게도 나는 성공하지 못했지만."

청년은 뒤를 돌아보았다. 아니나 다를까 역시 그 걸인이다. 새삼스럽게 아비브는 걸인이 키가 크고 수척하다는 것을 실감했다. 걸인의 허리를 똑바로 편 바른 자세를 보며 아비브는 존경심을 품었다. 물론 걸인은 일반적으로 말하는 '미남'은 아니었지만, 평온하면서도 남의 마음을 끄는 매력적인 성격과 반짝이는 눈을 가지고 있어서 기품이 느껴졌다.

"저만 그렇게 생각하는 줄 알았더니 선생님도 이 사람들의 얼굴에서 어떤 불만을 읽으셨나 보죠? 모두 숨 가쁘게만 사느라 여유가 없어 보여요." 아비브가 물었다.

"우리가 어디에 시선을 맞추느냐 하는 문제가 아닐까? 사람들은 대개 자신을 병들게 하는 허튼 목표만 좇느라 허덕이지 않는가? 시대의 잘못된 이상만 따르지 않는가? 우리는 자신도 모르는 사이에 끝없는 욕구의 꼭두각시가 되고 말아. 우리는 모든 것의 가치를 제대로 알고 있는 것 같지만, 진정한 가치를 아는 사람은 아무도 없어. 우리는 정작 중요한 것은 시야에서 놓치고, 불과 몇 년 뒤에 더는 가치가 없을 일에 인생을 낭비하지. 젊은이, 자네가 어떤 일을 할 때 마다 이 일이 세월이 흐른 뒤에 자네 인생에 여전히 중요한 것일지 매 순간 자문하게. 가치가 없는 일은 아예 하지 않는 편이 좋아. 우리가 매일 발을 씻고 돌보아주듯, 영혼도 돌봄의 손길을 필요로 한다네. 영혼을 돌보는 일이야말로 인생의 가장 어려운 일이지. 영혼을 가꾸지 않는 탓에 진정한 인생을 살지 못하는 사람은 안타깝게도 너무나 많아. 내가 말하는 진정한 인생이란 자신을 위해 준비된 바로 그 인생을 뜻해. 자신에게 맞춤한 인생을 살지 못하는 사람은 죽을 수도 없어. 실질적으로 그들은 인생을 살아본 적이 없으니까." 걸인은 이렇게 말하고 잠깐 뜸을 들였다. "자신을 족쇄처럼 붙들어 맨 인생으로부터 빠져나오지 못한다면, 우리는 결코 우리를 기다리는 인생을 살 수 없어. 자신이 누구인지, 자신이 지금과는 다른 무엇이 될 수 있었는지 우리는 전혀 알지 못하니까. 그래서 그처럼 많은 살아보지 못한 인생, 쓰임을 받지 못한 재능이 있는 거야."

이야기를 듣는 아비브의 눈썹이 꿈틀했다. 걸인은 계속 말을 이었다. "누가 우리 인생을 망칠까? 시대의 빠른 변화에도 붉은 실타래, 개인적인 길라잡이를 놓치지 말아야 하는 사람은 누구일까?" 걸인은 숨을 깊이 들이마셨다. "우리의 인생을 망치는 사람은 다른 누구도 아닌 우리 자신이야. 붉은 실타래를 찾아 놓치지 말아야 하는 사람도 우리 자신이야. 서글픈 것은 거리에서 만나는 불만에 찬 많은 사람들은 자신을 위한 올바른 인생을 찾을 노력은 하지 않고 그저 한탄만 일삼는다는 점이야."

"자신을 위한 올바른 인생." 아비브는 깊은 생각에 젖어 걸인의 말을 되풀이했다. 문득 아비브는 자신이 지금까지 그저 '사로잡힌 인생'만 살아왔음을 깨달았다. 그가 하는 모든 일, 심지어 유리 세공이라는 일마저도 의지로 선택한 것이 아니라, 그저 주어진 것일 뿐이다. 아비브는 지금껏 자신이 온전히 의식해서 결정해본 일이 전혀 없음을 깨달았다. 모든 것은 그냥 어떤 식으로든 주어진 것일 뿐이다. 물론 아비브는 자신의 인생에 만족하기는 했지만, 이는 지금껏 자신이 하는 일이 많은 세월이 흐른 뒤에도 가치가 있는 것인지 명확히 자문하지 않았기 때문일지도 모른다. '나는 이 세상에서 내가 있어야 할 올바른 자리를 아는가?' 아비브는 이렇게 자문했다.

"우리 각자는 훨씬 더 많은 것을 자신 안에 간직하고 있어." 걸인은 흔들림 없이 계속 말했다. "작은 씨앗 안에 커다란 떡갈나무가 숨어 있는 것처럼, 우리 각자 안에는 의미심장한 미래를 위한 싹이 자라고 있어." 그는 잠시 숨을 골랐다. "인생에 근사해 보이는 얼굴은 많기만 해, 젊은이. 그러나 그런 근사함은 빠르든 늦든 인생의 본질적인 문제라는 암벽과 만나 흔적도 찾을 수 없이 산산조각이 나고 말아."

아비브는 깊은 생각에 잠겼다. 그는 천진난만한 미소를 짓던 소녀를 떠올렸다. 그 소녀의 눈에 자신은 아무것도 아는 게 없는 아저씨에 지나지 않았다. 그러고 보니 지금껏 살아온 20년이 넘는 인생은 단 몇 마디의 단어로 정리된다. 오랜 세월을 나타내는 빈약한 단어들. 좋은 걸까, 나쁜 걸까? 그리고 우리 각자 안에 그처럼 많은 가능성이 숨겨져 있다면, 우리로 하여금 그 가능성을 쓰게 하거나 쓰지 못하게 하는 것은 무엇일까? 그리고 한 인간이 그처럼 다양한 발전 가능성을 가졌다면, 오늘날 우리를 우리이게끔 만든 것은 누구 또는 무엇일까? 우리는 자신의 재능을 실현하기 위해 무엇을 할 수 있을까? 또 어쩔 수 없는 것은 무엇일까? 그때 아비브는 문득 죽은 노인이 떠올랐다.

"누구나 자신의 가능성, 곧 밝은 영혼이나 검은 영혼을 키울 가능성을 품고 있다면" 하고 아비브는 잠깐 숨을 골랐다. "선생님은 방황하는 영혼, 음울한 영혼이 인간뿐만 아니라 자연에도 영향을 주어 꽃과 나무를 시들어 죽게 만들 수 있다는 걸 상상하실 수 있나요? 저는 오늘 아침 최근에 죽은 사람의 정원에서 그런 일을 보았죠. 이웃집 소녀의 말로는 그 노인의 영혼이 완전히 말라비틀어졌다고 하더군요. 그런데 그 노인의 정원은 정말이지 구석구석 모든 것이 시들고 말았어요. 흙에서 고개를 내민 꽃은 단 한 송이도 없더군요."

"그리 드문 이야기는 아니야. 때때로 자연은 우리 인간으로 하여금 인생을 반성하고 반추해볼 수 있도록 의도적으로 그런 현상을 일으키곤 하거든. 마치 신호를 보내는 것처럼 말이야."

"그 참 신비하게 들리는 이야기네요."

"인생 자체가 하나의 신비지, 젊은이."

그리고 나타났을 때와 마찬가지로 걸인은 다시금 흔적도 없이 사라졌다.

아비브는 홀로 서서 놀란 입을 다물지 못했다. 그는 인간으로 살아갈 수많은 가능성에, 신비한 인생에 놀랐다. 그렇다, 그는 세계가 놀라웠다.

아비브는 주변을 돌아보았다. 사방에서 자연은 초록으로 빛난다. 아비브는 나뭇잎 사이로 하늘을 올려다보았다. "세상은 우리가 없어도 잘 굴러가." 아비브는 자신에게 다짐하듯 말했다. "그러나 세상이 어떤 세상인지 하는 차이는 우리가 만들지."

카민스키

18

그동안 지하 실험실로 돌아온 의사는 고약한 늙은이의 영혼을 담은 병을 가방에서 꺼냈다. 그런데 이게 무슨 일일까. 병 안에는 거의 아무것도 없다시피 했다. 그저 극소량의 영혼 엑기스만이 담겼을 뿐이다. 분명 노인은 마지막 순간에 길게 숨을 내쉬었음에도 어째서 이렇게 양이 적을까? 노인은 그토록 적은 양의 생명 엑기스만 가졌던 것일까? 카민스키가 0.568g의 '오볼로스'[*]와 0.189g의 '실리쿠아' 두 개를 엑기스의 반대편에 놓자 천칭 저울은 균형을 이루었다. 노인의 마지막 숨결, 더 정확하게 말해 사로잡힌 영혼 엑기스의 무게는 0.946g이다.

카민스키는 영혼 카탈로그를 펼쳐 이렇게 적어 넣었다.

이시도르 아른즈펠트, 76세
영혼 엑기스 천연 그대로: 0.946g

---

[*] 오볼로스(obolós): 고대 그리스의 은화.

그런 다음 카민스키는 영혼을 가벼운 부분과 무거운 부분으로 나누어 플라스크로 받는 증류 작업을 시작했다. 카민스키는 가벼운 부분을 받는 위쪽 플라스크가 거의 텅 빈 것을 보고 깜짝 놀랐다. 위쪽 플라스크의 바닥에는 따로 유리병에 옮겨 담을 수도 없을 정도로 극히 적은 양의 엑기스만 모였다. 아래쪽 플라스크에는 위쪽보다는 조금 더 많은 양이기는 했지만, 그것도 기껏해야 0.7g에 지나지 않았다.

"이 노인은 오로지 악한 생각과 행동만 일삼았던 모양이군. 나하고 똑같네." 카민스키는 이렇게 중얼거렸다. "이 인간도 새 영혼을 가졌으면 손해 볼 것은 없었겠군." 카민스키는 히죽 웃었다. 그는 탁한 용액을 병에 담아 세부 사항과 이름을 적은 표를 붙여 전리품으로 확보했다. 그리고 카탈로그에 이렇게 적어 넣었다.

이시도르 아른즈펠트, 76세

영혼 엑기스 천연 그대로: 0.946g
증류 이후:
≈0.0, '가벼움', 맑은 엑기스 — 쓸 수 없는 양
0.757g, '무거움', 탁한 엑기스
0.189g은 증류 과정에서 증발함.

왜 이 영혼은 이토록 적은 양의 엑기스만 남겼는지 카민스키는 그 답을 알 수 없었다. 그러나 이 문제도 자신의 날카로운 감각이라면 얼마든지 풀 수 있다고 그는 자신했다.

표를 붙인 병을 선반 위에 다른 것과 나란히 올려놓기 전에 그는 다시 한 번 코에 대고 냄새를 맡았다. 찌르는 듯한 역한 냄새로 콧구멍이 불타는 것만 같아 카민스키는 이것이 영혼의 검은 부분이리라 확신했다. 그는 피펫의 고무공을 눌러 그 탁한 용액을 빨아올렸다. 그리고 입을 열고 피펫의 내용물을 직접 혓바닥 위에 떨어뜨렸다. 순간 그의 입 전체가 화끈거렸다. 용액은 마치 불처럼 식도를 타고 내려가 위를 태우는 느낌과 함께 혈관을 타고 온몸으로 번지면서 폭죽 터지듯 하더니 잠시 뒤 차츰 약해졌다. 카민스키의 눈은 불붙인 시가처럼 검붉게 빛났다.

그러더니 돌연 카민스키의 속에서 마지막 숨결을 얻기 위해 누구든 걸리면 죽여버리겠다는 충동이 치솟았다. 카민스키는 한 손에는 가방을, 다른 손에는 살인을 하겠다는 의도를 들고 서둘러 집을 나섰다.

19

그녀는 창백한 얼굴과 긴 손가락의 가느다란 손을 가졌다. 깊은 슬픔에 젖어 그녀는 남편을 마지막으로 보았다. 그의 뺨을 어루만지고 손가락으로 그의 입술을 쓰다듬었다. 축음기에서는 프레데리크 쇼팽의 「녹턴 작품 번호 9-2」가 흘러나왔다.

여인은 남편이 마지막 여행을 떠나기 전에 작별 인사를 나누고픈 마음이 간절했다. 의사는 그러지 말고 집을 나가 약 30분 동안 산책을 하고 오면 어떻겠냐고 말했다. 보통 그렇게 빨리 죽는 일은 거의 없다면서. 그녀는 의사의 권고를 따랐다. 그러나 어딘지 모르게 불편한 감정은 숨길 수 없었다.

여인이 신선한 바람을 쐬러 나간 틈을 이용해 사건은 빠르게 진행됐다. 카민스키는 죽어가는 사람의 침상에 다가가 자신의 가죽 가방을 침실용 탁자 위에 놓았다. 의사 노릇에 충실하려는 것처럼 카민스키는 손으로 환자의 이마를 짚어보고 난 뒤 맥박을 쟀다. 그런 다음 의자에 앉은 카민스키는 의사 가방을 열고 검은 가죽 꾸러미를 꺼냈다. 그는 꾸러미를 펼쳐 환자의 배 위에 올려놓았다. 대략 20개의 작은 유리 캡슐이 저마다 가죽 주머니 안에 들어 있다. 캡슐에는 라틴어 약어 표기가 된 표가 달렸다. 마지막 주머니에 든 것은 주사기다. 카민스키는 주사기를 꺼내 손가락으로 캡슐을 왼쪽에서 오른쪽으로 차례로 훑다가 5번 용액을 쓰기로 결정했다. 그는 주사기에 바늘을 꽂은 다음, 캡슐 마개를 열고 그 안의 용액을 주사기로 빨아들였다. 그런 다음 캡슐을 다시 닫아 원래 있던 곳에 되돌려놓았다. 오른손으로 주사기를 든 카민스키는 주사기 꼭지를 엄지로 눌러 주사기 안의 모든 공기가 빠져나가고 바늘 끝에 용액의 첫 방울이 맺히게 만들었다. 왼손으로는 환자의 팔을 잡아 아래팔의 피부를 두드려가며 주사 놓을 곳을 찾았다.

죽어가는 환자가 고개를 돌려 잔뜩 겁에 질린 표정으로 카민스키의 얼굴을 올려다보았다. 마치 이제 곧 자신에게 어떤 일이 벌어지는 것인지 이해했음에도 자신에게 남은 얼마 안 되는 힘으로는 지금의 상황을 바꿀 수 없는 것이 원통하기만 한 표정이었다. 각이 진 의사의 얼굴은 냉랭하기만 했다. 그러나 지금의 냉랭함은 곧 거두어들일 수확을 기대하는 차분함처럼 보였다. 카민스키는 환자의 눈길을 외면하고 오로지 주사 놓을 곳에만 자신의 눈을 고정했다. 그는 주사기를 가까이 가져갔다. 바늘이 워낙 가늘어 환자는 찌르는 바늘을 느끼지도 못했다. 카민스키가 주사를 놓자 용액은 마치 혈관을 태우듯 강렬하게 환자의 온몸으로 퍼졌다. 환자는 고통으로 몸을 비틀었다. 격렬하게 몸을 비틀던 환자는 갑자기 조용해졌다. 그는 다시금 의사를 바라보았다. 죽어가는 사람의 눈길은 이제 모든 것을 알았다는 기색을 역력히 드러냈다. 그 눈빛은 카민스키의 두뇌와 심장과 심지어 그의 영혼까지 환히 꿰뚫어보았다. 환자는 카민스키의 생각을 읽고, 그 영혼의 색을 보았다. 초감각적인 것까지 꿰뚫으며, 지금 무슨 사건이 일어나고 있는지 간파하는 환자의 날카로운 눈빛에 불안해진 의사는 얼른 주삿바늘을 뽑아 모든 것을 다시 가죽 꾸러미 안에 담고 둘둘 말아 끈으로 묶었다. 꾸러미를 다시 가방 안에 넣은 의사는 동시에 향수병을 꺼냈다.

환자가 마지막으로 꿰뚫듯이 바라보는 눈길에 카민스키는 혈관의 피가 얼어붙는 것만 같았다. 이윽고 환자의 머리가 힘없이 툭 돌아갔다. 환자의 시선은 무한함 속으로 해체되어버렸다. 그가 마지막 깊은 숨을 내뱉을 때 카민스키는 파렴치하게도 향수병을 그 입에 가져다대며 마지막 숨결을 사로잡았다. 카민스키는 사냥꾼의 잔혹함과 성취감과 보상 심리밖에는 다른 어떤 감정도 느끼지 않았다.

여인이 돌아왔을 때에는 이미 모든 것이 끝난 뒤였다. 그녀는 밖으로 나갔던 그 여인이 더는 아니었다. 사랑하는 남편이 한 마디 작별 인사도 없이 세상을 떴음을 목도한 여인의 눈길은 그대로 눈물로 녹아내렸다. 지금 문턱에 서 있는 여인은 폭삭 늙어버린 노파다. 외모에서 빛나던 우아함은 온데간데없이 사라지고 고통만이 그 자리를 채웠다. 그녀는 마치 피부가 얼굴에서 떨어져나갈 듯이 벌벌 떨었다. 끝내지 못한 작별이 어둡고 무거운 그림자처럼 그녀의 심장을 짓눌렀다. 의사는 일어나 그녀의 손을 어루만졌다.

"이렇게 빨리 가시리라고는 아무도 몰랐을 겁니다. 이게 오히려 남편분에게 더 잘된 일입니다, 제 말을 믿으세요. 장의사가 오기 전에 이제 남편분과 작별을 하도록 저는 자리를 비켜드리죠."

남편의 침상 앞에서 여인은 풀썩 주저앉았다. 그녀는 이미 차가워진 남편의 손을 잡고 그것으로 자신의 이마를 누르며 통곡했다.

가까스로 힘을 추스른 여인은 자리에서 일어나 자신의 눈물로 흠뻑 젖은 침대 시트 위에 앉았다. 남편은 여전히 눈을 뜬 채였다. 그 눈길은 뭔가 이상하면서도 비밀을 통겨주는 느낌을 주었다. 그러나 그녀는 읽을 수 없는 메시지였다. 아내는 으레 죽은 사람을 감싸는 평화로운 정적이 없는 것을 아쉬워했다. 그리고 마치 벽들이 뭔가 해줄 말이 있는 것처럼 속삭인다고 느꼈다. 그러나 그녀는 벽의 언어를 이해하지 못했다.

카민스키는 음험한 미소를 지으며 그 집을 나왔다. 환자는 그가 이미 오래전부터 알고 지내던 사람이다. 의사와 환자로 거의 반평생을 동행해온 사이이기 때문이다. 환자는 카민스키가 가졌으면 하고 꿈꾸는, 매우 드문 독특한 성격의 소유자였다. 그리고 이제 그의 영혼은 카민스키의 차지가 되었다.

20

의사는 가방에서 병을 꺼내 탁자 위의 증류기 옆에 놓았다. 그는 손가락으로 병을 가지고 놀았다.

그동안 그는 인간의 핵심, 곧 영혼만 훔친 게 아니라, 심지어 꼼수로 살인도 저질렀다.

카민스키는 세상이 자신에게 거부한 모든 것을 반드시 가지고야 말겠다고 다짐했다. 아니, 더 나아가 그는 지금껏 세상에 전혀 없던 존재, 곧 완벽한 인간이 되고자 했다!

물론 카민스키는 자신의 영혼을 빚는 창조에 탁월한 특징만 가진 엑기스, 가볍고 크리스털처럼 투명하며 고결한 품성을 가진 엑기스만 쓸 게 분명하다. 이 고결한 엑기스를 카민스키는 가장 좋은 향수병에 모아 인간이 가지는 모든 선함, 바람직한 품성과 특성과 재능을 남김없이 차지할 생각이다.

새롭게 창조된 영혼은 완벽해야 한다. 이 독특한 생명의 묘약으로 카민스키는 자기 영혼의 썩어가는 부분을 소나무가 상처 입은 곳을 송진으로 메우듯 간단하게 메우리라.

탁한 용액으로 무엇을 하면 좋을지 카민스키는 아직 몰랐지만 자신의 계획과 맞는 것을 찾으리라고 확신했다.

카민스키는 지금까지 사로잡은 영혼들을 즐기고자 그동안 여러 영혼의 엑기스를 담은 12개의 병들을 선반에서 꺼내 가장 최근의 영혼 엑기스 병 옆에 나란히 늘어놓았다. 카민스키는 병들이 멜로디를 들려주는 것처럼 느꼈다. 13명의 사람들이 남긴 마지막 숨결이 크리스털 안에 담겨 내는 울림이다. 병들은 각각의 인생이 가진 독특한 울림으로 아름다운 멜로디를 빚어냈다.

카민스키는 병들 가운데 하나를 손으로 잡아 이름표를 살피고는 마개를 살짝 돌려 열었다. 마개를 병목에서 완전히 빼지는 않았다. 너무 오래 열어두었다가는 영혼 엑기스가 공중으로 날아갈까 걱정했기 때문이다. 엑기스는 조금이라도 잃어서는 절대 안 된다. 이 숨결의 엑기스는 금보다도 더 귀중하다. 카민스키는 코를 병 입구에 대고 이 늙고 아름다운 영혼의 향기를 맡으며 순식간에 펼쳐지는 기억의 만개한 꽃밭을 누볐다.

그는 담배를 피워 누레진 치아가 고스란히 드러나도록 씩 웃었다. 그리고 병의 마개를 다시 닫았다.

여름

아비브

21

우중충한 날씨의 6월 아침이었다. 하늘은 기이할 정도로 음산했다. 거센 바람이 공기를 서늘하게 식히며 도시 위로 불어댔다. 다만 이따금 바람은 짙은 먹구름 사이에 틈을 만들어 따뜻한 여름 햇살이 땅을 비추게 만들었다.

걸인은 자신이 즐겨 찾는 떡갈나무 아래서 쉬며 거친 천으로 만든, 구멍이 숭숭 난 상의를 여며 쥐었다. 그래도 바람은 막을 수 없었다. 삼베로 짠 바지는 해져 그의 다리에서 생기라고는 없이 너덜거렸다. 구두는 어찌나 닳았는지 밑창이 떨어져나갈 것만 같았다. 시간이 좀먹은 옷차림이랄까. 걸인은 책상다리를 하고 나무에 기대어 앉아 머리를 들고 어두컴컴한 하늘을 올려다보았다. 그보다 더 남루한 남자는 상상할 수도 없을 지경이다. 그는 빵 하나를 자신의 옆에 펼친 손수건 위에 올려놓았다.

그때 갑자기 한 청년이 공원에 나타났다. 그는 걸인을 스쳐 지나갔다가 돌아서서 이 깡마른 남자를 거만하게 굽어보더니 가까이 다가와 발로 그를 사정없이 걷어찼다. 충격과 아픔으로 혼

비백산한 걸인은 반사적으로 손으로 얼굴을 가리며 외쳤다. "멈추게, 이게 무슨 짓인가?" 외침에 움찔한 청년은 차갑게 걸인을 노려보고는 다시금 그의 옆구리를 세차게 걷어찼다. 걸인은 너무 아파서, 집으로 숨으려는 달팽이처럼 움츠렸다. 걸인은 얼굴이 일그러져 두 손으로 옆구리를 움켜잡았다. 청년은 손수건과 빵을 빼앗아 자신의 바지 호주머니에 넣고 희생자의 구두를 벗겼다. 달아나기 전에 청년은 걸인에게 "빌어먹을 비렁뱅이." 하고 욕설을 퍼붓고는 얼굴에 침을 뱉었다.

충격이 어느 정도 가시자 걸인은 터진 입술에서 나오는 피를 손등으로 닦았다. 입안에서는 쇠 맛이 나는 피가 흘렀다. 이때 공원에 들어선 아비브는 멀리서 걸인을 알아보고 웅크리고 있는 그를 향해 달려왔다.

"맙소사, 이게 무슨 일이죠?"

"별거 아니네." 걸인은 중얼거렸다. "내가 길 가는 사람에게 방해가 된 모양이야!"

"얼굴을 보여주세요." 아비브는 걸인의 옆에 앉아 바지 호주머니에서 손수건을 꺼내 걸인의 입술에서 나오는 피를 닦아주었다. 그런 다음 걸인에게 물을 한 병 건넸다.

잠시 뒤 공원에 경관이 나타났다. 경관은 폭행을 했던 불량배의 귀를 잡아끌고 있었다. 불량배는 손에 여전히 걸인의 구두를 든 채였다. 경관과 불량배는 떡갈나무로 곧장 다가왔다. 걸인은 피로 물든 손수건을 얼른 상의 호주머니에 넣고는 침을 꿀꺽 삼키고 이렇게 말했다. "아, 저 친구가 오네. 잘 돌아왔어. 자네는 내 상의를 잊어버리고 갔네!"

"괜찮습니까?" 경관이 물었다.

걸인은 고개를 끄덕였다. 길거리 악한의 눈길은 어디를 보아야 할지 모르고 방황했다.

"이 폭력배가 선생에게 아무 짓도 하지 않았다고요?" 경관은 악한의 귀를 바짝 잡아당겼다. 악한은 어쩔 수 없이 걸인과 시선을 맞추어야만 했다.

"예." 걸인은 이렇게 말하며 불과 몇 분 전 자신을 폭행했던 청년의 눈을 깊이 들여다보았다. 악한의 눈꺼풀이 떨렸다.

"분명합니까?" 경관이 재차 물었다. "이 녀석은 그동안 많은 나쁜 짓을 저질렀죠. 한 번만 더 그랬다가는 그냥 두지 않겠다고 제가 으름장을 놓아도 소용없었습니다. 그런데 이번에도 저한테 걸리고 말았어. 아무래도 오늘 아침 이 녀석은 마지막 자유를 누린 것 같군요."

"뭔가 착오가 있는 것 같군요, 경관님. 신경 써주셔서 감사합니다만, 이 친구는 저에게 아무 짓도 하지 않았습니다." 걸인은 이렇게 말하며 경관과 눈길을 맞추었다. "제 구두, 그것은 선물입니다. 보시다시피 구두는 어차피 다 닳아서 쓸모가 없습니다. 차라리 맨발로 걷는 게 더 편합니다. 그리고 오늘 어차피 저는 새 구두를 살 생각이었습니다."

"정말요? 이 불량배가 아무것도 훔치지 않았다고요?"

마침 대화에 끼어들려고 했던 아비브는 걸인의 눈빛을 보고 침묵하는 편이 낫겠다고 생각했다.

"이 구두를 훔쳤다고요?" 걸인은 슬그머니 미소를 지었다. "걱정 마세요, 청년은 저에게 아무것도 훔치지 않았습니다. 구두는 선물한 거라니까요. 이런 해진 구두로 뭘 어쩌겠습니까? 이런 물건을 가져가다니 정말 멍청한 도둑이 돌아다니는 모양이네요. 말씀드렸지만 저는 마침 새 구두를 장만하러 갈 생각이었습니다."

경관은 믿기 어렵다는 듯 얼굴을 찡그렸다.

"그게 말입니다, 경관님. 이 구두는 저와 함께 정말 많은 일을 겪었죠. 이걸 그냥 쓰레기통에 버리는 것은 옳지 않아요. 이 도시에는 저보다 더 형편이 좋지 않은 사람들이 있으니까요. 그래서 청년은 이걸 가지고 뭔가 의미 있는 일을 하기로 저에게 약속했습니다. 구두와 상의를 가지고 가서 이걸 더 필요로 하는 사람에게 주라고 제가 부탁했습니다." 이렇게 말하고 걸인은 다시 자신에게 고통을 안겼던 청년을 보며 말했다. "자네에게 상의도 준다고 했는데 왜 안 가져간 건가?"

걸인은 상의를 벗어 청년에게 건넸다. 경관이 여전히 청년의 귀를 꽉 잡고 있어서 청년의 귀는 하얬다. 경관은 귀를 놓아주고 청년을 밀며 명령했다. "어서 받아." 청년은 얼굴이 벌겋게 달아올랐다. "어서 받으라니까."

청년은 여전히 주저했다. 걸인은 청년의 얼굴을 보며 말했다.

"자네는 오늘부터 선하고 올바른 사람이 되겠다고 약속했지, 그렇지 않나 젊은이? 구두와 상의는 자네의 첫 번째 선행을 증명하라는 내 선물이었지. 자네는 이걸 나보다 더 필요로 하는 사람에게 가져다주기로 맹세했지 않은가." 걸인은 상의를 청년의 코앞에 내밀었다.

청년은 당혹한 눈빛으로 그런 선행과 자신을 갈라놓은 심연을 바라보았다. 화끈거리는 부끄러움 때문에 그는 바닥만 보았다. 그런 다음 자신을 둘러싼 세 명의 얼굴을 둘러보며 자신이 처한 상황을 가늠했다. 그리고 상의를 받아들였다.

"그리고 또 무엇이 필요하거든 나를 찾아오게. 자네는 어디서 나를 찾을 수 있는지 알고 있지." 걸인은 상황을 이렇게 정리했다.

청년은 차마 눈을 들지 못했다. 그는 꼼짝도 없이 서 있었다. 아비브는 꾸짖는 표정으로 그를 보았다. 경관과 걸인은 청년의 반응을 살피는 표정을 지었다. 마침내 청년은 상의를 받아 겨드랑이에 끼었다.

"그리고 바지 호주머니의 빵은?" 경관이 물었다. "그것도 당신의 선물입니까?"

"그렇소이다." 걸인이 답했다.

경관은 웃음이 터지려는 것을 참았다.

"아 참, 그러고 보니 아직 자네 이름도 모르는군." 걸인은 다시금 청년을 보았다.

불량배는 꼼짝도 하지 않았다. 경관은 팔꿈치로 그의 옆구리를 찔렀다.

"이삭. 이삭 잘링거입니다." 그가 말을 더듬었다.

"좋아, 이삭 잘링거." 걸인이 말했다. "가게. 가서 자네가 약속한 대로 고귀한 인간이 되게." 걸인은 경관에게 고개를 끄덕였다. 그러자 경관은 이렇게 덧붙였다. "예의 바른 청년이 되라는 말 들었지! 다시 나쁜 짓을 했다가는 검은 구멍 안에 쪼그려 앉게 될 거야. 자 그럼 어서 꺼져!"

당혹한 표정으로 불량배는 구두와 상의를 챙겨 자리를 떴다. 보기 드물 정도로 당당한 남자인 경관은 경탄에 가까운 놀람의 표정을 지으며 집게손가락으로 모자를 밀어올리고는 걸인에게 정중히 인사하고 갔다.

"왜 그렇게 하셨어요?" 아비브가 물었다.

"뭘 말인가?" 걸인이 되물었다.

"왜 그런 나쁜 녀석에게 죗값을 치르게 하지 않으셨죠?" 아비브는 걸인의 속옷을 들어 올려 붉게 멍든 자국을 가리켰다. "그는 선생님을 때리고 훔쳤잖아요!"

"그가 나에게서 뭘 훔쳤다고? 그게 뭔데?" 걸인의 눈에서 온화함이 반짝였다. 그러나 걸인의 눈빛을 읽는 법을 익힌 아비브는 그 온화함 뒤에 숨은 아픔을 알아보았다.

"아마도 내가 그의 악행을 경관에게 곧이곧대로 말했더라면 그가 나에게서 훔친 것보다 내가 그에게서 더 많은 걸 훔치는 게 아닐까. 그는 불쌍한 친구야. 서글프기 짝이 없는 신세지. 보호 받지 못하는 안타까운 영혼이랄까. 그는 자신의 아픔을 분노로 표출했을 뿐이야. 달리 어쩌겠나. 그의 눈을 보았나? 눈빛이 모든 걸 말해주지. 아직 어린 그 친구는 분명 어머니나 아버지 또는 사회의 복사판이야. 완전히 운명의 장난에 휘둘리고 있지. 그 친구는 이중으로 벌을 받았어. 보호받지 못하는 탓에 악행에 빠지는 일은 쉬워. 빗방울이 머리를 때리듯 우연히 악함이 그를 사로잡았어. 출생의 제비뽑기랄까. 나쁜 환경에서 태어나 온갖 나쁜 일만 보면서 잘못된 길로 빠졌지." 걸인은 한숨을 쉬었다.

"선생님에게 굴욕을 주고 폭행까지 한 자를 보호하시는 건가요?"

"그 젊은 친구를 잡아가둔들 무슨 일이 일어날까? 그건 너무 큰 비극이야. 그는 누구의 눈에도 띄지 않게 도시에서 흔적도 없이 사라지겠지. 아마 가족도 신경 쓰지 않을 거야. 다른 사람의 판단으로 한 인생이 빠르게 파괴되고 말아. 다른 사람이 알지 못하는 누군가의 인생은 더 빨리 파괴되지. 배경을 알지 못하고 성급하게 판단하는 일은 절도 행위야. 당사자가 있는 그대로의 모습을 보여줄 기회를 앗아가버리니까. 그럼 심판한 사람은 심판받은 사람보다 더 나을 게 없어. 그런 젊은 친구를 대할 때면 우리는 무슨 말이나 행동을 해야 하는지 깊이 생각해야만 해. 자칫하면 젊은 인생이 사정없이 망가지니까. 아비브, 자네도 알겠지만 인생에서 가장 참혹한 순간은 모든 사람이 그에게서 등을 돌리는 순간이야. 젊은이가 이따금 올바른 길을 가도록 작은 자극을 주는 사람을 만나지 못한다면, 젊음은 이내 시들어버려. 이미 쇠약하고 늙은 사람이라는 인상만 남게 되지. 기회 한번 가져보지 못하고 그렇게 된다면 얼마나 안타까운 일인가." 한동안 걸인은 침묵했다가 다시 입을 열었다. "나는 그가 미래를 가졌으면 좋겠어."

"고결한 생각입니다만, 어째 좀 불합리하네요. 그자는 선생님의 빵까지 훔쳤잖아요. 그리 배고파 보이지 않았음에도."

"그의 굶주림은 위장하고는 상관없어. 그는 훨씬 더 큰 굶주림에 시달리고 있지."

아비브는 걸인의 눈을 보았다. 그 순간 아비브는 자신의 영혼에 한 줄기 빛이 비치는 느낌을 받았다.

22

바람이 하늘의 먹구름을 몰아냈다. 아비브는 깊이 잠겼던 생각에서 깨어났다.

"일어설 수 있으세요?" 아비브가 물었다.

"뭐 그리 심각하지는 않아." 걸인이 답했다.

"그럼 함께 가시죠."

"어디로?"

"구두 사러 가야죠. 그리고 새 상의도 필요하시잖아요."

"나는 괜찮네."

"물론 제가 보기에도 그래요. 하지만 선생님이 부탁을 받지 않고도 뭔가를 선물하셨다면, 이제 부탁하지 않은 선물을 받으셔도 되잖아요."

걸인의 얼굴에 미소가 번졌다. 아비브는 걸인을 일으켜 세워 그의 어깨를 부축했다. 두 사람은 절뚝거리며 도심으로 향했다. 이들은 문이 열린, 첫 번째 구두 가게 안으로 들어갔다.

사람들이 놀란 눈빛으로 두 낯선 남자를 맞았다. 걸인이 들어서자 가게 주인과 점원들과 다른 손님들의 얼굴이 일제히 일그러졌다. 걸인의 모습은 가게 안 사람들이 눈을 질끈 감고 외면하고 싶은 저 바깥의 것이었다. 걸인의 출현은 이들에게 열린 문만큼이나 불편했으며 곧바로 나가주었으면 하는 기색이 역력했다.

"혹시 입구를 잘못 찾으신 건 아닌가요?" 가게 주인이 물었다. 그는 가슴팍에 팔짱을 턱 하니 꼈다.

아비브는 걸인의 더러운 맨발을 가리키며 대답했다. "그럴 리가요. 이분에게 새 구두 한 켤레가 필요합니다."

"내가 봐도 그렇군요." 점원이 입술 사이로 바람 빠지는 소리를 냈다.

상황이 은근히 재미있었는지 걸인은 이렇게 말했다. "이 가게에서 가장 편하고 가장 부드러우며 방수가 완벽하게 되는 가죽구두를 주시오. 저 바깥 날씨가 워낙 험악해서."

아비브는 걸인의 넉살에 씩 웃었다. 점원들도 주인도 꼼짝하지 않았다. 걸인은 고래를 절레절레 흔들며 말했다. "세상에는 그저 한복판에 우두커니 서 있는 것 외에는 달리 할 일이 없는 것처럼 보이는 사람들이 무척 많구려."

점원들은 서로 이를 어쩌지 하는 눈빛으로 보았다. 아비브는 좌중을 돌아보고 점원들에게 말했다. "어떻게 해야 제 친구에게 최적의 서비스를 할지 고민하시는 모양이군요. 그냥 평소대로 하세요, 그게 제일 좋습니다."

"아, 왜 그러고 서 있어." 가게 주인이 점원들에게 말했다. 모두이 불편한 고객들을 되도록 빨리 내보냈으면 하는 기색이 역력했다. 주인은 구두 한 켤레를 주어야만 이 상황을 끝낼 수 있음을 이해했다. 아비브는 여전히 점원들이 꼼짝도 않자 주인만 바라보았다. 그러자 주인이 마침내 걸인에게 물었다.

"사이즈는?"

"20년 전에, 그러니까 내가 마지막으로 구두를 샀을 때 사이즈는 44(285mm)였소. 아마 지금도 그대로이지 않을까요, 주인 양반? 그래도 못 미더우면 직접 재보시든가." 걸인이 히죽 웃었다.

걸인의 발을 본 주인이 얼굴을 찡그렸다. 그는 꾹 참고 구두 상자 몇 개를 선반에서 꺼냈다.

상황은 모든 관련 당사자가 원한 대로 빨리 해결되었다. 걸인은 새 구두를 신고 거리로 나섰다. 구두는 갓 딴 신선한 사과처럼 반짝거렸다. 심지어 구두 표면에는 하늘까지 비쳤다. 상의를 사는 일도 비슷하게 이루어졌다.

"아주 멋진데요." 아비브는 새롭게 차린 친구를 보며 말했다. "사람들이 멋진 모습에 놀라던걸요. 몇몇 심장은 신선함도 느낀 모양이에요."

바깥의 하늘은 맑게 개었다. 두 사람은 도심을 산책했다. 여름 소나기로 공기가 깨끗해지고 주위에는 등나무와 장미의 향기가 가득했다. 가벼운 바람이 나뭇가지들을 흔들고 풀을 쓰다듬었다. 잎사귀와 줄기가 나지막하게 사각거린다. 청금석처럼 파란 하늘에서 하얀 꽃잎과 분홍 꽃잎이 눈처럼 내린다. 꽃잎들은 향기로운 비단으로 땅을 감싼다. 얼마 뒤 하늘 색이 변하여 부드러운 노란빛이 집의 앞면을 비춘다. 마치 노란빛이 집 안에서 내비치는 듯하다.

'많은 경우 약간의 여유만 가지면 족하다. 인간다움 한 스푼이랄까.' 하고 아비브는 생각했다.

저무는 하루의 마지막 빛 속에서 두 사람은 무뚝뚝하지만 든든한 친구 같은 떡갈나무에 기대앉아 저녁 하늘을 올려다보았다.

"선생님은 지혜를 어디서 얻으시나요?" 아비브가 물었다.

걸인은 말을 신중하게 고르는 표정을 지었다. "내 경험, 물론 나이에 걸맞게 자네보다 조금 일찍 쌓은 경험은 우리가 인생이라고 부르는 신비한 심오함을 살펴보게 해주지. 많은 경우 인생은 우리가 알고 싶은 것보다 약간 더 가르쳐줘. 그리고 대개 지혜는 절실히 필요로 할 때 비로소 찾아오지." 두 사람은 빙그레 미소를 지었다.

"혹시 오늘 저와 함께 저희 집으로 가지 않으실래요? 저는 도시 변두리 저 언덕 너머에 있는 목조 주택에서 어머니와 함께 살아요. 저희 집에서 편한 밤을 보내시죠."

"유혹적이군, 친구. 그러나 나는 여기가 더 좋아. 지붕 아래서는 살 만큼 살았어. 지금은 여기가 내 집이지. 그동안 나는 여기에 뿌리를 내렸어. 떡갈나무처럼 말이야." 걸인은 모자를 벗어 가볍게 흔들었다.

아비브는 자리에서 일어나 친구에게 손을 내밀었다. 걸인은 비범함을 발하는 눈빛과 깊은 만족과 평안이 깃든 표정으로 미소를 지었다. 그리고 두 사람은 깨달았다. 세상은 매일 새롭게 깨어난다. 그리고 우리 모두는 새로운 날이 어떤 빛으로 빛날지 저마다 약간씩 영향을 줄 수 있다.

카민스키

23

카민스키는 기분이 몽롱했다. 그는 눈을 감았다가 다시 뜨고 자신의 전리품을 바라보면서 손가락으로 탁자를 톡톡 쳤다.

물론 처음에 카민스키는 자신이 수집한 영혼들에게 부족한 인간의 특성과 재능과 성격을 정확히 구분해가며 사냥하기가 어려웠다. 그렇지만 날이 갈수록 그의 안목은 섬세하게 다듬어졌으며, 그의 후각은 단련되었다. 마치 사냥개처럼, 인간의 행동을 보며 자신이 필요로 하는 특성을 읽어내는 카민스키의 감각은 탁월해졌다. 자신이 꿈꾸는 완벽한 영혼을 만들기에 알맞은 희귀한 특성을 카민스키는 더욱 잘 가려보았다. 그는 먹잇감을 정확히 노려 공격했다. 치밀한 계산으로.

초기에는 환자가 병상에서 마지막 숨을 쉬는 때를 기다렸지만, 사냥이 거듭될수록 그는 죽음의 순간을 정확히 통제하는 수법을 구사했다. 카민스키의 무기는 죽음을 부르는 주사였다. 이 주사로 카민스키는 그가 원하는 사람의 마지막 시간을 훔쳤다. 이런 식으로 카민스키는 며칠을, 어떤 사람에게서는 몇 주, 몇 달, 심지어는 몇 년과 인생 전체를 앗아버렸다.

특히 희귀하고 가치가 높은 특성을 발견하면 카민스키는 거리에서도 서슴지 않고 죽였다. 상대가 젊었거나 늙었거나 가리는 일도 없었다. 흥미로운 영혼이다 싶으면 탐욕스럽게 달려들어 그 마지막 숨결을 빼앗아 자신의 병에 담았다.

그동안 카민스키는 모두 18개의 인간 특성을 수집했다. 아직 10개가 부족했다. 10개가 마저 채워지면 그의 계획을 위한 수집이 완성된다.

카민스키는 일어나서 자신의 보물이 놓인 선반으로 다가갔다. 병에는 저마다 가장 희귀하고 소중한 인간 영혼의 엑기스를 담았다. 이 모든 영혼들로 세상에서 단 하나뿐인 생명의 묘약을 빚어내기까지 시간은 오래 걸리지 않으리라. 그럼 카민스키는 모든 인간 가운데 가장 완벽한 존재로 거듭날 것이다.

카민스키는 모든 것이 자신의 손아귀 안에 있다고 자신했다. 그의 간계를 조금이라도 눈치챈 사람은 아무도 없었다. 사람들은 저마다 먹고사는 일로 너무 바빴기 때문이다. 매주 어째서 죽어가는 사람이 이처럼 늘어나는지, 특히 건강하기만 했던 사람이 왜 돌연사하는지 눈여겨보는 사람도 없었다. 카민스키의 계획은 착착 진행되었다.

아비브

24

날들은 덧없이 흘러갔다. 일터로 갈 때마다 색과 향기의 왕국을 산책하며 매일 아침 맛보는 아비브의 기쁨도 점차 줄어들었다. 몇 주 전만 해도 아침 햇살이 이슬 맺힌 꽃과 풀을 쓰다듬을 때 사방이 반짝였다. 그러나 지금은? 생명의 이 작은 기적은 모두 어디로 가버렸을까?

거리를 걷는 아비브에게 집들은 주민들의 이야기를, 바람은 자연의 비밀을 속삭여주는 듯했다. 그러나 아비브는 그 언어를 알아듣지 못했다. 눈앞에 펼쳐지는 광경은 그를 심란하게 만들었다. 여름은 더는 느껴지지 않았다. 그 대신 도시는 갈수록 겨울의 황폐함으로 바뀌었다. 생명이 아주 작은 틈새와 구멍을 찾아 숨어버리는 추운 겨울이 머지않았다.

아주 따뜻한 날조차 밝은 구석은 찾아볼 수 없었다. 햇살은 공기 중에 걸린 듯 그저 흐린 빛으로만 땅을 비추었다. 아직 가을이 시작되지 않았음에도 잿빛이 모든 것을 뒤덮으며 생명의 거의 모든 표시를 집어삼켰다. 조각상으로 장식된 우물에서 흘러나오는 물조차 눈물처럼 찔끔거렸다. 적막함의 멜로디가 이런 울림일까. 풀 사이에서 윙윙거리는 벌레 소리와 바람에 살랑대는 풀 소리조차 유령 같은 적막함에 자리를 내어줬다. 움츠린 것처럼 보이는 이 적막한 자연 속을 걷는 아비브는 자신도 아무 소리를 내어서는 안 될 것만 같은 느낌이 들었다.

기묘한 예감이 아비브의 뇌리를 스쳤다. 머릿속을 헤집는 예감은 아비브의 귀에 대고 이건 위험한 변화의 시작이라고 속삭였다.

어지러운 생각을 떨쳐버리려는 듯 아비브는 유리 세공소로 달렸다. 아마도 어르신 아브라모비치는 자연이 이처럼 죽어가는 이유를 설명할 수 있지 않을까. 이 숨 막히는 분위기가 어디서 비롯되었는지 경험 많은 노인은 답을 알 수도 있으리라. 유리 세공소에 도착했을 때 아비브는 다시금 몸을 돌려 도시를 바라보았다. 집들은 을씨년스러운 하늘의 무게 아래 짓눌린 것처럼 보였다. 집들 위를 재처럼 덮은 공기는 마치 당장에라도 무너져 내릴 것만 같았다.

25

어르신 아브라모비치는 마침 화덕에서 유리 녹인 물을 유리 부는 취관으로 들어내고 있었다. 그의 얼굴은 붉은 동맥과 자줏빛 정맥이 그물을 이룬 것처럼 보였다. 불길이 날름거리는 화덕 앞에서 이미 몇십 년째 해온 일이다.

불이 발산하는 빛은 작업장 전체를 채웠다.

"좋네요." 아비브는 들어서며 말했다. "이곳은 이렇게 밝으니까요. 저 바깥의 흐린 하늘은 마치 도시 전체를 잿더미로 만들 것 같아요."

"도시가 아니라, 우리 인간에게 생명력을 주는 것을 잿더미로 만들 거야." 아브라모비치는 확대경으로 과거를 훑고 기억을 확대해서 바라보듯 말했다.

"그게 무슨 말씀이죠?"

"음, 그야 우리 인간이 자신에게 강요한 의무가 우리의 본질대로 살게 내버려두지 않는다는 뜻이지. 그 의무는 압착기가 포도를 쥐어짜듯 우리를 괴롭히지."

"우리 몸에서 생기를 짜내나요?"

아브라모비치는 고개를 끄덕였다. "그래서 우리는 종종 텅 빈 공허함을 느끼지. 사람들이 자신의 소중한 시간을 엉뚱하게도 자신을 불행하게 만드는 일이나 대상에게 허비하는 바람에 참으로 많은 인생이 무의미하게 말라비틀어지지. 네가 말했듯 생기를 쥐어짠다고나 할까. 한동안이야 아무 손해도 없이 그럭저럭 괜찮은 인생을 사는 것 같지. 그러나 언젠가 우리는 땅에 떨어져 싹을 틔우지 못하고 말라비틀어진 씨앗처럼 공허함을 느끼게 되지. 결국 언젠가는 과거에 불가능하게 만들어버린 가능성만 남게 되지. 그 이후에는 비탄에 빠져봐야 아무 소용이 없어. 모든 것이 이미 정해져버렸으니까. 슬기로운 사람은 이런 시점이 찾아오지 않도록 오로지 자기 자신에게만 충실해야 해." 노인은 잠시 쉬며 숨을 골랐다. "그 밖에도 나는 그저 편하게만 지내려고 타고난 재능을 쓰지 않는 것은 죄악이라고 확신해. 물론 재능은 주어진 것, 다시 말해 인생이 우리에게 베풀어준 선물이지만, 다른 한편으로 보면 이것을 반드시 써서 세상에 보탬을 주어야 하는 것이 우리의 의무지."

아비브는 그런 생각은 지금껏 단 한 번도 해보지 못한 자신에게 놀랐다. 그는 자신의 재능이 무엇인지조차 깊이 생각해본 적이 없다. 또 어찌해야 인생을 의미 있게 꾸릴 수 있을까 하는 생각도 해보지 않았다. 심지어 자신이 도대체 인생을 꾸릴 수 있을지, 아니면 그저 운명에 모든 것을 맡기는 게 좋을지 하는 의문도 품어보지 않았다. 그는 도시에서 갈수록 심해지는 암울함을 생각했다. 거리에서 만나는 사람들마다 공허한 표정을 짓던 것이 떠올랐다. 모두 이렇게 말했다. "요새는 정말 살기 쉽지 않아."

아브라모비치는 자신의 손으로 아비브의 어깨를 잡았다. "아비브, 인생은 결코 쉽지 않단다. 그 어떤 때도 인생은 쉬웠던 적이 없어. 진정으로 인생을 사는 법은 손 기술을 배우는 수공업자처럼 열심히 배워야만 해. 자신의 인생을 확실히 장악했다고 믿는 사람일지라도 때때로 역사적 사건이나 운명의 타격으로 인생 한복판에서 죽어갈 정도로 인생은 녹록지 않아. 의젓하고 당당하게 인생을 살아가는 법을 익히지 못한다면, 죽음이 평생을 지배하지. 물론 운명이 베푸는 선물로 흥청망청 즐기는 인생을 사는 사람들과 나라들이 없는 건 아냐. 그러나 이들도 어떻게 해야 의미 있는 인생을 사는지 배워야만 해. 그렇지 않으면 자신의 시간이 다하기도 전에 죽음에게 발목을 잡힐 테니까."

"하지만 지금 하신 말씀이 자연이 죽어가는 것과 무슨 관련이 있나요?"

"진실은, 아들아, 무엇이 진실인지 내가 알지 못한다는 거야. 하지만 나는 자신의 감각을 날카롭게 갈고닦는 일을 소홀히 하지 않는 사람에게는 인생이 그 비밀을 알려준다고 확신한단다."

아브라모비치는 인자한 눈빛으로 아비브를 보았다. 아브라모비치의 가볍게 위로 뻗친 머리카락은 마치 그의 머리에서 지혜가 끓어올라 사방으로 솟구친 것 같은 인상을 주었다.

가을

26

안개가 지붕들 위로 무거운 몸을 질질 끌며 구름처럼 짙게 도시를 덮어버린다. 음습한 바람이 휘몰아치며 낙엽들을 이리저리 몰고 다닌다. 가을날 아침 도시공원을 산책하던 아비브는 평소처럼 떡갈나무에 기대어 있는 걸인을 발견했다. 그는 낯빛이 창백했으며 밭은기침을 콜록거리느라 몸을 초승달처럼 구부렸다. 며칠 전만 해도 앙상했던 걸인은 지금 투명 인간이 되었다 해도 과언이 아니다. 몸이라 부르기도 민망할 정도로 그는 최소한의 살만 가졌다.

"맙소사! 어쩜 이리도 비참해 보이죠?" 아비브는 얼굴을 찡그렸다.

걸인은 청년을 올려다보며 안색이 밝아졌다.

"고달픈 위장과, 최근 도시에서 벌어지는 일들의 냄새를 맡느라 너무 깊이 들이댄 코 때문에 약간 숨이 가쁘군. 그 이상은 아니야. 더욱이 내가 죽을 일은 전혀 없어." 걸인은 휘파람이라도 불 것 같은 표정으로 말했다.

"상태가 심각해 보이는데도 그런 한가로운 이야기를 하시다니 놀랍네요. 의사의 진찰을 받아보시는 게 좋겠어요. 제가 불러올까요?"

"지금 내가 의사를 필요로 하는 것처럼 보이나? 누구도 다른 사람을 보살펴줄 수 없어." 이런 말과 함께 그는 억지 미소를 지었다. 걸인은 자신이 힘을 잃어간다는 것을 알면서도 재치는 잃지 않으려 했다. 여전히 걸인이 항상 일말의 아이러니를 섞어내는 유머가 우세했다.

아비브는 생각에 잠겼다. 마침내 그는 카민스키를 떠올렸다. "이 공원 근처에 우리 가게 고객인 의사가 살아요. 호감이 가는 사람은 아니지만 어쨌거나 의사잖아요. 날이 궂든 화창하든 항상 검은 외투에 방수모를 쓰고 다니죠. 그를 아세요?"

"알다마다. 그는 공원 뒤 고목들이 늘어선 가로수 길의 웅장한 빌라 가운데 한 채에 살지. 그 집의 창문은 스테인드글라스야. 1층에 널찍한 베란다가 있고 집의 앞면은 꽃이 없는 등나무가 휘감았지. 그런 집을 어떻게 흘려 보겠어. 섬세했던 시대가 남긴 소용돌이무늬 양식을 자랑하는, 그림처럼 아름다운 집이지. 그 집은 주인과는 정반대야."

"어째 좀 음산하죠, 저도 동의해요. 그렇다고 지금 급히 의사가 필요하다는 상황이 바뀌지는 않아요. 저라면 그에게서 운을 시험해보겠어요."

"그 남자는 '시험' 그 이상의 것을 필요로 해. 그는 모두가 존경하는, 아니 더 정확하게 말하면 무서워하는 의사야. 뭐 그게 그 말이기는 하지만. 어쨌거나 그런 남자는 멀리하는 게 현명해. 그 남자는 누구도, 심지어 자기 자신과도 잘 지내지 못하니까."

아비브는 걸인 옆에 앉았다. 두 사람은 마치 땅에서 솟아오른 뿌리처럼 보였다. 두 사람은 정적을 응시했다. 정적은 걸인의 기침 소리에 이따금 끊어졌을 뿐이다.

갑자기 걸인이 고열로 신음하기 시작했다. 식은땀이 그의 이마에서 방울방울 맺히며 흘러내려 그의 옷을 적셨다. 오래 생각할 시간이 없었다. 아비브는 자리를 박차고 일어나 자신의 상의를 벗어 걸인을 덮어주었다. 그런 다음 다시 쭈그리고 앉아 친구의 맥박을 짚었다. 맥박은 힘들게 찾아졌다. 가느다랗고 불규칙한 맥박은 갈수록 짧아지는 걸인의 호흡과는 반대로 계속 흐려지기만 했다. 이러다가는 완전히 멈출 것만 같아 아비브는 조바심이 났다.

"견디셔야 해요." 아비브는 이렇게 말하고 뛰어갔다.

"조심해." 걸인은 알아듣기 힘든 소리를 입술 사이로 흘렸다. "그 남자는 무서운 야심을 가졌어." 그러나 아비브는 이미 사라진 뒤였다.

의사 집의 대문 앞에 선 아비브는 심장이 두근두근 뛰었다. 그의 눈은, 사자의 머리 모양을 하고 반지 모양의 문고리를 입에 문 청동 장식에 가서 꽂혔다. 그 위로, 마찬가지로 청동으로 만든 명판에는 이렇게 새겨져 있었다. '닥터 아르투어 카민스키'. 아비브는 심장 뛰는 소리가 직접 고막을 때리는 것을 느꼈다. 그는 우주 전체의 기운을 받기라도 하려는 듯 숨을 깊게 들이마시고 문고리를 잡았다. 그것을 두드리자 문은 크고 육중했음에도 울림 소리가 집의 온 벽을 타고 장중한 메아리를 울렸다.

의사가 문을 열자 아비브는 차가운 기운이 자신의 얼굴을 때리는 것만 같았다. 속을 알 수 없는 눈빛으로 의사는 심드렁하게 아비브를 보았다. 그 눈길은 아비브의 영혼을 냉기로 섬뜩하게 만들며 골수까지 파고들었다. 의사의 모습을 보니 이런 사람은 만나지 않는 편이 좋을 거라는 생각이 들었다. 어쩔 수 없이 마주해야만 하는 상황은 지금과 같은 응급 상황뿐이다.

"무슨 일이지?" 의사는 아비브가 유리 세공사임을 알아보지 못하고 물었다.

"공원의 걸인이 위급해요. 도와주세요."

"젊은이, 내가 무슨 자비 넘치는 사마리아인인가? 사마리아인은 나보다 훨씬 이전의 시대에 살았으면서도 그 선행으로 아무득을 본 게 없어."

"당신은 의사잖아요!"

"그러는 '자네'는 뭔가?"

자신의 인생에서 처음으로 아비브는 욱하고 치솟는 전의를 느꼈다. 아비브의 눈길은 반감을 고스란히 드러낼 뿐만 아니라, 극도의 혐오감까지 나타낼 정도로 강렬했다.

"신 혹은 악마 가운데 자신은 어느 쪽이라고 생각하죠?" 아비브는 마지막 음절을 말하며 이런 식으로 분노를 터뜨린 것을 후

회했다.

의사는 냉소만 띠고 아비브를 노려보았다. 그의 적의는 손에 잡힐 것만 같았다. "양쪽 모두 조금씩 가졌어. 됐나? 그럼 네 선의와 함께 바로 사라져버려!"

아비브는 이 얼음장 같은 얼굴을 보면 볼수록 더 불안해졌다. 그러나 그는 꿋꿋하게 태도를 유지했다. "도와주셔야만 합니다! 그는 기적과도 같은 인간입니다. 죽을 수도 있어요."

'죽는다'와 '기적'이라는 단어들은 지금의 상황에 달콤하고도 씁쌀한 풍미를 곁들이며 반전을 이루어냈다. 두 단어에 의사는 귀를 쫑긋 열었다. 마치 잠깐 반응을 고민하다가 순식간에 자신과 합의를 본 것 같은 태도를 의사는 취했다. 그는 자신의 외투를 걸치고 아비브의 어깨를 거칠게 밀쳤다. 그런 다음 그는 다시 한 번 돌아서더니 자신의 가방을 챙겼다.

이 가방은 어느 모로 보나 의사와 닮았다. 빛이 바랜 가죽에 그동안 얼룩덜룩 반점이 생겼으며 세월이 흐름에 따라 낡을 대로 낡고 주름이 생겼다.

두 사람은 낙엽으로 덮인 길을 빠르게 걸었다. 아비브는 이 남자와 함께 걸으며 기묘한 분위기를 느꼈다. 의사의 몸놀림은 무관심 그 자체였다. 그의 태도는 냉담한 성격을 고스란히 드러냈다. 그의 눈빛은 교만했다. 그가 뿜어내는 숨결은 오염된 음습함을 풍겼다. 공원에 도착하기까지 몇 분은 느리게만 갔다. 어느 쪽이든 단 한 마디도 말을 하지 않았다.

27

두 남자가 떡갈나무에 도착했을 때 걸인은 끙끙 앓는 소리만 냈다. 그동안 열은 불꽃처럼 그의 온몸을 불살랐다. 의사는 걸인 앞에 무릎을 꿇은 다음 이마를 짚어 열이 있나 살펴보고 손목을 짚어 맥박을 재었다. 그러고는 걸인의 눈꺼풀을 들어 올려 동공을 살폈다. 신열에 들뜬 걸인은 무어라 알아들을 수 없는 말만 중얼거렸다. 이제 아비브도 무릎을 꿇고 그의 가느다란 숨결을 직접 느끼고 자신의 얼굴이 걸인의 눈동자에 비칠 정도로 바짝 다가갔다. 그때 갑자기 걸인의 눈빛과 두뇌는 아주 잠깐이지만 또렷해졌다. 마치 김이 서린 거울을 누군가 닦았을 때처럼. 걸인의 눈은 반짝거렸다.

"나는 인생을 살며 죽음을 자주 보았어. 그렇지만 지금은 죽음이 나를 데리러 온 모양이군. 나야 이 허약한 몸뚱이를 가지고 얼마든지 살 수 있지만, 내 몸뚱이는 더는 나와 함께하고 싶지 않은 모양이야."

"무슨 그런 말씀을 하세요. 죽기에는 너무 젊은 나이잖아요. 의사가 왔으니 기운을 내세요." 아비브가 속삭였다.

걸인은 자신의 머리를 바닥에서 약간 들어 올리려 했지만 뜻대로 되지 않았다. 그의 머리는 풀밭 위로 다시 무겁게 떨어졌다.

그는 다시 한 번 자신의 남은 힘을 쥐어짰다. "내 이름은 필립이라네. 우리가 서로 이름은 알아야 하지 않겠나, 친구."

"제 이름은 아비브입니다." 청년은 걸인의 귀에 대고 속삭였다. 그 어떤 예감이 카민스키는 자신의 이름을 알지 않는 편이 더 좋겠다고 아비브에게 귀띔해주었기 때문이다.

"아비브, 내 친구." 걸인은 이렇게 중얼거리며 집게손가락으로 더 가까이 오라는 시늉을 했다. 이제 걸인의 입술은 아비브의 귀에 거의 닿을 것 같았다. 걸인은 새끼 새처럼 숨을 헐떡였다. "책. 자네는 그 책을 읽어야만 해. 책에는 자네가 알아야만 하는 모든 것이 쓰여 있어."

"어떤 책요?"

"그 책." 마지막으로 걸인은 가쁜 숨을 몰아쉬며 몇 마디 말을 하려 안간힘을 썼다. "그 책은 영혼이 무엇인지 다룬 책이야. 자네는 찾을 수 있을 거야. 내 부모님이…… 내 부모님이 갖고 계셔." 그는 숨이 넘어가기 직전이었다. "빠진 페이지들이 있는 곳은……." 걸인은 말을 맺지 못했다.

부모님? 이상하게도 아비브는 지금껏 걸인에게 부모 또는 가족이 없다고만 여겼다. 도대체 무슨 이유로 그렇게 믿었을까?

걸인은 찰나의 순간 아비브와 하늘을 향해 마지막으로 눈을 반짝이고는 이제 반쯤 뜬 눈으로 미소를 지었다. 그러자 그의 눈은 오로지 아비브의 모습만 비추는 거울이 되었다. 결국 눈빛은 다시 흐려지고 눈꺼풀은 힘없이 닫혔다. 걸인과 아비브가 워낙 낮은 목소리로 이야기를 나눠 아르투어 카민스키는 그게 무슨 이야기인지 전혀 알아듣지 못했다.

"그가 이겨낼 수 있을까요?" 아비브는 이미 답을 알고 있으면서도 의사에게 물었다.

"죽음이 그를 데려갈지 아직 결정하지 않았어." 카민스키의 시선은 유령의 시선처럼 차갑기만 했다.

인정하고 싶지는 않았지만 아비브는 물론 죽음이 이미 걸인을 받아들일 채비를 끝냈음을 느꼈다. 아비브는 걸인의 다리를 주무르며 발에서 무릎으로, 다시 허벅지로, 그리고 천천히 심장으로 올라가는 냉기를 감지했다.

걸인의 기가 쇠한 것은 병을 불러오는 일반적인 피로가 아니었다. 그의 탈진은 몸이 세상에 쏟아부은 기운을 잠으로 더는 회복하지 못해 생겨났다.

의사는 내키지 않는 표정으로 거칠게 걸인의 몸을 잡아 옆으로 누이고 땀으로 젖어 차가운 속옷을 찢고는 다시금 청진기로 심장과 폐의 소리를 들었다. 그러면서 무어라 알 수 없는 말을 중얼거렸다. 그가 말하고 행동하는 것은 아비브의 심장이나 두뇌가 전혀 이해할 수 없는 기괴함일 따름이었다. 철저하게 냉혹한 남자. 어떻게 이런 인간이 있을 수 있는지 아비브는 도무지 알 수가 없었다. 걸인의 아픔은 유리창을 만난 빗방울처럼 튕겨져나갈 뿐이었다.

"그를 내 집으로 데려가게 도와줘." 의사는 청년에게 명령조로 말했다. 아비브는 의사가 못내 의심스러웠지만, 지금 당장은 마지막 희망이라도 붙들고 싶을 뿐이었다. 아무 말 없이 아비브는 걸인의 팔을 잡아 일으켜 세우고는 업었다. 그러고는 의사의 뒤를 따라 터벅터벅 걸었다. 마침내 의사의 집에 도착해 아비브는 필립을 현관에 놓인 간이 침상에 눕혔다.

한 시간 전만 해도 심한 감기처럼 보였던 필립의 상태는 죽음과의 싸움으로 바뀌었다. 점차 걸인의 눈은 눈두덩 속으로 깊게 꺼졌으며, 관자놀이는 함몰했고, 안면 근육은 마비되었다. 피부는 창백해졌다. 이내 양 볼이 푹 꺼지며 코가 더 날카롭게 솟아올랐다. 죽음은 멀지 않았다.

"이제는 죽음이 결정을 한 모양이군." 의사는 마치 자신이 시간의 심판관이기라도 한 것 같은 목소리로 말했다.

아비브의 눈에 눈물이 고였다. 눈을 질끈 감으며 그는 눈물을 참았다.

"잠깐만 나를 이 사람과 단둘이 있게 해줘!" 의사가 요구했다.

"왜요?"

"그게 너에게 더 좋으니까. 네 친구에게도."

"왜 제가 당신을 믿어야 하죠?"

"달리 선택할 수 있는 것이 없잖아. 밖에서 잠깐 기다려. 오래 걸리지 않아." 의사는 턱과 눈길로 문 쪽을 가리켰다.

불길한 예감과 함께 아비브는 문손잡이를 잡았다. 그는 집을 나서며 자신의 등에 와 꽂히는 의사의 날카로운 시선을 느꼈다.

카민스키의 말을 거역하고 친구에게 되돌아가고 싶어 아비브가 자신과 씨름하는 동안, 필립은 의사가 옆에서 지켜보는 가운데 자신의 마지막 숨을 쏟아냈다. 이 숨은 평생의 호흡만큼이나 길었다.

고작 몇 분 지났을 뿐인데 의사는 고개를 내밀고 아비브를 불렀다. "작별을 고하고 싶거든 지금 하게, 내가 부모와 장의사에게 연락하기 전에." 바늘 하나 찌를 틈이 없는 냉혹함으로 카민스키는 사람이 들어설 정도만 문을 열어두고 안으로 다시 사라졌다. 아비브는 눈을 감고 고개를 하늘로 든 다음 다시 눈을 뜨고 숨을 깊이 들이마시고는 다시 의사의 집으로 들어갔다.

가엾지만 순수했던 영혼, 넉넉한 깊이를 자랑했던 필립의 영혼은 떠나버렸다. 아비브는 걸인 앞에 무릎을 꿇고 그의 얼굴을 어루만지며 가느다란 목소리로 속삭였다. "친구여, 왜? 세상은 당신과 같은 인간을 필요로 하는데." 눈물이 아비브의 뺨을 흘러내려 걸인의 손에 떨어졌다. 조심스럽게 아비브는 걸인의 눈꺼풀을 뜨게 했다. 그 눈동자에서 왜 이런 일이 일어났는지 더 잘 이해할 수 있는 뭔가를 읽을 수 있었으면 하는 희망으로. 그러나 필립의 눈은 빛을 잃었다. 그는 죽었다. 아비브는 자신 앞에 누운 이 몸이 친구인 걸인의 것이 아니라는 느낌을 지울 수 없었다. 시신은 걸인을 떠올리게 만드는 것을 전혀 갖고 있지 않았다. 생동하는 기운, 영혼은 사라졌다. 아비브는 필립의 눈을 다시 감기고, 이마에 입을 맞추었다. 그런데 갑자기 아비브는 시신의 뺨에 맺힌 진주 같은 눈물방울을 보았다. 그것은 필립이 흘린 눈물이 분명했다. 아직 마르지 않은 눈물은 아비브가 보기에 필립의 생기가 남긴 마지막 방울이었다. 아비브는 손가락으로 눈물방울을 들어 올려 그윽한 눈길로 바라보았다. 순간 한 줄기 온기가 아비브의 온몸으로 퍼졌다. 이와 함께 필립의 영혼은 아비브의 영혼 한복판에 보금자리를 만들었다. 두 사람은 영원히 하나가 되었음을 아비브는 알았다. 어떤 형태로든. 아비브는 눈을 감고 마지막으로 친구 앞에 허리를 숙여 작별을 고하고 일어나 뒤를 돌아보지 않고 갔다.

아비브의 심장은 슬픔으로 먹먹하기만 했다. 그의 머릿속은 폭풍우가 부는 것만 같았다. 아비브가 의사의 집을 나오며 주목한 유일한 것은 정원이었다. 그 정원은 어떤 것도 살지 않았고, 꽃이라고는 피지 않았으며, 오로지 어둠만을 위한 자리인 것처럼 을씨년스러운 곳이었다.

　공원에서 아비브는 필립의 집이었던 떡갈나무 옆 이슬로 젖은 풀밭에 그대로 벌렁 드러누웠다. 그는 얼굴을 두 손으로 감싸고 엉엉 울었다.

　다시 눈을 떴을 때 풀밭 위로 한 줄기 바람이 불어왔다. 그러자 점차 이 가을날에 꽃을 피우며 향기를 발산하는 모든 것이 살아 생동하며 색과 향기를 자랑하기 시작했다. 마침내 공원은 기분 좋은 향기와 다채로운 색깔로 아름다움을 자랑했다.

그러나 오래잖아 마법은 사라졌다. 공기는 향기를 발산하는 단 하나의 성분도 가지지 않은 것처럼 메말랐다. 풀밭의 꽃과 잡초는 모두 하얗게 변했다. 하늘이 다시금 닫히며 먹구름으로 어두컴컴해졌다.

이 모든 변화를 아비브는 거듭 눈을 비벼가며 바라보았다. 이윽고 그는 자리에서 일어나 길을 갔다.

동쪽에서 이 계절에는 전혀 예상할 수 없는 기묘한 찬 바람이 불어와 땅을 첫서리로 덮어버렸다. 가을의 한복판에서 돌연 겨울 냄새가 났다. 집에 들어선 아비브는 추위로 굳은 자신의 손가락들을 보며 대체 이게 무슨 일인지 전혀 알 수 없다는 표정을 지었다.

28

첫서리가 도시를 뒤덮었다. 얼음이 감싼 나뭇가지와 덤불은 와인 잔의 손잡이처럼 깨어질 것만 같았다.

그 어떤 조짐도 없이 불현듯 엄습한 한기는 자연의 조화를 흔들었다. 모든 것이 유리처럼 섬약했다. 도시 전체를 뒤덮은 정적은 시간마저 짓눌렀다.

그리고 깊은 슬픔은 아비브의 심장을 뜨거운 바늘처럼 찔렀다. 아비브에게 이 세상에 없어서는 안 되는 사람은 많지 않았다. 필립은 바로 그런 사람이었다. 걸인과 함께 나누었던 시간을 아비브는 세상의 그 무엇과도 바꾸지 않으리라.

아비브에게 필립과의 만남은 운명이 이따금 인생에 뿌려주는 행운의 중요한 씨앗이었다. 그 우연한 행복을 잃은 지금 아비브의 세상은 예전과 같을 수 없었다. 그는 잃었다, 자신의 친구를. 둘 사이를 죽음이 가로막았다.

아비브는 지난 몇 주 동안 필립의 부모가 어디에 사는지 수소문하느라 시간을 보냈다. 하지만 실마리는 도통 잡히지 않았다. 아비브는 기억을 더듬어보며 필립이 가족 이야기를 한 게 있는지 찾아보았으나 허사였다. 친구는 가족 이야기를 한 적이 없다. 아비브는 모든 것이 기묘하고 기괴하게만 느껴졌다.

필립은 누구인가? 아비브는 필립을 깊이 사랑했으면서도 놀라울 정도로 그를 모른다는 사실에 적잖은 충격을 받았다. 그와 심오한 의미를 주고받는 만남을 가졌지만 아비브는 이 남자의 현실 세계를 조금도 알지 못했다. 혹시 친구에게 너무 무심했던 것은 아닐까? 물어본 것이 너무 없지 않았나?

왜 우리는 누군가를 진심으로 알고 지내는 것을 그토록 어려워할까? 어째서 우리는 서로 속속들이 알지 못할까?

그는 40대 후반이었던 것 같다. 아무래도 50세를 넘기지는 않았을 것이다. 그리고 그의 영혼은 성숙한 인간의 면모를 유감없이 보여주었다. 현명했다. 아마도 그런 이유로 친구는 활짝 피기도 전에 꺾여버린 꽃처럼 인생의 한복판에서 작별해야 했을 것이다. 너무 일찍 성숙한 바람에 가야만 했을 것이다. 이런 생각을 하니 아비브는 그나마 위안이 되었다. 친구의 죽음이 무의미하지는 않다는 느낌이 주는 위로였다.

마지막 순간에 보는 인생을 만드는 것은 무엇일까? 그저 살아오며 내린 결정과, 어찌할 바를 몰라 미뤄두었던 일의 총합이 인생일까? 절대 가고 싶지 않았던 방향으로 우리를 내몬 것은 무엇일까? 그저 알 수 없는 흐름에 휩쓸려 흘러왔을 뿐일까? 무한할 것만 같던 가능성들은 언제 어디로 사라진 걸까? 무엇 때문에 그 많은 기회는 없어졌을까? 우연 때문에? 우리가 만난 사람들 때문에? 운명의 변덕이 우리 인생을 산산조각 내버려 이제 더는 전체를 맞추어볼 수도 없는 것일까?

29

아비브는 유리 녹인 물을 힘없이 불었다. 그의 숨결은 유리를 원하는 형태로 만들기에 너무 약했다. 그는 유리 부는 취관을 내려놓고 화덕의 불을 응시했다. 일터에 몸만 있을 뿐, 아비브의 정신은 다른 곳에 있었다.

"좀 쉬려무나, 아비브. 며칠 쉬는 게 좋겠다." 아브라모비치가 말했다.

"완전히 깨어 있는 의식으로 자신의 죽음을 면전에서 보면서 자신의 인생, 자신의 역사를 채워온 것과 작별해야만 하는 사람은 어떤 느낌이 들까요? 실현된 꿈과 채워지지 않은 희망, 아직 쓰지 못한 가능성, 우리의 심장과 인생의 일부가 된 사람을 떠올리며 어떤 생각이 들까요? 자신이 곧 눈을 감으리라는 것, 이제 완전한 어둠이 모든 것을 뒤덮으리라는 것, 이제 자신은 끝난 존재라는 것을 새기는 사람은 무슨 생각을 할까요? 이걸로 그냥 모든 게 끝인가요?"

"그런 순간에 그처럼 많은 생각을 할 수 있을지 잘 모르겠구나, 아비브."

"필립은 의식했어요. 끝이 그를 굽어보았고, 그는 끝을 직시했어요. 그리고 저는 그가 많은 생각을 했으리라 확신해요."

아비브의 머릿속에서는 기억이 봇물 터지듯 흘렀다. 그는 주먹으로 두 눈을 비볐다.

"이해한다, 아비브. 젊었을 때 우리는 세상이 우리 발아래 놓여 있다고 믿지. 개인적인 꿈을 이루기 위해서는 그저 높이 날아오르기만 하면 된다고. 그렇지만 현실의 인생을 목도하는 순간, 우리는 날개를 접어. 그러나 너는 포기해서는 안 돼."

"세상에는 그처럼 많은 나쁜 일이 일어나는데, 무수한 부당한 일이 벌어지는데, 어째서 하늘은 침묵하기만 할까요?"

"하늘은 속세와 무관하니까, 아들아. 그러나 다행히도 지옥 역시 속세와 무관하지. 오히려 우리는 그처럼 많은 나쁜 일이 벌어짐에도 왜 세상 사람들은 아무 말도 하지 않는지 우리 자신에게 물어야 하지 않을까? 지구상에 존재하는 유일한 악마는 우리 머릿속에 똬리를 틀고 있어. 그러나 세상이 필립과 너 그리고 젤마와 같은 사람을 배출하는 한, 세상에는 미래가 있어, 분명 밝은 미래가."

"왜 그처럼 사랑받아 마땅한 사람은 짧은 인생을 살까요?"

"짧기는 했지만, 좋은 삶이었을 거야. 최악의 죽음은 영혼의 죽음이야. 많은 사람들은 몸이 죽기 훨씬 오래전에 영혼의 죽음을 맛보지. 이들은 물질적 부와 같은 허상에 매달리다가 영혼이 죽어버려. 아무 의미 없는 인생을 사는 탓에 벌어지는 일이지."

"그럼 필립의 인생은 좋은 것이었나요?"

"그 자신에게 의미가 충만한 것이었고, 다른 사람에게 많은 의미를 베풀었다면, 그건 좋은 인생이지."

"좋은 사람이 그처럼 일찍 죽고, 검은 영혼들만 이 세상에 득시글하다면 아무 의미가 없잖아요. 그럼 도대체 인생의 의미가 뭐죠?"

"아마도 '인생의 의미'는 없을 거야, 아들아. 하지만 인생의 의미는 없다 할지라도 '우리가 인생을 살며 만드는 의미'는 많지. 바로 이런 의미가 우리를 떠받들어주지. 그리고 아마도 인생 다음에 오는 것은 우리가 이 땅에 살며 겪는 것보다 훨씬 더 좋을 거야. 그렇게 보면 일찍 죽는 것이 상실은 아니야, 오히려 선물이지."

"저는 그를 도울 수 있었어요. 저는 더 많은 도움을 그에게 줄 수 있었어요. 제가 뭔가를 놓치고 보지 못한 것 같아요."

"아비브, 아들아. 네가 세상 모두를 구할 수는 없어. 인생은 운명이나 다른 사람 탓에 피할 수 없는 많은 유리 조각과 가시를 가지게 마련이야. 네가 모든 것을 보호막으로 감싼다고 해서 인생이 너 자신과 다른 사람들에게 더 안전해지지는 않아. 도움을 주는 유일한 것은 생각을 맑게 다듬고 좋은 신발을 신는 거야. 무슨 말인지 알겠니? 세상이 바뀌어야 한다고 흔히 생각하지만, 오히려 진짜 필요한 것은 세상으로 나서는 우리의 자세니까."

아비브는 의자에 털썩 주저앉아 두 손으로 얼굴을 감쌌다.

"잠시 강가에 있는, 네가 좋아하는 곳을 찾아가보는 게 어떻겠니? 물의 흐름은 마법과 같아. 물이 흘러가는 방향을 보고 있노라면, 네 근심도 물과 함께 흘러갈 거야. 그런 다음 물이 흘러오는 쪽을 바라보면 물은 네 안으로 흘러들어 너에게 새로운 힘을 채워줄 거야." 노인이 말했다.

아비브는 아브라모비치의 얼굴을 보며 문득 기묘한 생각을 떠올렸다. 얼마나 오랫동안 이 선하고, 사려 깊으며, 강인한 얼굴을 볼 수 있을까? 아비브는 어떻게 해석해야 좋을지 모를 생각에 소름이 돋는 걸 느꼈다. 유일하게 또렷한 생각은 이 세상에는 변함없이 꾸준히 존재하는 게 많지 않다는, 그래서 아비브에게는 몇 명 되지 않는 인물이 갈수록 더 중요해진다는 점이었다. 아브라모비치와 젤마는 아비브 인생의 닻, 매일 변하는 세상에서 변함없이 꾸준히 의지가 되어주는 소중한 존재다. 이들은 그에게 항상 편안함을 베풀어주었다. 이들은 아비브 인생의 나무, 언제라도 가서 기댈 수 있으며, 그 가지들을 활짝 펼쳐 그를 지켜주는 나무다. 지금껏 두 분은 그 어떤 풍파에도 굴하지 않을 강인함을 가진 것처럼 보였다.

운명이 아무리 가혹한 회초리로 때릴지라도 굴하지 않고 꿋꿋해야 한다며 젤마는 아비브에게 이렇게 말하곤 했다. "사람들은 깊은 뿌리를 가진 나무를 망가뜨릴 수 없어. 고작 나무 꼭대기의 가지 몇 개만 부러뜨릴 뿐이지."

자신이 즐겨 찾는 장소로 가는 동안 하늘에서는 낙엽이 비처럼 내렸다. 알록달록한 낙엽. 낙엽은 가지에서 시들어 떨어졌지만,

그 나름의 방식으로 미소를 지었다.

모든 것은 항상 새롭게 질서를 잡는다. 죽는 것은 없다고, 모두 다른 상태로 넘어갈 뿐이라고 아비브는 생각했다.

하늘이 맑아졌다. 해가 낮게 떠 있었다. 노란 가루 같은 가을 햇빛이 잔잔한 강물처럼 나뭇잎들 사이로 땅을 비추었다. 마치 공기가 희망의 향기를 품고 있는 것 같았다.

카민스키

30

영혼 카탈로그는 날이 갈수록 두툼해졌으며, 내용이 더욱 풍부해지고 자세해졌다. 그리고 카민스키의 계획은 날이 갈수록 정교하게 다듬어졌다.

자신이 하는 일은 자신에게 주어진 상황에서 자신이 선택할 수 있는 유일한 것이라고 카민스키는 확신했다. 나아가 자신의 비틀린 영혼의 구원을 약속할 뿐만 아니라, 자연이 잊어버린, 영혼 없는 모든 인간을 위해 봉사하는 것이라고 확신했다.

그동안 그는 자신이 완벽한 영혼이 가졌을 것이라고 정의한 28개의 특성 가운데 19개를 충족하는 영혼을 사로잡았다.

굴 껍데기를 깨고 그 살을 발라내듯, 카민스키는 인간의 영혼을 도려냈다. 더욱이 자신이 보기에 완벽한 인간을 이루기에 반드시 필요한 정선된 영혼만 유린했다. 의사는 두 손을 비비며 생각했다. 자신은 인간 존재의 진주가 될 거라고.

카민스키는 자기 자신과 갈등을 일으키지 않고 평화로운 인생을 산 사람의 영혼이 특히 엑기스가 풍부한 것을 확인했다. 자신과 다른 사람을 위해 최선의 인생을 살려고 노력한 사람, 자신의 재능을 십분 활용해 세상에 선물한 사람이 그랬다.

반대로 자신의 소질과 재능을 살리기는커녕 위축시킨 사람의 영혼은 메마른 탓에 그 엑기스도 보잘것없었다.

타고난 소명에 충실하려 노력해온 사람의 영혼은 엑기스가 가장 풍부했다. 잘못된 이상과 목표를 뒤쫓느라 남은 물론이고 심지어 자신에게 서슴없이 해를 끼친 사람 또는 악행을 일삼은 사람의 영혼은 엑기스가 한 방울도 채 되지 않았다. 게다가 이런 경우 엑기스는 너무나 탁해서 가장 밝은 불빛에 비추어도 속이 들여다보이지 않았다.

아비브

31

아비브가 이 유별나게 추운 가을 아침에 올려다본 하늘은 구름이 마치 우윳빛 천장을 만든 것처럼 부드러운 위로를 주었다. 그러다 첫 빗방울이 떨어지며 대기 가운데 벨벳처럼 부드러운, 반짝이는 진주로 만들어진, 커튼을 하늘에 드리웠다. 여기저기 눈꽃이 떨어진다. 땅으로 떨어져 내리며 눈꽃이 써내는 멜로디는 편안하면서도 어딘가 모르게 감상적인 기분을 자아낸다. 평범한 아침처럼 시작된 이날 아침의 공기 가운데에는 그러나 평범한 아침이라고 할 수 없는 뭔가 마음을 아릿하게 만드는 기운이 서려 있었다.

유리 세공소는 기묘한 정적에 휩싸여 있었다. 집 앞의 나무와 덤불에서는 낙엽 한 장 움직이지 않았다. 문의 유리창 뒤에 붙은 작은 명판은 여전히 '닫혔음'을 알렸다. 아비브는 이마와 코를 유리창에 누르고 안을 살폈지만 어스름한 속에서 아무것도 확인할 수 없었다. 그는 열쇠를 구멍에 넣고 돌린 다음 입구 문을 열었다. 매장과 작업장은 적막하기만 했다. 고운 유리 먼지가 비쳐드는 햇살 속에서 춤을 추었다. 화덕에는 아직 불을 붙이지 않았다. 공간은 냉기로 가득했다. 아비브의 입에서 하얀 김이 쏟아져 나와 한동안 허공을 맴돌다가 사라졌다. 그 순간 아비브는 노인의 발자국 소리를 들었다고 믿었다. 그러나 작업장에는 아무도 없었다.

아 저기. 아비브는 뒤편에 있는 그를 보았다. 아브라모비치는 화덕 옆의 가장 후미진 구석에 놓인 의자에 고개를 숙인 채로 잠들어 있었다. 아비브는 그에게 다가갔다. 아브라모비치의 무릎 위에는 젊은 시절에 손으로 그린 초상화들이 담긴 나무 상자가 열린 채로 놓였다. 사진 한 장은 그의 손가락 사이에 끼워져 있었다. 예전 모습의 젤마와 여전히 청년처럼 젊은 아브라모비치 그리고 작은, 대략 두 살배기 아비브가 약 20년 전의 얼굴로, 의자에 쭈그리고 앉은 노인을 향해 미소를 짓고 있었다. 사진은 마치 빛나는 지난 시절로 돌아갈 수 있게 해주는 왕복 차표처럼 아브라모비치의 손에 쥐어져 있었다.

아비브는 양아버지를 향해 달려가 어깨를 부축해주고 싶은 무어라 말하기 힘든 충동에 사로잡혔다. 그러나 뭔가가 그러지 못하게 그의 발목을 잡았다. 아비브는 자신의 손길로 아브라모비치를 건드리지 않는 한, 이후로도 언제까지나 그는 잠들었을 뿐이라고 자신을 설득할 수 있다는 걸 알았기에 멈칫했다. 그는 노인의 피부에 이미 푸른 반점이 나타났을지라도 그저 쉬고 있다고만 믿고 싶었다. 아비브는 노인의 가슴이 숨을 쉬느라 들먹

거리지 않는 것을 무시하고 그냥 쉬고 있다고만 생각하고 싶었다. 노인이 차가운 공기 속으로 더는 하얀 입김을 뿜어내지 않은 것을 그는 무시하고 싶었다. 양아버지 위의 공기가 시간과 똑같이 완전히 멈추었음을 그는 한사코 무시하고 싶었다.

아비브는 아브라모비치의 어깨에 손을 얹어 속옷을 통해 그의 피부가 이미 차다는 것을 감지하고 싶지 않았다. 그는 그 차가움이 아브라모비치의 느려진 신진대사 탓에 생긴 것이 아니라 인생의 종말을 알리는 냉기라는 점을 인정하고 싶지 않아 노인에게 다가가지 않았다.

아비브는 얼마나 오랫동안 그런 상태로 양아버지를 보고 있었는지 나중에 기억하지 못했다. 그런 걸 기억한들 무슨 의미가 있으랴. 언젠가는 아무리 노력해도 더는 피할 수 없는 순간이 우리 인생에는 찾아오게 마련이다. 아비브는 굳어진 상태에서 벗어나 노인에게 다가가 그의 팔을 부드럽게 건드렸다. 그런 다음 아비브는 노인 앞의 돌바닥에 무릎을 꿇었다. 시신은 돌바닥보다 더 차가웠다.

비현실적인 것이 현실이 되었다. 죽음의 실상은 섬뜩했다. 노인의 두 눈은 마치 이 세상을 그만하면 충분히 보았다는 듯 눈두덩 안으로 푹 꺼졌다. 노인의 눈길은 패배감마저도 무시하는 공허함 그 자체였다. 커다래진 검은 동공은 두려움으로 일그러진 아비브의 얼굴을 고스란히 비추었다. 관자놀이는 푹 꺼져 코가 뾰족 솟아올랐고, 아래턱은 떨어져 내려 입이 크게 벌어졌다.

피부는 꼭 양피지 같았다.

어떻게 이럴 수가 있을까? 무슨 사고라도 난 것일까? 고령 때문일까? 그러나 아브라모비치는 그렇게 늙지는 않았다. 죽기에는 아직 젊은 나이다. 병? 병이라면 노인이 이야기를 해주었을 텐데. 심장마비? 그냥 그렇게 간단하게? 인생의 한복판에서?

아비브는 아브라모비치와 그의 손가락 사이에 들린 사진을 번갈아가며 살폈다. 아비브는 20년이라는 세월을 뛰어넘어 나란히 공존하는 노인의 실제 얼굴과 사진 속의 얼굴을 응시하며, 아브라모비치가 사진을 보며 무슨 생각을 했을지 짐작해보았다. 양아버지는 자신의 마지막 순간을 어떻게 맞은 것일까? 왜 마지막 순간은 그의 눈에 이처럼 충격적인 눈빛을 남겨놓았을까?

불과 몇 주 전에 아비브는 친구 필립을 잃었는데, 이제 양아버지마저 이렇게 허망하게 보내야만 했다. 지난 세월 죽음을 목도한 적이 없었는데, 아비브는 지금 갑자기 자신이 사랑하는 사람들을 차례로 잃었다.

운명이 심술을 부려 두 남자를 앗아갔을까. 그 어떤 예고도 없이 시간을 훔쳐갔을까. 죽음의 제비뽑기.

기묘한 예감 탓에 아비브는 최근 며칠 동안 노인의 모습을 주의 깊게 보았다. 마치 마지막 기억을 모아, 아브라모비치 얼굴의 모든 주름살과 보조개를 영원히 새겨 자신의 머릿속에 담아두려는 듯. 아비브는 양아버지의 얼굴 생김새와 행동과 말투를 절대 잊지 않겠다고 다짐했다.

아비브는 허리를 숙여 시신을 살폈다. 그는 아브라모비치의 차가운 뺨을 어루만졌다. 그런 다음 이마에 입을 맞추고 눈을 감겨주었다. 마지막으로 아비브는 자신의 자상했던, 아버지 같은 친구의 손을 꼭 잡았다. 그리고 아비브는 머리를 들어 작업장을 둘러보았다. 그는 이처럼 순수하면서도 섬약한 유리로 된 세계를 새삼스레 보았다. 아브라모비치가 그처럼 사랑했던 세상, 이제 자신에게 남겨준 세상을 아비브는 처연히 바라보았다. 이 세상은 다시는 같은 세상이 절대 아니리라. 절대 다시는. 아비브가 알았던 세상은 더는 존재하지 않는다.

아비브는 작업장을 나왔다. 그는 장의사에게, 그리고 더 시급하게 어머니에게 가야만 했다. 어머니는 아브라모비치를 사랑했다. 아브라모비치는 58세로 젤마보다 족히 17년은 젊었다. 세 사람은 지난 20년 동안 작은 가족을 이루어 살아왔다.

밖의 거리는 모든 것이 아비브에게 비현실적이기만 했다. 아비브는 낯선 소음, 빛, 얼굴, 냄새로 가득한 세상을 어리둥절하게 보았다. 대낮의 빛은 흐릿해서 모든 것이 송장처럼 창백해 보였다. 세상은 마치 모든 색깔이 빠져나간 것처럼 보였다.

32

아비브가 젤마와 함께 작업장으로 돌아오고 얼마 지나지 않아 검은 옷을 입어 무슨 일을 하러 왔는지 분명한 두 남자가 나타났다.

"아버지가 우리만 남겨두고 떠난 지금 무얼 어떻게 해야 하죠?" 아비브가 젤마에게 물었다.

"지금까지 해오던 대로 계속해야지." 젤마가 대답했다. 그녀의 얼굴은 깊은 슬픔을 품은 고요한 호수와 같았다. 그 슬픔의 깊이는 오로지 아비브만이 짐작할 수 있었다.

두 사람은 아브라모비치의 시신 앞에 무릎을 꿇었다. 그를 떠나보내기 위한 힘을 구하려는 몸짓으로 두 사람은 저마다 손을 내밀었다. 그를 영원히 보내주는 것보다 이렇게 붙드는 것이 한결 위로가 되는 것처럼.

"시작해도 좋을까요?" 장의사 가운데 한 명이 물었다.

"해야만 할 일을 하세요." 젤마는 마침내 아브라모비치의 손을 놓으며 힘겹게 대답했다. 그리고 아비브의 어깨에 손을 얹고 가자는 시늉을 했다.

젤마와 아비브는 그를 떠나보내며 통곡하는 정적 속으로 들어섰다. 젤마도 아비브도 이 정적을 침묵하게 만들지 못했다.

두 사람은 여전히 자신들의 손에 남은 그의 향기를 보듬었다. 손바닥에는 유리 먼지가 반짝인다. 두 사람은 날이 어둑해지고 가로등이 시간을 얼려버리는 듯할 때까지 도시의 거리를 하염없이 걸었다. 두 사람은 그가 없이 처음으로 맞게 될 다음 날 아침이 두려웠다.

사흘 뒤 관을 든 여섯 명의 상여꾼 뒤를 침묵하는 사람들 무리가 따랐다. 조문객들은 옛 무덤과 새 무덤 사이를 걸어 마침내 아브라모비치의 마지막 여행을 마감하는 종착지에 도착했다.

장례식이 끝나고 조문객들이 돌아가고 나자 부슬비가 내리기 시작했다. 젤마와 아비브만이 무덤을 지켰다. 젤마의 목소리는 무채색에 얇은 크리스털처럼 섬약했다. 아비브는 그녀가 하는 말이 조금만 바람이 불어도 수천 개로 산산조각 날 것 같은 느낌을 받았다. 그녀의 얼굴은 갑자기 늙은 것처럼 보였다. 마치 세월의 흔적이 돌연 불거진 것처럼. 그녀가 몸을 떨었다. "인생에는 깊게 맺어진 나머지 서로 떨어질 때 자신 안에 균열을 느끼는 관계가 있구나." 젤마가 소리 죽여 우는 모습을 보며 아비브는 이런 성찰을 했다.

그리고 아비브는 세 사람이 함께 나누었던 작은 세상을, 그 온기를, 그 친밀감을, 믿음으로 서로 하나가 된 결속을 생각했다. 이런 생각과 함께 그는 젤마를 꼭 안아주며 자신에게 이렇

게 다짐했다. '지금까지 해오던 대로 계속하자. 주어진 그대로.'

갑자기 구름 사이로 몇 줄기 햇살이 비쳤다. 부슬비는 수백만 개의 작은 별처럼 반짝였다. 절망에 사로잡힐 때마다 이런 기적적인 장면을 보다니, 참으로 놀라운 일이라고 아비브는 생각했다. 그리고 약간이나마 위로를 받은 느낌이었다. 그는 젤마를 바라보며 그녀의 뺨을 쓰다듬고 눈물을 닦아주었다. 그런 다음 두 사람은 서로 꼭 붙어 공동묘지를 떠났다.

33

장례를 치른 날부터 아브라모비치의 정원에는 오로지 흰 꽃만 피어났다. 젤마가 어떤 알뿌리 식물을 심든 거기서 피어나는 꽃은 하얬다. 정원도 함께 슬퍼하는 걸까. 색을 가진 생기는 마치 모두 땅속으로 되돌아간 것만 같았다.

멀리서 보면 유리 세공소는 주변에 풍성하게 자라난 식물로 마치 초록색 안으로 가라앉은 유리 집, 꽃줄기와 나뭇가지마다 얼어붙은 눈물방울을 가진 유리 집처럼 보였다.

사건을 덮은 정적은 견딜 수 없을 정도였다. 날이 갈수록 이 참기 힘든 조용함이 커가자 아비브 머릿속의 생각이 소리를 키우기 시작했다. 어떻게 해서 이런 사건이 벌어졌는지 따져보는 아비브의 생각이 의식을 집요하게 파고들어, 머릿속의 목소리를 침묵하게 만들려고 귀를 막아야 할 지경이었다. 그러나 허사였다.

며칠을 두고 아비브는 자신의 생각을 앞뒤가 맞는 논리적인 형태로 정리하려 노력했지만, 되돌아보며 사건을 추적하려는 실마리는 늘 어디선가 끊어지고 말았다. 아비브는 설명이 되지 않는 것의 설명을 찾았다. 그는 서로 연결되지 않는 것을 연결해보려고 안간힘을 썼다.

그가 살아온 지금까지의 인생, 보이지 않는 손이 지켜주는 것처럼 평온하고 정돈된 인생은 돌연 산산조각이 나고 말았다. 아비브는 이 조각들로 다시는 그런 인생을 짜 맞출 수 없을 것만 같았다. 지금껏 죽은 사람들은 잘 알지 못하는 타인들뿐이었다. 그러나 죽음은 결국 누구에게나 찾아오며 자신의 인생도 예외가 아니라는 점을 아비브는 비로소 생생하게 실감했다.

음울한 가을날이었다. 흐린 날씨가 갈수록 아비브의 생각으로 스며들어와 심장을 옥죄는 바람에 아비브는 더는 숨을 쉴 수가 없을 정도였다. 아비브는 더는 참을 수가 없었다. 그는 눈을 감고 머리를 두 손에 묻었다. 앞을 바라보아야만 한다. 되돌아보는 눈길은 앞으로 나아가지 못하게 가로막을 뿐이다.

이 세상에서 그에게 유일하게 남은 사람, 그가 사랑하며 소중하게 여기는 사람은 어머니 젤마일 뿐이다. 누군가 아비브를 도울 수 있다면, 그 사람은 젤마다. 그러나 그녀 역시 아브라모비치의 죽음 이후 더는 예전의 젤마가 아니었다. 아비브에게 그녀는 예나 지금이나 그가 원하는 최고의 어머니다. 아무리 험난한 풍파에도 굴하는 적이 없던 젤마였지만, 이제는 미소를 지으려 애쓸 때마다 그 사이로 슬픔이 배어 나왔다. 그녀는 이번에도 운명에 맞서 당당하려 했지만 갈수록 여위어갔다. 입은 옷이 헐렁해졌으며, 시들어가는 꽃처럼 허리는 구부정해졌다.

"이처럼 죽음이 엄습해 우리를 데려가서 인생이 허망하게 끝나고 만다면, 도대체 인생에는 어떤 의미가 있죠? 이 세상의 이처럼 덧없는 인생에 그래도 어떤 의미를 부여하려면 대체 우리는 어떻게 살아야 하나요?"

"우리는 누구나 이 세상에 자신의 소명을 가지고 태어난단다. 밖을 향한 눈을 감고 내면의 눈을 떠야 왜 우리가 이곳에 존재하는지 답을 찾을 수 있어. 네 인생의 답은 네 영혼의 깊은 곳에 숨어 있단다. 네 영혼이 볼 수 없다면 너는 인생을 위한 올바른 결정을 내릴 수 없어. 인생은 무의미하게 지나가고 말지. 참된 답은 누구나 자신 안에서 찾아야 한단다. 조바심내지 말고 잘 살펴보렴."

이 맑은 눈길, 그녀의 강하고 흔들림이 없으며 생기 넘치는 목소리, 두려움을 모르는 당당함은 그녀가 지금껏 겪어온 신고(辛苦)를 무색하게 만들었다. 아비브는 젤마의 얼굴을 보며 생각했다. 아브라모비치를 잃은 깊은 슬픔에도 저처럼 강한 여인은 심지어 죽음조차 난처하게 만드는구나. 그래서 죽음은 내가 잘못 찾아왔나 싶어 등을 돌리고 사라지는구나.

카민스키

34

침실용 탁자의 촛불이 바람에 흔들리며 펄럭이자 방 안에는 왁스와 그을음 냄새가 진동했다. 또 그녀가 천천히 무너지며 만드는 인간의 고운 먼지를 호흡하는 느낌도 방 안을 채웠다. 그녀는 망가진 인형처럼 침상에 누웠다. 슬픔으로 얼룩진 얼굴은 부드럽게 베개에 묻혔다.

아들을 잃은 탓에 그녀의 심장은 갑자기 늙어버렸다. 아들의 죽음으로 그녀의 인생은 더는 의미 있게 짜 맞출 수 없을 정도로 산산조각 나고 말았다. 그녀는 더는 예전의 여인이 아니었다. 날이 갈수록 그녀는 속에서부터 죽어갔다. 마침내 아픔은 그녀의 목숨을 완전히 앗아가리라.

자신의 일부와 다름없는 사람을 잃어버린 탓에 생겨난 가눌 길 없는 슬픔은 그녀를 바닥에서부터 뒤흔들었다. 마침내 심장은 그녀의 의지에 순응해 뛰기를 멈추었다. 이제 그녀는 마치 짓밟힌 꽃처럼 누워 있다.

카민스키는 예의 그 냉혹함으로 하루 종일 그녀의 병상 옆을 지켰다. 남편인 베른슈타인은 단 1분도 방을 떠나려 하지 않았다. 의사는 여인의 남편이 아내와 관련한 일은 하나도 빠짐없이 눈여겨보려 한다는 느낌을 받았다. 심지어 바닥을 볼 때조차도 말이다. 하는 수 없이 카민스키는 기다리기만 했다. 그러나 그는 이 늙은 여인이 죽는 것은 시간문제라고 확신했다. 모든 것이 저절로 해결되리라.

걸인 필립의 어머니인 한나가 마침내 목숨을 거두자 카민스키는 베른슈타인 가문의 집에서 자신의 계획을 더욱 흥미롭게 만들 것을 발견했다.

그 물건은 마치 다른 시간의 창을 통해 들어온 것처럼 불현듯 그의 눈에 띄었다. 그것은 죽은 이의 침실용 탁자 위에 있었다. 낡디낡은 가죽 장정에 얇고 오래되고 검은 소책자였다. 그 책에 세월의 흔적이 고스란히 남아 있었다.

장의사가 여인의 시신을 입관하고 남편이 고개를 푹 숙인 채 멍한 눈으로 앉아 있는 동안 카민스키는 마법에라도 끌리듯 책으로 다가갔다. 그는 책을 들어 라틴어로 새겨진 제목을 읽었다.

데 나투라 아니마이 De natura animae
영혼의 본성에 대하여

C. W. 야콥존

몇 분 동안 카민스키는 제목에서 눈을 떼지 못했다. 그런 다음 그는 책을 펼쳤다. 누렇게 변한 종이에서 나는 먼지 냄새, 경외심, 마법이 뒤섞여 그의 코안에서 들끓었다. 책의 속표지에는 푸른색 잉크로 이렇게 쓴 글씨가 보였다.

필립 H. 베른슈타인
철학 교수

"그 책은 내 아들 것이오." 노인은 누군가 이 책을 손에 집어 들었다는 사실이 그를 다시 소생시킨 것처럼 고개를 들고 말했다. "그 전에는 내 것이었소. 우리 베른슈타인 가문의 남자들은 평범한 사람이 알아볼 수 있는 것 이상으로 인간의 속을 읽어내는 이상한 능력을 가졌소. 아무래도 우리는 이런 재능을 세대를 거쳐 아들들에게 물려주는 모양이오. 이런 능력의 모든 것이 그 책 안에 담겨 있소. 그게 다 무슨 소용이 있겠소. 이제 그런 기이한 현상은 끝났소. 필립은 애를 낳지 않았고, 나는 죽은 몸이나 다름없으니까."

"아드님이 철학 교수였나요?"

"아들은 자신의 소명을 찾았소. 그러나 어떤 여자가 아들의 인생에 나타났소. 그랬는데 갑자기 아무 말도 남기지 않고 여자가 사라져버리는 바람에 아들은 그녀를 다시 찾고 싶어 계속해서 거리에서 살았다오. 그런데 지금 생각해보니 여자 때문에 그런 게 아니었소. 아들은 무엇보다도 철학적 동기를 가졌소. 그는 인생에 꼭 필요한 것을 더는 알아보지 못할 정도로 허튼 일에 매달리는 대신, 자신의 인생에서 불필요한 모든 것을 깨끗이 청소해버려야 좋은 인생을 살 수 있다고 믿었으니까. 말하자면 지나치게 많은 과잉으로부터 도망간 것이라오. 시노페의 디오게네스* 족적을 따라서. 내 말을 알아듣겠소, 의사 선생? 이 도시에서 이미 오래전부터 거리의 명물로 살아간, 생각을 즐기는 지혜로운 바보가 내 아들이었소. 이제 와서 더 무슨 말을 하겠소. 아들이 자신의 삶에 만족해했는데 부모가 뭘 더 바라겠소. 아들은 자주 우리를 찾아와 거리의 인생을 들려주었다오. 그를 충만하게 해준 단순한 것들을. 거리에서 잘 지내는 것 같았소. 잘 자라고 교양을 갖춘 친아들이 스스로 선택한 인생으로 목숨을 잃어 심장은 찢어지지만 어쩌겠소. 걸인으로 살았다오. 떡갈나무 아래서 잠을 청하며."

노인은 눈을 들어 다시금 아내의 시신을 살펴보았다. 그의 표정은 영락없이 노쇠한, 운명이 짓밟혀 낙담한 남자의 표정이었

---

* 디오게네스(Diogenes: 기원전 412?~기원전 323?): 고대 그리스의 철학자. 키니코스학파(견유학파)를 대표하는 인물로 시노페에서 출생했다. 자연과 일치하는 생활을 강조해 한 벌의 옷과 하나의 지팡이와 자루로 통 속에서 살며 무욕의 삶을 실천한 철학자다. 알렉산더 대왕이 그를 찾아왔을 때 햇빛을 가리지 말고 비키라고 한 일화는 유명하다.

다. 그는 눈길을 다시금 바닥에 떨어뜨리고 멍한 상태에 빠졌다.

　카민스키는 책을 들춰보았다. 넘기는 쪽마다 먼지 냄새가 났다. 그것은 말 그대로 다른 시대에서 울리는 메아리였다. 의사는 영혼의 본질을 궁구한 이론들을 차례로 살폈다. 그가 이 구절들에서 발견하는 것은 그가 꿈꿀 수 있는 차원 그 이상이었다. 마침내 책을 덮고 카민스키는 물었다. "제가 벌써 오랫동안 찾던 책입니다. 혹시 빌려가서 필사본을 만들어도 좋을까요? 늦어도 두서너 주 뒤에 돌려드리겠습니다."

　"안 되오." 늙은 베른슈타인이 중얼거렸다. "이 책은 나에게 남은 유일한 귀중품이오."

　노인이 고개를 들기도 전에 카민스키는 책을 자신의 가방에 슬쩍 넣었다. 그리고 빠르게 노인에게 다가가 그의 어깨를 잡았다. 노인은 멍한 눈길로 그를 올려다보았다. 카민스키는 까딱 목례를 하고 사라졌다.

아비브

35

아비브는 열심히 필립의 부모 집을 찾았으나 허사였다. 친구의 성도 모른 채 걸인의 터무니없이 간단한 설명만으로 그는 여기 저기 헤매고 다녔다.

닳아버린 간단한 약도를 손에 들고 망연히 서 있는데 갑자기 누군가 아비브에게 다가와 약도의 접은 부분이 십자가를 이룬 바로 그 지점을 정확히 손가락으로 가리키며 말했다. "이 집이 당신이 찾는 곳입니다." 우편배달부는 아비브를 보며 미소를 지었다.

아, 그렇지. 처음부터 우편배달부에게 물어보면 되었을 것을. 대개 해답은 손을 뻗으면 닿을 곳에 있는데 우리는 그저 손으로 허공을 휘저을 뿐이다. 아비브가 약도에서 머리를 들어 감사하다는 말을 하기도 전에 우편배달부는 이미 가버렸다.

아비브는 필립의 부모를 찾느라 벌써 몇 주를 허비했다. 매일 그는 새벽녘에 출발해 헤매고 다니다가 아무 성과가 없이 유리 세공소로 갔다. 왜 우편배달부 생각을 하지 못했을까. 그리고 우편배달부는 아비브가 누구를 찾는지 어떻게 알았을까? 아무래도 소문이 돈 모양이다.

슬픔으로 신음하는 집이라는 것을 아비브는 오롯이 느낄 수 있었다. 벽에는 로코코풍의 돋을새김을 한 벽지가 붙어 있었고, 참나무를 깐 바닥에는 베르사유 양식의 무늬가 있었다. 루이 14세 양식의 침대에는 죽은 이가 남긴 흔적이 고스란히 남아 있었다. 아비브는 죽은 이의 몸을 보는 것처럼 그 윤곽을 또렷하게 알아볼 수 있었다.

이 가족의 죽음에 이처럼 가까이 오다니 전혀 예상하지 못한 일이었다. 아비브는 죽음이 발자국 소리도 내지 않고 필립을 덮쳐 그 세포로부터 생명을 고스란히 빨아들이는 장면을 지켜보았다. 그리고 이제 아비브는 필립 어머니가 죽은 지 불과 몇 시간 뒤에 걸인의 부모 집을 찾아왔다. 이 무슨 기묘한 우연인가.

아무도 아비브에게 신경 쓰지 않았다. 장의사는 시신을 수습하느라 여념이 없었다. 베른슈타인 노인은 지팡이를 두 손으로 움켜쥐고 손등 위에 턱을 올리고 바닥을 바라보며 말없이 울었다. 노인의 가느다랗게 뜬 실눈을 보며 아비브는 이 세상을 신물 나게 보아 되도록 멀리 하고 싶은 모양이라는 생각이 들었다.

아비브는 노인에게 다가가 궁금한 걸 물어볼 엄두가 나지 않았다. 그는 구석에 꼼짝도 않고 서 있기만 했다.

방 안에서는 시신 냄새와 라벤더 향이 섞인 듯한 냄새가 났다. 탁자 위에 놓인 꽃병에는 말라붙은 약용 식물의 앙상한 가지가 꽂혀 있었다. 아비브는 자신이 찾고 있지만 차마 물어볼 수 없는 것을 찾아보려 시도했다. 그는 필립 어머니의 방 안을 둘러보았다. 이곳에 그녀의 인생이 남긴 흔적은 별로 없었다. 아마도 그녀의 추억은 아주 작은 자루 하나면 충분히 담기리라. 평생을 담은 작은 자루 하나.

그때 아비브의 눈에 침실용 탁자에 놓인 두 장의 사진이 보였다. 테두리가 누렇게 변색한, 작고 반짝이는 사진은 워낙 오래되어 사그라질 것만 같았다. 아비브는 그곳으로 가서 사진 가운데 한 장을 손에 들었다. 사진에 손가락이 닿자 지문이 물결처럼 번진다. 노랗게 색이 바랜 사진에서 젊은 부부가 환하게 웃는다. 여인은 어린 남자아이를 팔에 안았다. 그 아이도 마찬가지로 환하게 웃는다. 다른 사진에서는 중년 여인이 아비브를 마주 본다. 젊은 엄마와 중년 여인은 동일 인물임에 틀림없다. 물론 그 사이에는 몇십 년이라는 세월이 놓였고, 중년 여인은 인생의 우여곡절을 겪은 끝에 삶을 관조할 수 있게 된 듯한 모습이었다. 그리고 지금은 삶에 작별을 고했다. 아비브는 젊은 부부와 아이의 사진을 뒤집어 보았다. '한네스와 한나 베른슈타인이 아들 필립과 함께'라고 쓰여 있었다.

아비브의 눈에 호수처럼 눈물이 고였다. 그는 밖의 정원을 내다보았다. 작지만 깔끔하게 다듬어진 정원에는 꽃들이 만개했다. 그러나 이곳의 꽃과 봉오리들은 애도하듯 모두 색을 시신처럼 창백한 하얀색으로 바꾸었다.

아비브는 갑자기 숨이 막혀 창문을 열었다. 그리고 숨을 깊게 들이마셨다. 이제야 기분이 좀 나아졌다. 그렇지만 뭔가 이상했다. 정원에서는 아무 냄새가 나지 않았다. 풀들을 부드럽게 휘감는 산들바람에도 향기는 털끝만큼도 나지 않았다.

아비브는 바람의 호흡을 얼굴과 손에 느꼈다. 그러나 단 하나의 이파리도, 단 하나의 꽃도, 꽃줄기도 움직이지 않았다. 모든 식물은 굳어진 것만 같았다. 또 아무 소리도 들리지 않았다. 사각거림도, 윙윙거림도, 벌레들의 재잘거림도. 이런 것이 죽음의 정적일까.

지구상의 한 온전한 부분이 죽음의 길로 접어든 것일까. 이곳에서 인생을 보냈던 사람들, 죽은 필립과 그의 죽은 어머니와 그의 죽어가는 아버지와 함께 이들과 더불어 이들을 지켜본 나머지 모든 것도 세상과 작별하려는 것일까.

아비브는 용기를 내어 한네스 베른슈타인에게 다가갔다. 뼈만 남은 앙상한 노인은 방 안의 어두컴컴한 구석에서 고개를 푹 숙인 채로 무너져 있었다. 그 모습은 마치 줄이 끊어진 꼭두각시를 연상시켰다. 청년은 노인 앞에 무릎을 꿇었다. 노인의 얼굴은 참을성이 강하다는 인상을 주었지만, 그의 눈을 보면 걱정과 슬픔과 외로움으로 지친 영혼이 고스란히 드러났다.

"저는 아비브라고 합니다. 필립의 친구입니다."

노인은 말없이 고개를 들어 올려다보았다.

"필립이 죽을 때 옆에 있었습니다."

"아들이 자네 이야기를 하더군." 노인은 갑자기 헛기침을 하고는 힘들여 입꼬리를 올리려 했다. 아비브는 노인의 눈에서 작은 반짝임을 보았다고 믿었다. 그러나 그 반짝임은 이내 다시 사라졌다.

"책을 찾으러 온 게로군. 아들이 마지막으로 우리를 찾아왔을 때 책을 여기에 두었어. 평소 필립은 항상 그 책을 지니고 다녔지. 아들이 그렇게 빨리 죽을 줄이야 누가 생각인들 했겠나." 노인의 눈에서 눈물이 주르륵 흘렀다. 노인은 한동안 눈을 감았다가 다시 떴다. "필립이 자네에게 책을 주라고 하더군. 나는 자네가 안 오는 줄 알았어. 필립이 죽은 지 벌써 몇 주가 지났잖아."

"어디 사시는지 알 수가 없었습니다. 집을 찾느라 시간이 걸렸죠. 그런데 하필이면 이런 슬픈 순간에 오게 되었군요. 부인 일은 정말 안타깝습니다, 필립 일도요."

노인은 다시금 눈을 감고 고개를 끄덕였다.

"그래." 잠깐의 침묵 끝에 노인이 눈을 뜨고 이렇게 말하며 턱으로 아내의 침실용 탁자를 가리켰다. "저기."

"어디요?"

노인의 눈이 화들짝 커졌다. 책은 사라지고 없었다.

"카민스키!" 노인이 한숨을 쉬었다.

"카민스키?"

"그를 아는가?"

청년은 고개를 끄덕였다. 그리고 그는 불길한 예감에 사로잡혔다. 이 책이 그 의사의 손에 들어가서는 절대 안 되는데. 아비브는 한시라도 빨리 책을 되찾아야만 한다고 생각했다. 그러나 어떻게? 아비브는 당했다는 불쾌감에 속이 쓰라렸다. 그는 노인의 무릎 위에 손을 얹고 속삭였다. "책을 되찾아 오겠습니다. 틀림없이 되찾아 오겠습니다." 그는 자리에서 일어섰다.

죽어가는 집을 나서기 전에 아비브는 다시금 관에 누운 한나 베른슈타인의 모습을 살폈다. 두 손은 깍지를 끼었고, 팔은 비스듬하게 갈빗대 위에 놓여 있었다.

그때 아비브는 발견했다. 그녀의 아래팔에 선명한 바늘 자국을. 퍼뜩 아비브는 가을의 한복판에서 겨울이 본격적으로 막을 올렸다는 무서운 예감이 들었다. 그리고 아비브의 머릿속에 이처럼 분명한 예감이 번뜩일 때, 그는 항상 옳았다.

카민스키

36

집으로 돌아가는 길에는 안개가 자욱했다. 두터운 먹구름이 몰려와 이내 하늘은 조금도 보이지 않았다. 카민스키가 집에 도착하기 전에 첫 빗방울이 후드득 떨어졌다. 그는 가방을 외투로 감싸고 종종걸음으로 뛰었다. 책은 어떤 경우에도 손상되어서는 안 된다.

하늘에서는 장대비가 퍼부었다. 헤아릴 수 없이 많은 빗줄기의 커튼이 카민스키 앞에 놓인 모든 것의 윤곽을 지웠다. 의사는 있는 힘을 다해 뛰었다.

강한 빗줄기가 그의 저택 앞면을 사정없이 때렸다. 그는 외투호주머니에서 열쇠를 꺼내 문을 열었다. 현관에 서 있으니 외투의 옷깃과 모자 테에서 빗물이 떨어지며 그의 구두 아래 물웅덩이를 만들었다. 카민스키는 젖은 옷을 벗고 모자와 외투와 바지를 입구 옆에 있는 의자에 던져두었다.

그런 다음 그는 가방을 열어 깨지기 쉬운 물건이라도 다루듯 조심스레 책을 꺼냈다. 책은 멀쩡했다. 그는 이제껏 자신이 잡아본 것 가운데 가장 소중한 것인 양 책을 두 손으로 꼭 쥐었다.

그는 신이 나서 의외의 소득을 가지고 서재로 갔다.

오후에 카민스키는 절대 잊지 못할 체험을 했다. 그러나 이 체험은 그가 예상과는 전혀 다른 성격의 것이었다.

카민스키는 책을 여러 차례 펼쳤다 덮었다 하면서 자신의 코로 책에 담긴 오랜 세월과 먼지의 냄새를 만끽했다. 이 작은 책은 분명 카민스키 이전에 많은 사람들이 읽은 게 틀림없다. 손으로 제본을 한 책은 이후 몇 세기를 거치며 거듭 다시 제본을 손본 게 역력했다. 책등 안쪽에 풀을 칠한 곳에는 그동안 구멍이 숭숭 뚫려 페이지가 쉽게 떨어져 나올 것처럼 보였다. 책은 계속해서 제본을 손보아야 할 것 같았다. 또 카민스키가 처음으로 손에 쥔 이 책은 어느 모로 보나 그를 위한 것이 아닌 게 분명했다. 그가 몇 분 뒤에 책을 읽고 알게 되었듯, 저자는 서문에서 명확하게 이 책은 오로지 선한 영혼을 가진 사람만 읽어야 한다고 강조했기 때문이다.

카민스키는 입술을 비죽이며 냉소를 지었다. 그는 코냑을 잔에 따라 옆의 작은 탁자 위에 놓았다. 그런 다음 안락의자에 앉아 책을 읽기 시작했다. 책은 첫 줄부터 어렵기만 했다. 손으로 쓴 고풍의 필사체인 데다가 언어는 라틴어였기 때문이다. 카민스키는 학창 시절 이후 라틴어로 된 이처럼 긴 문장을 거의 읽지 않았다.

De natura animae

영혼의 본성에 대하여

인덱스 INDEX — 내용 목록

프라이파티오 Praefatio

　서문

I. 데 나투라 아니마이 게네랄리터

　De natura animae generaliter

　영혼 본성의 개요

II. 데 프로그레수 아니마이 벨 쿠아 데 카우자 아니마 페르펙타 에트 비르투티부스 엑소르나타 인 아이테르눔 페르세베레트, 아니마 미세라 세메트 이프삼 콘수마트

　De progressu animae vel qua de causa anima perfecta et virtutibus exornata in aeternum perseveret, anima misera semet ipsam consumat

　영혼의 발달에 대하여 – 왜 성숙한 영혼은 영원히 지속하며, 빈한한 영혼은 소멸하는가

III. 데 쿠알리타티부스 아니마이 벨 쿠이드 파키아트 콜로렘 에

이우스 에트 쿠에마드모둠 쿠이스 비탐 베아탐 아게레 포시
트

De qualitatibus animae vel quid faciat colorem
eius et quemadmodum quis vitam beatam agere
possit

영혼의 본성에 대하여 – 무엇이 영혼의 색깔을 정하며
그리고 어떻게 해야 축복받은 인생을 살 수 있는가

오만과 심술기로 가득했던 아르투어 카민스키의 얼굴 표정은 돌연 긴장했다. 드디어 원하는 것을 찾은 사람이 한껏 기대에 부푼 탓에 보여주는 긴장이다.

책의 거의 전체를 차지할 정도로 긴 서문을 카민스키는 그저 첫 쪽만 읽었다. 나머지는 일부러 건너뛰었다. 그의 관심은 오로지 핵심에 쏠렸기 때문이다.

I. 영혼 본성의 개요

영혼은 씨를 뿌려 자신을 보존하는 식물과 같다. 영혼은 모든 인간에게 씨를 뿌려 새로운 영혼의 싹을 틔운다. 이 싹은 성공적인 훌륭한 인생의 모든 특성을 담았다. 그렇지만 이 싹은 인생을 살며 보살피고 가꾸어주어야만 한다. 그래야 영혼이 발달하고 성숙하여 불멸하는 소중한 생명 엑기스를 빚어낼 수 있다.

영혼의 배아가 싹을 틔워내지 못한다면, 다시 말해서 인간이 욕심과 같은 헛된 목적에만 매달린다면, 싹은 생명의 꽃을 피우지 못해 생명 엑기스를 빚어내지 못한다.

Ⅱ. 영혼의 발달에 대하여 – 왜 성숙한 영혼은 영원히 지속하며, 빈한한 영혼은 소멸하는가

영혼은 인간이 자신의 재능을 활용하고 이 땅에 태어난 소명에 맞는 삶을 살수록 그만큼 더 풍부한 생명 엑기스를 빚어낸다.

자신과 갈등을 일으키는 일이 없이 평화로운 인생을 살며, 다른 사람을 인간적으로 대접해주는 사람의 영혼은 특히 풍부한 생명 엑기스를 자랑한다.

모든 인간의 사명은 자신의 인생이 꽃을 활짝 피우도록 최선을 다하는 것이다. 오로지 성숙하고 선한 영혼만이 죽음조차 넘어선다. 영혼은 세상으로 내쉬는 마지막 숨결로 몸을 떠나 본래의 모습으로 돌아간다.

자신의 자아와 조화를 이룬 사람의 영혼은 근본부터 좋다.
훌륭한 영혼을 가꿀 최선의 방법은 자신과 맞지 않는 느낌, 생각, 행동, 사람을 멀리하는 것이다.

훌륭한 영혼은 속세의 풍파에 시달려 지치지 않는다. 오히려 그 반대로 영혼은 시련을 겪을수록 성장한다.

이 페이지의 아래 1/4은 찢겨져 사라지고 없다. 카민스키는 흥분해서 두 팔을 들고 손가락으로 삿대질을 해댔다. 팔이 부들부들 떨렸다. 어떻게 이럴 수가 있어! 어떤 멍청이가 이 중요한 부분을, 그것도 많은 페이지를 떼어냈단 말인가? 그는 팔과 손을 내리고 책장을 넘겨 마지막 장의 뒤쪽 면을 읽었다.

나쁜 영혼은 생명 엑기스를 한 방울도 빚지 못한다. 이 영혼은 마지막 숨결로 몸을 벗어나지 못해 그대로 안에 남아 몸과 함께 썩는다. 이로써 모든 나쁜 영혼은 허망하게 사라진다. 이 영혼은 불멸하지 못한다.

죽음 이전에 생기를 잃는 사람은 이렇게 해서 생겨난다. 이들은 자신의 영혼 씨앗으로 싹을 틔우지 못한다. 이 영혼은 사막과 같다. 이들에게는 죽음조차 도움이 안 된다. 병도 사고도 마찬가지다. 썩는 영혼이야말로 일평생 지속되는 가장 잔혹한, 적막하면서도 느리게 이뤄지는 죽음이다.

이 사람들은 자신의 악행으로 영혼을 썩게 만드나니…….

이 페이지 역시 아래 1/4은 사라지고 없다. 제2장의 나머지와 제3장 전체가 사라져버렸다. 아예 책에서 통째로 뜯어냈다. 카민스키가 자신의 완벽한 영혼을 창조하는 데 반드시 필요한 핵심 정보가 그 안에 담겼음에 틀림없다. 가장 중요한 부분이 사라지고 말았다. 마치 이 책이 카민스키의 손에 들어갈 것을 누군가 예감한 것처럼. 카민스키는 짜증스럽게 책등의 제본을 한부분을 살폈다. 찢겨나간 쪽들은 어디로 간 걸까? 카민스키의 눈은 분노로 이글거렸다. 조금 전만 해도 이 책으로 자신이 알아야만 하는 모든 것을 찾아낼 수 있을 것이라고 확신했거늘.

그는 책을 덮고 닳고 닳은 가죽 장정과 그 위에 새긴 제목을 어루만졌다. 한동안 그는 책을 자신의 무릎 위에 올려놓고 그동안 자신의 희생자들에게 쓸 독물인 페놀을 다루느라 갈라지고 거칠어진 손을 노려보았다. 앞으로 오랫동안 그는 상처 입은 환자를 이 손으로 다루어서는 안 된다. 손바닥의 갈라진 피부는 어쩔 수 없이 감수해야만 한다. 마침내 생명을 구조하는 의사라는 위장은 더는 써먹지 못하게 생겼다.

카민스키는 주먹으로 탁자를 쾅 하고 쳤다. 코냑이 넘쳤다. 발작하듯 그는 책을 바닥에 던지고 벌레라도 잡는 양 발로 책을 밟았다. 카민스키는 코냑 잔을 들어 마셨다. 혀와 식도를 타고 내려가는 화끈거리는 느낌으로 분노의 쓴맛을 지우려는 듯.

마침내 그는 자리에서 일어나 방을 서성이며 턱을 엄지와 집게손가락으로 받치고 생각에 잠겼다. 이렇게 간단하게 포기할 수는 없다. 카민스키는 사라진 페이지들을 추적하리라.

37

큰 기대를 품고 카민스키는 고서점으로 들어섰다. "내 이름은 카민스키고, 직업은 의사요." 그는 고서점 여주인을 보며 판매대에 책을 올려놓았다. "혹시 이 책이 또 있는지 말해줄 수 있소?"

동그란 안경을 쓴 여인은 눈썹을 치켜올리며 책을 손에 들었다. 그러고는 안경을 코끝에 걸치고 책을 자세히 살폈다.

"이 책이 어떻게 손님에게 있죠?" 그녀가 물었다.

카민스키는 지금 질문을 하는 사람은 자신이라는 눈빛으로 그녀를 쏘아보았다. 아담한 체구의 여인은 아랑곳하지 않고 말했다. "제 키가 작다고 머리도 작은 줄 아시면 곤란하죠. 저는 이 책을 알아요. 이 책은 필립 베른슈타인 것인데."

"이 책이 또 있소 없소?" 카민스키는 공기를 날카롭게 자르는 것처럼 쏘아보며 물었다.

"없어요."

"확실하오?"

"따라오시죠, 닥터 카민스키." 불처럼 빨간 머리를 틀어 올린 여인은 희귀본을 수집해놓은 공간으로 가는 문을 열었다. 널찍한 공간의 사방 벽은 천장까지 닿은 책장과 서랍장으로 빼곡했다. 네 벽 앞에는 모두 이중 사다리들이 펼쳐져 있었다. 여인은 문 반대편의 뒤쪽 벽으로 가서 팔을 높이 들고 손가락으로 위의 서랍들을 왼쪽에서 오른쪽으로 차례로 훑었다. 책들은 출간 연도와 주제별로 정리되었다. 몇 분 뒤 그녀는 이중 사다리에 올라가 서랍 하나를 열고 그 안에 있던 문서철을 꺼냈다. 계단을 내려온 여인은 머리 모양을 다시 매만지고는 안경을 고쳐 쓰고 문서철을 넘기며 훑어보았다. 마침내 그녀는 헛기침을 하고 이렇게 정리했다. "말씀드렸다시피 이 책은 단 한 권뿐이에요. 의사이자 작가 C. W. 야콥존이 서기 8세기에 쓴 작품이죠. 제목을 보셨으니까 이미 아시겠죠. 마지막으로 필립 베른슈타인이 소장했던 이 원본은 제가 알 수 없는 이유로 의사 선생님 손에 들어갔군요. 책의 내용은 야콥존이 발견한 영혼의 본질과 그것이 자연에 미치는 영향입니다." 여인은 말을 마치고 턱을 가슴으로 당기고는 안경테 너머로 카민스키를 바라보았다.

"그래서요?" 카민스키가 물었다.

"뭐가 그래서예요. 그렇다고요."

"그게 문서의 내용 전부요?"

"그렇죠."

"직접 봐도 되겠소?"

"책과 바꾸는 조건으로만."

"그럼 적어도 사라진 쪽들을 어디 가면 찾을 수 있는지 말해줄 수 있소?"

"미안하네요, 카민스키 씨. 이 카드에는 책이 어디 있다고 쓰여 있지 않아요." 아담한 체구의 여인은 이렇게 말하며 눈썹을 치켜올리고는 이런 경우에 대비한 미소를 지었다.

"그렇다면야." 의사는 투덜대는 투로 말했다. "내가 직접 찾아보는 수밖에." 그런 다음 카민스키는 조롱하듯 손을 흔들고 건성으로 고맙다고 한 뒤 책과 모자를 챙겨 나갔다.

거리로 나온 카민스키는 시가를 꺼내 물고 불을 붙였다. 성냥불을 끄고 파르타가스 시가를 입술 사이에 물고 눈썹을 찡그리며 그는 이마를 문질렀다. 그렇지! 나를 공원의 걸인에게 데리고 간 녀석, 그놈을 찾아야 해. 그는 알았다는 듯 두 팔을 번쩍 치켜들었다가 내리고 손으로 허벅지를 찰싹 쳤다. 왜 일찌감치 그 녀석을 생각하지 못했을까? 이제 카민스키는 필립 베른슈타인이 사라진 페이지들을 어디 숨겼는지 확실하게 알 것 같았다. 카민스키는 잰걸음을 걸으며 다음 계획을 다듬었다.

아비브

38

도시의 호흡은 메스꺼운 악취를 풍겼다. 도시는 향기만 사라진 게 아니라, 도처에서 죽음의 숨 막히는 악취로 뒤덮였다. 그것은 화장터 굴뚝이 쏟아내는 시체 태우는 냄새였다.

그곳 화장터에는 죽은 몸, 마치 나비가 빠져나간 고치 같은 빈 껍데기가 차고 넘쳤다. 그동안 시민들은 뒤늦게나마 위험을 감지했다. 갑자기 늘어난 사망자, 색을 잃고 잿빛만 뒤집어쓴 자연, 도시의 얼음장 같은 분위기로 말미암아 마침내 사람들은 전체 참상의 규모에 눈뜨게 되었다. 도시가 공포에 짓눌렸지만, 누구도 무슨 일이 벌어지고 있는 것인지, 누구에게 두려움을 호소해야 하는지 몰랐다. 모두 점차 마음의 문을 꼭꼭 걸어 잠그기 시작했다.

아비브도 불안하기만 했다. 그는 틈이 날 때마다 공원의 떡갈나무를 찾아갔다. 나무의 껍질은 고독의 냄새를 풍겼다. 그는 한동안 뿌리 위에 앉아 등을 줄기에 기대고 필립의 얼굴을 정신의 눈앞에 불러내 그에게 다시 생명을 불어넣어주었으면 하는 마음이 간절했다. 기억의 언저리가 갈수록 흐릿해진다 할지라도 필립의 정신은 모든 잎과 가지와 줄기와 껍질과 뿌리에서 느껴졌다. 그리고 어떤 따스한 위로가 아비브의 어깨 위에 부드러운 비단 스카프처럼 내려앉았다.

필립은 아비브가 짐작한 것 이상으로 더 많은 것을 알고 있었다. 앞으로 불행한 일이 벌어지리라는 것을 다른 누구보다도 더 잘 알면서 자신의 경고를 받아들이려 하지 않는 사람들을 보는 것이 그에게는 얼마나 외로운 일이었을까. 아마도 필립은 이 도시를 재앙으로부터 구할 수 있는 유일한 인물이었으리라.

　아비브는 고개를 뒤로 젖히고 떡갈나무의 잎들을 올려다보며 속삭였다. "당신이 알고 있던 걸 나도 알았으면 좋겠어요." 그리고 아비브는 필립의 음성이 들려오는 것을 느꼈다. "아냐, 그런 걸 알 필요는 없어."

암울해서 결코 밝아지지 않을 것 같은 날이 어둑해지자 아비브는 공원을 가로질러 집으로 갔다. 그런데 갑자기 옆에서 그림자 하나가 움직였다. 아비브는 자신이 어스름한 저녁 빛이 나무들 사이로 비추는 길을 따라 홀로 걷고 있었다고 믿었다. 그런데 돌연 나타난 저 그림자의 주인은 누구일까? 어둑한 저녁의 잿빛 속에서 나타난 검은 그림자의 주인은 카민스키였다. 검은 옷으로 온몸을 감싼 탓에 의사는 자신의 검은 그림자처럼 보였다.

아비브는 발걸음을 늦추며 카민스키와 어느 정도 거리를 두었다. 혹시 의사는 아비브를 미행했던 것일까?

그러나 이내 아비브는 카민스키가 자신의 존재를 전혀 모르고 있다는 사실을 알아차렸다. 의사는 골똘히 자신의 생각에만 빠져 있는 것처럼 보였다.

아비브는 그의 뒤를 미행하기로 결심했다. 의사를 따라가면 필립의 책을 찾아 그 안에서 자신의 머릿속을 맴돌며 계속 커지기만 하는 숱한 의문의 답을 알아낼 수 있으리라. 카민스키의 뒷모습과 자갈길을 살피며 아비브는 다시 빠르게 걸었다.

드디어 때가 왔다. 자신의 모든 감각을 곤두세우기만 하면 다른 사람은 보지 못하는 것을 볼 수 있으며, 다른 사람들이 이미 오래전에 흔적을 놓쳤을지라도 자신만큼은 찾아낼 수 있음을 아비브는 잘 알았다. 이제 드디어 이런 능력을 발휘할 기회가 왔다.

그럼에도 아비브는 의사를 시야에서 놓치지 않으려 긴장해야만 했다. 카민스키가 이제 곧 짙은 어둠 속으로 사라질 것만 같았기 때문이다. 완전히 어두워진 밤이면 검은 옷의 카민스키는 그 속으로 녹아들리라. 아비브는 발자국 소리를 내지 않고 의사의 뒤를 따랐다.

그동안 도시의 하늘은 검푸른색이 되었다. 중천에 뜬 보름달이 꿀빛을 자랑하는 원반처럼 보인다. 아비브는 달빛이 카민스키를 추적하는 자신을 응원해주는 느낌을 받았다.

그때 전혀 예상하지 못한 순간에 카민스키가 돌아섰다. 마치 그는 아비브의 시선이 바늘처럼 자신의 목덜미에 꽂히는 것을 느낀 듯했다. 아르투어 카민스키의 얼굴은 단두대로 가는 사형 집행인의 형색 그대로였다. 그의 눈길은 단두대의 칼날처럼 날카로웠다. 아비브는 들키지 않고 플라타너스 그늘 아래 숨는 데 성공했다. 의사는 턱을 들어 좌우를 차례로 살피고는 아무도 없다는 것을 확인하자 길을 계속 갔다. 그렇지만 그는 이제 더욱 신중해졌다. 틈이 날 때마다 그는 자신의 뒤를 밟는 사람이 없는지 확인했다.

아비브는 이제 언제라도 덤불이나 나무 뒤로 숨을 수 있도록 주의하면서 대각선 방향으로 카민스키를 미행했다.

공원이 끝나는 곳은 폐가들이 늘어선 거리였다. 그 가운데 한 집 앞에 멈추어 선 의사는 녹이 슬고 삐걱대는 철문을 열고 정원으로 들어갔다. 아비브는 의사가 들어가는 모습을 보고 잠깐 기다렸다가 철문으로 다가가 문틈으로 의사의 행동을 주시했다. 카민스키는 집의 뒷문으로 가서 벽의 갈고리에 걸린 기름등잔을 떼어내 불을 붙였다. 그 희미한 불빛 속에서 아비브는 의사가 가방에서 열쇠고리를 꺼내는 것을 보았다. 열쇠로 뒷문을 연 카민스키는 계단을 내려갔다. 가파르고 깊은 계단을 내려가자 등잔의 희미한 빛조차 사라졌다.

의사를 집 안까지 따라 들어가는 것은 너무 위험했다. 아비브는 카민스키가 이 집에 없는 것이 확실할 때를 골라 다시 와야만 하겠다고 마음을 굳혔다. 결국 아비브는 발길을 돌렸다.

39

그새 의사의 뒤를 밟은 지도 벌써 일주일이 지났다. 예감은 아비브에게 그 폐가의 지하실을 가보아야 한다고 재촉했다. 머릿속에서 들려오는 예감의 목소리는 갈수록 흘려들을 수 없이 커졌다.

아비브는 이 일주일 동안 카민스키의 하루 일과를 면밀히 조사했다. 그는 의사에게 걸리는 일이 절대 없도록 만전을 기하고 싶었다.

아침의 신선한 바람이 정원의 나무와 풀들을 어루만지고, 바깥의 세상이 창문을 통해 아비브에게 윙크를 했다. 윙크는 책을 되찾고, 의사가 꾸미는 음모가 무엇인지 알아내겠다는 무언의 약속을 상기시키는 것이었다. 아비브는 피곤한 눈을 비비고 자리에서 일어나 옷을 입고 출발했다.

지난주에 확인한 의사의 일과가 속임수만 아니라면, 아비브는 낮 시간에는 언제든지 방해받지 않고 그 집을 둘러볼 수 있다. 단 하나 유의해야만 하는 사항은 해가 지기 전에 그 집에서 사라져야만 한다는 것이다. 거의 매일 카민스키는 저녁 무렵에 그곳을 찾기 때문이다.

마지막 낙엽들이 도시를 덮었다. 아비브는 이 작은 도시를 영원히 사로잡은 것만 같은 가을이라는 계절을 두고 상념에 빠졌다.

자연과 마찬가지로 사람들은 일종의 인생의 가을에만 갇혀 사는 게 아닐까. 젊었든 늙었든 모두 다. 사람들은 매일 내면이 조금씩 더 죽어가는데도 겉면만 알록달록 화려하게 바꿔대는, 그러나 결국 시들어가는 존재가 아닐까.

아비브는 지난 몇 주 동안 일상에서 사람들이 하는 행동을 주의 깊게 관찰하느라 많은 시간을 보냈다. 자신의 눈으로 세세한 점까지 놓치지 않고 확인한 거리 행인의 모습을 가지고 아비브는 퍼즐 조각을 맞추어보는 기분이었다.

결국 그는 자신이 찾고자 했던 것을 발견했다. 왜 여태껏 이런 간단한 것을 몰랐을까 싶을 정도로 진실은 이내 명확히 드러났다. 인간은 자신의 언행으로 영혼을 만든다. 한 인간이 죽으면, 자연은 이 인간이 생각하고, 꿈꾸고, 말하고, 행동한 바로 그것을 판박이처럼 그려낸다. 자연은 각각의 인간이 일생 동안 겪은 사건과 그 비밀을 모두 아는 게 틀림없다. 자연은 우리 인간들의 모든 역사를 이야기해준다.

불과 몇 달 전만 하더라도 자연은 죽은 사람의 영혼을 비추는 거울이었다. 비틀린 영혼이 죽으면 자연의 그림에는 변화가 없었다. 그런 영혼을 가진 사람들은 아무런 흔적을 남기지 않았다. 반대로 선량한 영혼이 내쉬는 마지막 숨결은 크지는 않더라도 이 땅의 어느 작은 한 조각을 꽃과 색채와 향기가 벌이는 축제의 마당으로 만들었다. 그 장소는 반드시 영혼이 몸을 떠나는 곳이어야만 하는 것은 아니었다. 영혼이 마지막 여행을 끝내는 지점, 완전히 속세와 결별하는 지점이 그런 축제의 마당이었다. 이 순간에 영혼이 어디 있든 간에.

그런데 얼마 전부터 이런 그림은 바뀌었다. 선량한 영혼이 죽음을 맞아 이 세상과 작별을 할 때면, 바람이 불어와 예전처럼 색채와 향기의 마법을 보여주는 대신, 기존에 있던 색과 향기마저 앗아가버렸다. 남는 것은 오직 하얀, 아무 향기가 나지 않는 슬픔에 젖은 꽃이었다.

아비브는 무엇이 이런 변화를 불러왔는지, 이런 변화가 인간에게 무얼 의미하는지 자문했다. 진실을 알아낼 수 있을까? 알아낸다면 그 진실은 우리 인간에게 무얼 이야기해줄까? 또 아비브 자신은 진실을 가지고 어떤 행동을 해야 옳을까? 이 비밀을 알아내고자 이처럼 추적해 들어가 의심스러운 모든 곳을 샅샅이 뒤지는 것은 옳은 행동일까?

생각에 골몰해 걷고 있노라니 어느덧 아비브는 폐가의 입구에 도착했다. 정원으로 들어가는 문의 자물쇠는 온통 녹이 슬었다. 아비브는 철문의 쇠창살 사이로 안을 살펴보고 잠그지 않고 괴어놓기만 한 문을 열고 안으로 들어섰다. 철컹 소리와 함께 철문이 다시 닫혔다. 아비브는 시든 꽃과 축축한 낙엽이 썩어가는 냄새가 나는 정원을 지나갔다.

심장 뛰는 것이 관자놀이까지 전해진다. 두근거리는 소리가 귀까지 올라온다. 너무 적막해서 아비브는 두려웠다. 내심 그는 마침 누군가 나타나 그 핑계로 그냥 자신이 돌아섰으면 좋겠다는 생각을 했다. 그러나 이곳에는 아무도 없었다.

아비브는 다시금 주위를 돌아보며 혹시 누가 보고 있는 것은 아닌지 확인했다. 그런 다음 자갈이 깔린 길을 지나 집으로 갔다. 집은 경사가 심한 비탈길 위에 세워진 것이었다. 집 뒤로 돌아간 아비브는 지하실로 들어가는 육중한 철문을 발견했다. 아비브는 다시금 집 주위를 돌며 구조를 살피다가 맨 아래 초석에 작은 창문이 나 있는 것을 발견했다. 그는 허리를 굽히고 지저분한 유리창에 얼굴을 바짝 대고 안을 살폈지만, 지하실 안은 거의 보이지 않았다. 그는 지하실로 들어가는 철문으로 되돌아갔다. 문은 굳게 잠겨 있었다. 아비브는 한동안 생각에 잠겨 카민스키의 입장이 되어보려고 노력했다. 그리고 다시 주변을 살펴보니 정원에 세워진 무릎 높이의 표석이 보였다. 표석으로 다가간 아비브는 손으로 표석을 받치고 살짝 들어 발 하나 정도 길이로 옆으로 돌렸다. 표석 아래 푹 팬 접시 모양의 구멍이 나타났다. 그 구멍 안에 열쇠고리가 감춰져 있었다. 역시 카민스키는 자신의 성격에 딱 맞는 방식으로 여분의 열쇠를 숨겨놓았다. 아비브는 열쇠고리를 들어 올리고 표석을 제자리로 돌려놓았다. 그리고 다시금 지하실 문으로 가서 열쇠를 맞춰보았다. 열쇠고리에 끼워진 열쇠들 가운데 하나가 꼭 맞았다. 그는 열쇠를 돌리고 문손잡이를 아래로 눌렀다. 문이 철커덩 열렸다. 아비브는 그 아래 계단이 있을 것이라고 예상했지만 너무 어두워 계단은 보이지 않았다. 그는 문 옆 벽 갈고리에 걸린 기름등잔을 보았지만, 성냥이 없었다. 등잔은 쓸 수 없었다. 그는 모든 용기를 쥐어짜 한 발자국씩 계단을 더듬으며 내려갔다.

40

아비브는 오래된 축축한 벽의 냄새를 풍기는 긴 복도를 따라갔다. 그 끝에 이르자 두 개의 마주 보는 문이 나타났다. 두 문에는 각각 자물쇠가 걸려 있었지만 다행히 잠겨 있지는 않았다.

그는 두 공간을 조심스레 살폈다. 첫 번째 문 뒤에는 텅 빈, 고약한 냄새가 나는 차가운 방이 있었다. 어두컴컴해서 그 안에 뭐가 있는지 그는 볼 수가 없었다. 두 번째 문 뒤에는 그래도 기름등잔의 빛이 희미하게 깜박였다. 아비브의 눈이 그 희미한 공간에 익숙해지기까지는 어느 정도 시간이 걸렸다. 마침내 창백한 빛 속에서 윤곽만 보이던 것들의 형태를 점차 알아볼 수 있게 되었다. 그는 더 안으로 들어서며 이 희미한 공간에서 무슨 소리가 나지는 않는지 귀를 기울여보았다. 완전한 정적이 그의 얼굴을 때렸다. 거듭 주위를 돌아보며 그는 천천히 발걸음을 옮겼다.

창문은 아주 작은 것 하나뿐이었다. 그 창문은 아비브가 정원에서 안을 들여다보았던 것이 분명하다. 창 바깥의 주변에 풀이 무성하게 자라 햇빛은 그저 약하게만 들어왔다. 몇 줄기 빛 사이로 먼지들이 비스듬한 띠를 이루었다. 이 아래 지하실은 기름 탄 것, 먼지, 곰팡이 핀 흙의 냄새들이 뒤섞여 마치 시들어버린 꽃들에서 나는 냄새와 같은 느낌을 주었다. 부분적으로는 벽돌을 쌓은 그대로이며, 다른 부분은 하얀색으로 칠했다. 그러나 이미 칠이 일어나 너덜거리는 벽은 너무도 음습해서 마치 눈물로 뒤범벅이 된 것만 같았다. 지하실 천장을 떠받든 네 개의 벽들은 마치 습기를 머금은 널빤지 같았다. 선반에는 여러 개의 병들이 가지런하게 정리되어 있었으며, 그 가운데 몇 개에는 이미 거미줄이 쳐졌다. 아비브는 조심스럽게 병 하나를 집어 들었다. 그는 병을 곧장 알아보았다. 그것은 바로 자신이 만든 것이었기에.

선반에서 병 하나를 집어 들자 희뿌연 먼지구름이 일어났다. 그 먼지 입자는 창을 통해 흘러드는 가녀린 빛 속에서 춤을 추었다. 돌연 기묘한 냄새가 허공을 채웠다. 아비브는 곧바로 병을 원래 있던 자리에 돌려놓고 이 괴이한 장소에서 사라지고 싶은 생각이 굴뚝같았다. 하지만 아비브는 꾹 참고 병에 묻은 먼지를 불어버린 다음, 거기 붙은 이름표를 보았다. 순간 무섭고 떨리던 마음은 깨끗이 사라졌다. 이름표를 읽은 아비브는 등골이 오싹하며 그대로 굳어지고 말았다. 그 이름은 걸인의 이름, 곧 필립 베른슈타인이었다.

엄청난 충격을 받은 아비브는 눈에 불이 나서 다른 병들의 이름도 살피고 최근 죽은 사람들을 차례로 확인했다. 모두 그가 이 작은 도시에서 일어나는 이상한 사건이 왜 빚어지는지 답을 찾으려 할 때 만났던 이름들이다. 이곳 지하실은 병과 이름의 공동묘지였다. 아비브의 눈에 병은 무덤처럼 보였다. 곧장 그는 명확히 깨달았다. 이 아래 공간에서 나는 냄새는 과거의 냄새, 죽은 사람들의 인생 이야기가 풍기는 냄새였다. 이제 아비브는 병들을 하나하나 차례로 자세히 살폈다. 이렇게 목도한 사실은 앞으로 아비브의 인생을 바꿔놓으리라.

투명한 크리스털로 만들어진 병은 자세히 살펴보니 비어 있는 게 아니었다. 각각의 병에는 그 안쪽 유리벽에 안에서부터 피어오르는 무엇인가로 김이 서려 있었다. 비록 양은 아주 적었지만. 도대체 그게 무엇일까?

날짜별로 가지런히 정리된 병들을 보며 아비브는 틀림없이 전문가의 솜씨임을 알아보았다. 이런 체계는 전문 연구가만이 보여줄 수 있는 차원의 것이다.

아비브는 도대체 이 모든 것이 무엇을 뜻하는지 궁리하느라 머리가 터질 것만 같았다. 그의 머리는 눈앞에서 벌어진 분명한 사실을 이해하기를 거부했다. 그렇지만 비록 예감이 아직 명확한 의식으로 정리되지는 않았다 할지라도 아비브는 무시무시함의 실체를 고스란히 느꼈다.

다시금 그는 병을 손에 들고 자세히 살폈다. 왜 모든 병 안에는 김이 서려 있을까? 어떤 습한 액체가 담겼기에 김이 피어오르는 것이리라. 그렇다면 그게 뭘까? 생명의 숨결!

그러자 아비브의 귀에는 깨달음의 요란한 종소리가 울렸다. 도저히 믿을 수 없는 깨달음이 그의 눈앞에 활짝 펼쳐졌다. 이 병들은 모두 무한함을 잡아두었다. 곧 인간의 영혼을!

아비브는 소름이 쫙 끼쳤다. 그는 목구멍이 먼지로 매캐해진 느낌을 받았다. 지금 이곳은 영혼의 박물관이다. 아니, 온갖 종류의 영혼을 완비한 오케스트라다!

아비브는 이 지하실 공간에 얼마나 오래 있었는지 가늠이 되지 않았다. 이 아래의 시간은 저 바깥 거리의 시간에 비해 느리게만 흐르는 듯했다. 지하실은 독자적인 우주 같았다.

아비브는 벽에서 반짝이는 습기를 손으로 닦았다. 마치 이 돌들은 깊고 말없는 슬픔을 그 안에 담은 것 같았다. 공간에도 영혼이 있는 걸까. 그래서 이곳에서 벌어지는 일을 보며 비통해하는 걸까.

41

아비브는 손가락으로 걸인의 이름표를 어루만졌다. 여전히 그는 그 병을 손에 들고 있었다. 그는 눈을 감았다. 그리고 몸의 모든 세포에 용기를 채우려는 듯 숨을 깊이 들이마셨다. 눈을 뜬 아비브는 병의 유리 마개를 뽑았다.

병을 열기 무섭게 증기 같은 것이 솟아올라 아비브를 지나쳐 창문까지 이르렀다. 창문으로 비치는 몇 줄기 빛 속에서 고운 가루 같은 반짝임이 춤을 추다가 차차 뭉쳐져 어떤 형상을 이루었다. 아비브는 눈이 부셔서 눈을 가늘게 떴다. 지하실 안이 갑자기 너무 밝아진 나머지 아비브는 커다란 흰 점들을 보는 것만 같았다. 1초 동안 눈을 감았다가 다시 떴더니 푸른색으로 반짝이는 작은 새 한 마리가 날아다녔다. 어떻게 이럴 수가 있지? 다시금 아비브는 눈을 감았다가 떴으나 장면은 바뀌지 않았다. 아비브의 얼굴도 환하게 빛났다. 이런 빛남은 그가 어린 시절 어떤 놀라운 일을 보았을 때에만 보여준 것이다. 암울했던 지하실 공간은 돌연 마법으로 가득 찼다. 고운 가루 같은 빛은 완전한 신비 그 자체였다.

새는 한동안 청아한 소리로 지저귀었다. 그런 다음 정말 기묘한 일이 일어났다. 새는 선반으로 날아가 마개가 닫힌 병 하나를 부리로 쪼아댔다. 마치 더는 시간이 없다는 듯 새는 아주 급하게 쪼아댔다. 마침내 그 병이 흔들리다가 선반에서 떨어지며 쨍그랑하는 큰 소리와 함께 깨졌다. 다시금 부드러운 증기가 솟아오르며 빛 사이로 반짝임이 춤을 추었다. 너무 밝은 나머지 아비브는 눈을 질끈 감아야만 했다. 다시 눈을 떴을 때 두 번째 새가 날아다녔다. 새의 깃털은 초록의 온갖 색조를 영롱하게 반짝였다.

두 마리의 새는 아비브의 머리 주위를 맴돌았다. 잠시 뒤 새들은 다시 선반으로 날아가 다른 병들을 쪼아대기 시작했다.

그때 전혀 예상하지 못했던 일이 벌어졌다. 지하실 문이 삐걱대더니 자물쇠가 열리는 소리가 났다. 계단을 타고 내려오는 둔중한 발자국 소리가 들렸다. 그 소리와 함께 새들의 움직임은 빨라졌다. 새들은 자극을 받은 듯 지저귀며 창문으로 날아올랐다. 놀란 나머지 아비브는 빈 병을 바닥에 떨어뜨렸다. 병은 깨져 산산조각이 났다. 오래 생각할 것 없이 아비브는 벽에 기대어져 있던 사다리를 타고 올라가 작은 창문을 힘껏 밀었다. 바람이 밀려들어와 공간을 채웠다. 창문이 열린 틈새로 두 마리의 새들은 해방의 날갯짓을 했다. 아비브는 창문을 다시 닫고 사다리를 타고 내려와 다시 벽에 세워두었다. 그리고 그는 구두로 깨진 유리 조각들을 모아 지하실 한 구석에 있던 배의 돛 만드는 천, 곧 썩은 내를 풍기는 범포 아래로 밀어 넣었다. 확인차 바닥을 둘러보니 여전히 깨진 유리 조각이 남아 있었다. 이름표가 너덜너덜하게 붙어 있는 조각이 아비브의 눈길을 사로잡았다. 그는 허리를 굽히고 조각에 붙어 있는 이름표를 읽었다. 한나 베른슈타인! 놀란 아비브는 눈을 비볐다. 기분 좋은 따뜻한 소름이 온몸에 돋았다. 필립 베른슈타인의 영혼은 자기 어머니의 영혼을 구해주었구나!

문득 숨죽인 헛기침 소리가 들려 아비브는 감동에서 깨어났다. 저 묵직한 발소리의 주인은 덩치 큰 남자 같다. 저 소리의 주인이 카민스키일 수는 없지 않을까. 시간이 벌써 그렇게 많이 지났을 리는 없다. 이미 해가 졌을 리는 없지 않은가. 혹시 그래도?

발소리가 점점 더 가까워졌다. 아비브는 서둘러 마지막 남은 조각들과 이름표가 붙어 있는 조각을 범포 아래로 밀어 넣었다. 다시금 헛기침 소리가 들린다. 이제 아비브는 문 뒤에 선 남자가 숨을 몰아쉬는 소리를 들었다. 아비브는 허리를 곧추세웠다. 피가 머리로 솟구쳤다. 관자놀이에서 맥박이 펄떡거리며 뛰었다.

아비브는 지금 벌어지는 상황을 여전히 파악하지 못한 채 선반에 기대어 서서 꼼짝도 하지 않았다. 돌연 지하실 안이 얼음처럼 차가워졌다. 아비브가 내쉬는 숨은 증기처럼 허공에 하얀 자국을 만들었다. 그는 열쇠 구멍으로 빛이 잠깐 반짝하는 것을 보았다. 빛은 곧장 다시 사라졌다. 누군지는 모르지만 아래로 내려온 남자는 문 뒤에 바짝 붙어 서 있는 게 분명했다. 아비브는 이 남자가 지하실 안에 누군가 있다는 낌새를 알아차리고 놀라는 기색을 고스란히 느꼈다. 남자는 철커덩 소리와 함께 문을 열었다. 무덤 속 같은 정적.

42

어둠 속에서 시가의 불붙은 끝이 검붉게 타들어갔다. 아비브는 남자가 더 어두운 복도에 서서 자신을 보고 있음을 느꼈다. 푸른 담배 연기가 남자의 윤곽을 감쌌다.

"누구냐, 넌?"

남자의 목소리는 워낙 육중한 울림으로 강압적인 톤을 가졌다. 아비브는 그 울림 탓에 지하실의 벽들이 무너져 내릴 것만 같은 느낌이 들어 섬뜩했다.

"어떻게 여기로 들어왔지?"

아비브는 냉기가 사지로 퍼지는 탓에 몸을 부르르 떨었다. 관자놀이에서는 맥박이 망치질하듯 뛰었다.

"여기서 뭐 하는 거지?"

남자는 기름등잔의 불빛이 자신의 얼굴을 비추지 못하도록 어둠의 문턱까지만 다가왔다. 검은 형상. 카민스키일까? 아비브는 남자의 몸가짐이 낯익었다. 그러나 목소리는 훨씬 더 날카로웠고, 형상은 훨씬 더 위협적이었다. 두려움에 굳어진 채 아비브는 아무 말도 하지 못했다.

"물었잖아, 여기서 뭐 하냐니까!" 얼굴 없는 남자는 여전히 자신의 시가에서 피어오르는 푸른 연기에 싸여 다그쳤다. 남자가 한 걸음 더 앞으로 나섰다. 그 검은 형상이 어둠과 분리되었다. 등잔의 불빛이 그의 얼굴을 비추었다. 그 순간 충격은 창백한 마스크처럼 아비브의 얼굴을 덮었다. 그는 의사였다! 아비브 앞에 선 남자는 아르투어 카민스키였다. 그 음험한 눈, 가늘고 날카로운 입술, 부풀어오른 콧구멍. 아비브는 카민스키의 관자놀이에서 핏줄이 꿈틀거리는 것을 보았다. 그의 해부하는 듯한 눈길에 아비브는 옴짝달싹 못 했다.

불안에 사로잡힌 아비브는 무게 중심을 한 발에서 다른 발로 옮겼다. 빛이 약한 탓에 카민스키는 아비브를 유리 직공으로도 필립의 친구로도 알아보지 못한 것이 분명했다.

카민스키는 아비브가 그의 숨결을 느낄 정도로 바짝 다가섰다. 의사의 눈에서 타오르는 분노는 아비브의 남은 자신감마저 잿더미로 만들었다. 아비브는 심장이 멎을 것만 같았다. 그는 바닥만 바라보았다.

"여기서 뭐 하고 있었는지 빨리 말해. 그렇지 않으면 네놈의 머리를 코르크 마개처럼 뽑아버리겠다. 대체 너는 누구냐?"

아비브는 목이 조여오는 느낌에 시달렸다. 긴장된 침묵이 공간을 채웠다. 아비브는 이 순간이 마치 영원처럼 여겨졌다. 그는 제발 누군가 나타나 이 독살스러운 정적으로부터 자신을 구해주었으면 하고 바랐다. 용기는 모든 땀구멍을 통해 날아갔으며, 두려움 때문에 흘린 땀은 외투처럼 그의 몸을 덮었다. 그는 남은 용기를 쥐어짜 한 오라기 실처럼 가느다란 목소리로 간신히 말했다. "아무도 아니에요."

"아무도 아닌 사람이 내 지하실을 침입하나! 너는 아무도 아닌 게 아니라 누군가임에 틀림없어!"

의사는 다시 한 걸음 뒤로 물러섰다. 그의 형상은 다시금 어둠과 하나가 되었다. 아비브는 이 지하실로 숨어들어올 때 자신이 무슨 생각을 했던가 하고 자문했다. 아비브는 아주 작은 소리도 내지 않으면 자신이 투명해질 것처럼 나직하게 숨을 쉬었다. 숨 막히는 분위기에 짓눌려 아비브는 숨을 쉴 때마다 자신의 뼈가 줄어드는 듯했고, 결국 머리 길이만큼 줄어든 것처럼 느꼈다.

밖에는 장대비가 쏟아지기 시작했다. 지하실의 숨 막히는 침묵은 오로지 창문을 때리는 빗줄기에 구멍이 났다.

아비브는 젤마를 생각했다. 친어머니가 돌아가신 이후 젤마가 자신을 돌보아주었던 그 작지만 은혜롭고 따뜻한 세상, 젤마와 자신을 그 어떤 것도 떼어낼 수 없이 묶어준 신뢰의 끈을 아비브는 생각했다. 그리고 그는 느꼈다. 바로 이 순간 어렸을 때부터 누려온 평화로움의 시간은 끝이 나고 자신은 다른 사람이 되리라는 것을. 인간은 근본에서부터 선하다는 믿음, 이 믿음 위에 세워온 환상의 세계는 이제 끝나간다는 것을. 혹시 이런 시련은 인생이 자신에게 성숙하도록 베풀어주는 기회일까?

아비브는 이제 곧 자신을 현실의 바닥으로 끌어내릴 의사의 모습을 지켜보는 것이 너무나 힘들었다.

파르타가스 시가를 좋아해서 누렇게 물든 자신의 손끝으로 카민스키는 아비브의 머리끄덩이를 잡아챘다. "빨리 털어놓지 못해? 아니면 죽은 자들의 마지막 거처인 이곳에서 그들과 함께 있고 싶어?"

그 어떤 저주의 장소도 당신에게는 너무 작아 하고 아비브는 생각하며 자신의 입술을 지그시 깨물었다. 생각이 말로 튀어나올까 봐 아비브는 이를 악물었다.

의사는 손가락 끝에 묻은 오물이라도 털어버리듯 그 더러운 손으로 아비브를 확 밀쳤다.

아비브는 마지막으로 남은 용기 부스러기를 끌어모아 마침내 무어라 말하려 했다. 그러나 의사의 눈길이 워낙 날카로워서 아비브가 하고 싶은 말은 허공 어딘가에서 아무런 맥락을 가지지 못하고 몇 개의 철자로 흩어지고 말았다. 그동안 아비브의 몸은 두려움을 깨끗이 몰아냈다.

"그 병들, 죽은 사람의 이름표를 붙여놓은 그 병들은 뭡니까?" 드디어 아비브의 말문이 터졌다.

의사의 눈이 휘둥그레졌다. 더욱 날카로워진 눈빛은 더는 묻지 말라고 윽박질렀다. 그러나 아비브는 이제 혀가 자유롭게 풀렸다. "당신은 영혼을 훔쳤잖아!"

놀란 의사는 눈썹을 치켜올렸다. 이제야 비로소 그는 청년이 누구인지, 더 심각하게는 아비브가 자신의 비밀을 알아냈음을 깨달았다. 카민스키의 얼굴이 일그러지기 시작했다.

"도대체 무슨 소리를 하는지 모르겠군. 이 풋내기야, 그런 헛소리를 듣느라 내 소중한 시간을 허비하고 싶지 않아." 그런 다음 카민스키는 아비브를 어떻게 해야 빨리 제거할 수 있을지 궁리하며 자신의 턱을 어루만졌다. 잠깐 말없이 생각한 끝에 그는 갈라지고 마디가 굵은 자신의 손으로 아비브의 어깨를 거칠게 문 쪽으로 밀쳤다. "다시는 얼씬대지 마. 알았어? 그리고 여기서 본 것에 대해선 한마디도 하지 마. 그랬다가는……."

"그랬다가는?" 아비브는 의도했던 것보다 더 날카롭게 되물었다.

의사는 청년의 멱살을 쥐었다. "그랬다가는 오래잖아 너도 저 병 속에 들어가게 될 거야."

아비브는 슬쩍 선반을 보았다.

"경고하는데 여기서 본 것을 다른 누군가에게 한마디라도 했다가는 내가 네놈의 살가죽을 벗겨버릴 거야! 또 다시 여기를 얼씬거려도 마찬가지야. 여기서 본 것은 잊어버리는 게 신상에 좋을 거야." 의사는 아비브를 돌려 세우고 그의 호주머니를 더듬어 혹시 훔친 것은 없는지 확인했다. 그리고 마침내 아비브의 등을 떠밀었다. 카민스키는 돌아서면서 지하실의 어둠과 하나가 되었다. 그러면서 그는 아비브가 알아들을 수 없게 나지막한 소리로 중얼거렸다. "네놈은 맘만 먹으면 언제라도 처치할 수 있어. 하지만 먼저 책의 사라진 페이지들을 찾으려면 네놈이 필요해.

그 페이지들이 어디 있는지 아는 사람은 네놈이야. 그것만 손에 넣으면 눈 깜짝할 사이에 네놈은 병에 들어가는 거야. 네놈의 영혼이야말로 내 최고의 전리품이 될 거야." 카민스키의 웃음소리는 지하실 안에서 천둥소리처럼 울렸다.

43

計단을 통해 정원으로 올라온 아비브는 하늘이 칠흑처럼 검은 것을 발견했다. 젖은 바람이 얼굴을 때렸다. 밤은 아비브의 눈에 그 어느 때보다도 더 어두웠다. 아비브 인생에서 지금까지 보아온 밤 가운데 가장 어두웠다. 그는 어둠이 말 그대로 허리를 숙이고 자신을 잡으려 한다는 느낌을 받았다.

아비브는 서둘러 표석으로 달려가 그것을 옆으로 밀고 열쇠고리를 다시 그 구멍 안에 넣었다. 그는 상황을 예감하기라도 한 것처럼 열쇠고리를 허리띠 안쪽에 단단히 매어두었었다. 그런 다음 그는 표석을 제자리로 돌려놓고 뒤도 돌아보지 않고 달렸다.

얼마나 지났을까. 멀리서 어슴푸레한 빛이 어둠을 갈랐다. 어느 집 현관에서 타오르는 등불이 발산하는 빛이다. 흐릿한 밤안개 속에서 깜박이는 불빛이 섬뜩하기만 하다. 마치 유령 같다. 아무래도 지금 자신의 눈에 보이는 모든 것이 위협적으로 보이는 모양이라고 아비브는 중얼거렸다.

아비브는 그 집 입구에 서서, 뜻밖에 다시 찾은 자유를 발끝까지 맛보려는 듯 깊은 숨을 들이마셨다. 그는 자신이 대체 무슨 일을 겪은 것인지 자문했다. 지난 몇 시간 동안 끔찍한 어두

운 세상에 있었다. 아비브는 이런 어두운 세상이 존재하리라고
는 지금껏 꿈에도 생각하지 못했다.

아비브는 이 의사가 벌이는 파렴치한 짓을 계속 추적할 용기
를 다시는 낼 수 없을 거라고 생각했다. 그러나 또한 이 파렴치
한 짓을 결코 잊을 수 없을 거라는 것도 알았다.

돌연 문 안쪽에서 발자국 소리가 들렸다. 쇠줄로 된 잠금 장
치를 거는 소리가 났다. 밖을 내다보려는 듯 문을 빠끔히 여는
소리가 나자마자 아비브는 쏜살같이 달렸다. 밤의 검은 어둠이
그를 바짝 따라온다. 어둠의 차가운 숨결이 그의 목덜미를 물어
버릴 것만 같다.

그는 헐떡거리며 달려 집에 도착해서야 멈추었다. 손으로 허
벅지를 짚은 채 거친 숨을 몰아쉬었다. 그의 입김은 하얀 구름
을 이루어 검은 하늘로 올라갔다. 흠뻑 젖어 두려움과 냉기에
떨면서 그는 언 손을 바지 호주머니에 넣고 하늘을 올려다보았
다. 자신도 하늘로 날아오르고 싶은 마음이 간절하기만 했다.

아비브는 지친 몸을 이끌고 방으로 들어가 비에 흠뻑 젖고 차
디찬 옷을 입은 채 침대에 널브러졌다. 그 엄혹한 사건 생각으
로 그는 좀체 잠을 이루지 못했다. 밤의 절반을 뜬눈으로 새웠
다. 이 충격의 시간은 어린 아비브를 어른으로 만들었다.

"누군가 이 의사의 생각을 탈탈 털어버리고 그의 양심을 염산
으로 문질러 깨끗이 닦아내야 해." 아비브는 이렇게 중얼거렸다.
"어머니가 옳았어. 파렴치한 짓을 일삼고 비인간적인 일을 저지

르는 사람은 매일 그 내면이 조금씩 썩어 들어가. 조만간 그의 녹슨 영혼은 완전히 깨지고 말 거야. 그가 영혼이라는 것을 가졌다면."

아비브의 혼잣말은 얼마 동안 허공을 떠돌다가 정적 속에서 비눗방울처럼 터져버렸다. 마침내 그는 깊은 잠에 빠지며, 두 마리의 새가 자유롭게 날아다니는 소리를 들었다.

44

다음 날 아침 집 앞에 나간 아비브는 간밤의 폭우로 생긴 탁한 물웅덩이들이 바다처럼 펼쳐진 것을 보았다. 물웅덩이에는 구름이 잔뜩 낀 아침 하늘과, 구름 사이로 금속처럼 차가운 광택을 내는 태양이 고스란히 비쳤다. 고인 물에는 분홍빛 꽃잎들이 둥둥 떠서 희망을 놓지 말라고 미소 지었다. 간밤의 돌풍으로 부러진 나뭇가지가 여기저기 보였다. 젖은 흙 냄새가 났다.

밑바닥에서 속살거리던 간밤의 사건이 슬그머니 아비브의 의식의 수면으로 떠올라 다시금 끔찍한 현실이 되었다. 아비브는 손으로 얼굴을 감싸고 그 생각을 몰아내기라도 하려는 듯 손가락들로 눈꺼풀을 눌렀다. 그렇지만 병에 갇힌 영혼의 끔찍한 광경은 오히려 더 생생해지기만 했다. 아비브는 정원의 우물로 가서 얼굴에 어푸어푸 물을 끼얹고 펌프에서 흘러내리는 물 아래 머리를 대었다. 그리고 머리카락에 묻은 차가운 물을 털어내기 위해 머리를 세차게 흔들었다. 마치 간밤의 기억을 털어내려는 몸짓 같았다.

  지하실에서 목도한 장면은 지금까지 품어온 모든 짐작을 깨끗이 쓸어버렸다. 이제 아비브 앞에는 부정할 수 없는 현실이 놓여 있을 따름이다. 그나마 위안을 주는 것은 오로지 우리의 영혼이 다른 형태로 계속 살아간다는 것, 그리고 필립과 한나의 영혼이 악의 손아귀에서 자유롭게 풀려났다는 것뿐이다.

이런 사실을 아는 아비브는 이제 어떻게 행동해야 좋을까? 한동안 아비브는 이런 사실의 발견이 어깨를 짓누르는 것처럼 구부정하게 서 있었다. 젤마가 집에서 나와 팔로 아비브의 허리를 감쌌다. 두 사람은 아무 말도 하지 않고 나란히 서서 앞만 바라보았다. 이윽고 두 사람은 서로 마주 보았다. 아비브는 한마디 말도 하지 않았건만, 젤마는 아비브의 핏기라고는 없는 창백한 얼굴을 보며 좋지 않은 일이 일어났음을 알아차렸다. 젤마는 잔잔한 미소를 지으며 아비브에게 고개를 끄덕였다. 그러자 아비브는 어제 벌어졌던 사건을 이야기하기 시작했다. 젤마는 충격에 고개를 절레절레 흔들며 벌어진 입을 손으로 가렸다.

아비브는 젤마에게 속을 털어놓으며 지난밤 자신을 짓눌렀던 중압감이 사라지는 것을 느꼈다. 이제 그는 자기 혼자만 진실을 아는 게 아니다. 무겁기만 했던 생각을 어머니에게 털어놓으며 아비브는 마음이 한결 홀가분해졌다. 그의 얼굴은 다시 천천히 피가 돌면서 평소의 생기 있는 안색을 회복했다. 젤마는 아들을 꼭 안아주며 뼛속까지 스며든 냉기를 몰아내주었다. 그런 다음 두 사람은 우물가의 벤치에 나란히 앉았다.

"어떻게 해야만 할까요? 저 혼자서는 아무것도 할 수 없을 것 같아요."

"너는 벌써 큰일을 해냈잖니, 아들아. 두 영혼이 자유를 얻었어."

"그럼 다른 영혼들은요? 그 지하실은 영혼들을 가두어놓은 박물관과 다르지 않았어요. 그리고 카민스키는 계속 훔칠 거예요."

"악한은 어디에나 있지. 바로 그런 이유로 너 같은 사람이 중요한 거야. 너는 좋음과 나쁨을 명확히 구분하면서, 좋음을 이루기 위해 모험을 감행하기도 하잖아. 우리 모두에게는 세상을 선하게 지키고 평화로운 곳으로 만들 책임이 있어."

"그럼 제가 할 수 있는 게 뭐죠?"

"그 답은 네가 알고 있어."

"어떻게 해야 좋을까요?"

"내가 도와줄게."

"너무 위험해요. 어머니, 어떻게 사람이 그런 짓을 할 수 있을까요?"

"대다수 사람들은 자신의 인생에 양심에 따른 의미를 만들기는 하지만 자신의 성향에 맞는 쪽으로도 의미를 부여하지. 그 의사는 아무래도 오로지 자신의 잔혹한 본성만 따르는 것이 아닐까 싶어 걱정이 되는구나. 그는 양심이라는 것을 가지고 있지 않거나, 가졌다 할지라도 모래알만 할 거야. 하지만 아비브, 절대 잊어서는 안 돼. 그렇게 태어나는 사람은 없다는 걸 말이야. 아무래도 그는 뭔가 혹독한 일을 겪어서 그렇게 된 게 틀림없어. 근본적으로 악하게 태어나는 사람은 아무도 없으니까. 우리를 악하게 만드는 건 우리 자신이야."

"그럼 그가 다른 일을 겪었다면 전혀 다른 사람이 되었을 수도 있다고 믿으세요?"

"바로 그렇지. 우리는 모두 저마다 착한 본성과 악한 본성을 함께 가지고 있단다. 우리가 만나는 세상이 어떤 것인지에 따라 선함이 악함을 누르고 성장하는 정도는 달라져."

"그럴 수 있겠네요. 하지만 카민스키는 과거의 음울한 비밀과 미래의 잔혹한 가능성만 가진 것으로 보이던데요."

"네가 말하는 것처럼 그가 사악한 일을 저지르며 어떤 충족감을 느낀다면, 이미 그의 내면은 악으로 완전히 물들었을 거야."

"그는 우리를 죽일 거예요. 우리 모두를."

"걱정하지 마라, 아비브. 칼을 가지고 노는 어린아이처럼 사악함을 가지고 노는 사람은 결국 그 칼로 자신을 베게 마련이야. 참으로 안타까운 사람이지. 오늘날 그가 그런 사람이 된 것은 분명 아주 나쁜 일을 겪었기 때문일 거야. 그리고 이제 남은 인생을 자기 자신과 씨름해야만 하는 벌을 받게 될 거야. 검은 영혼은 악행을 저지를수록 스스로 불구덩이에 뛰어들어 자신을 불태우고 말아. 결국 그런 사람에게서 남는 것은 잿더미뿐이야."

"하지만 별로 위로가 되지 않는 말이네요. 그때까지 그가 도시의 모든 영혼을 병 안에 잡아넣으면 어쩌죠?"

"아비브, 그런 사람은 무슨 일을 꾸미든 성공할 수 없어. 그가 어떻게 세상의 좋은 영혼을, 더 나아가 온 세상의 좋은 영혼을 모두 빼앗을 수 있겠니. 악한 짓을 저지른다고 해서 세상이 그처럼 간단하게 영혼을 잃지는 않아. 예를 들어 누군가 한 양동이의 시커먼 역청을 들고 지구를 돌아다니며 모든 것을 검게 칠한다고 하자. 그럼 그는 지구 전체의 색을 지울 수는 있겠지. 그러나 그런다고 색 자체가 없어지지는 않아. 우리는 그저 다음 꽃이 흙에서 머리를 내밀거나 나무에서 다음 과일이 익을 때까지 기다려야만 해. 그때가 되면 세상은 절로 색을 회복하니까. 무슨 말인지 알겠니?"

젤마가 옆에 있어주는 것만으로도 아비브는 용기와 자신감을 회복했다. 물론 이런 평안함이 지속적이지 않으며, 지금 그가 누리는 평화가 다음번에 부글부글 끓어오르는 진실과 만날 때 곧장 날아가리라는 것을 아비브는 모르지 않았다.

젤마는 자리에서 일어나 집으로 들어가더니 잠시 뒤 차를 두 잔 들고 나왔다. 그녀는 찻잔마다 각설탕을 하나씩 퐁 떨어뜨렸다. 찻숟가락은 저을 때마다 도자기 잔에 부딪치며 맑고 가녀린 종소리를 냈다. 아비브는 그 소리가 유리 세공소의 문에 달린 종의 소리와 같다는 생각을 하며 아브라모비치가 늘 하던 말을 떠올렸다. "운명은 그에 맞서 싸우기 전에는 절대 그 발톱에서 놓아주지 않아."

차를 한 모금 마시자 온몸으로 온기가 퍼져나가면서 아비브는 선함에 봉사하는 일이라면 그 일은 반드시 이루어지리라는 확신을 회복했다. 젤마는 인생에서 제아무리 적대적인 바람이 몰아치더라도 중요하고 옳은 일을 위해 노력하고 싸우기를 포기하지 않으면 긍정의 향기를 누릴 수 있음을 그에게 일깨워주었다.

45

며칠이 흘렀다. 아비브는 끝없는 잿빛 하늘을 보며 가슴 한 구석이 짓눌리는 것만 같은 중압감을 느꼈다. 가뜩이나 희망과 근심 사이에서 흔들리고 있는 마당에 그런 날씨는 아비브가 자신감을 키우는 데 전혀 도움이 되지 않았다. 젤마가 힘을 북돋워주는 말을 해줘도 그의 용기는 얼음이 어는 빙점 아래로 떨어졌다.

저 어두운 밤을 겪을 당시의 어린 아비브는 더는 존재하지 않았다. 의사의 지하실에서 그는 고치에서 변태를 하는 나비처럼 어린 시절의 껍질을 완전히 벗어던졌다. 이제 그는 어른으로 거듭나 주어진 현실을 정확히 보고 자신의 소명을 감당해야만 한다.
　예전에는 그저 어렴풋한 짐작이었던 것이 그 밤의 사건으로 명확한 윤곽을 얻어 결국 움직일 수 없는 사실이 되었다.

두 영혼이 해방되기는 했지만, 아직 의사의 지하실에 갇힌 다른 영혼들 생각에 아비브는 초조하기만 했다. 아마도 다른 사람들도 카민스키의 행동을 간파하고 그 은닉처를 발견하지 않았을까. 혹시 다른 사람들도 그곳에 갇힌 영혼을 보고도 카민스키와 맞서 싸울 충분한 힘과 용기가 없어 영혼들을 그대로 내버려두고 떠난 것은 아닐까. 아비브는 이런 생각에 고통스러웠다. 나는 다른 사람들과 똑같구나. 불의와 사악한 일을 보고도 행동하지 않는다면 다른 사람들과 나는 무슨 차이가 있는가. 이런 게 우리가 살아가는 세상인가? 아비브는 자문했다.

그동안 아비브는 필립이 죽기 직전 그의 눈에서 읽었던 안타까운 절망감을 자신도 고스란히 느꼈다. 필립은 자신에게 무슨 일이 벌어졌는지 알았던 게 분명하다. 그리고 죽음이 자신을 엄습했을 때 그의 희망은 절망으로 바뀌고 말았으리라.

그리고 아비브는 자신이 그 지하실로 돌아가야만 한다는 것을 알았다. 다시 찾아가 의사와 맞서야 한다. 그의 눈을 똑바로 응시하고 그의 비밀을 아는 누군가가 존재하며, 그의 계획을 막기 위해 모든 노력을 기울일 거라는 것만 상기시켜주는 데 그칠지라도 아비브는 카민스키와 맞서야만 한다.

돌연 아비브는 사방에서 새의 날갯짓 소리를 들었다. 그러나 이상하게도 하늘을 나는 새는 단 한 마리도 보이지 않았다. 아마도 귓전에 울리는 날갯짓 소리는 아비브에게 더는 망설이지 말고 행동에 나서야 한다는 격려이리라. 아비브는 눈을 감고 눈꺼풀 안에 생겨나는 특별한 빛을 보았다. 그리고 그 빛 안에서 새들의 모습이 계속 나타났다. 새들은 인간이 세상에서 행하는 고결한 모든 행동은 무의미한 것이 결코 아니라는 점을, 선함을

위해 싸우는 사람은 온 우주가 든든한 배경이 되어준다는 점을
일깨워주며 아비브에게 자신감을 북돋워주었다.

46

이튿날 아침 이른 시간에 아비브는 아직 잠들어 있는 어머니의 이마에 입술을 맞추고 출발했다. 아들이 남겨놓은 부드러운 숨결에 잠에서 깬 젤마는 안개 속을 걸어가는 아비브의 뒷모습을 보았다. 어깨에 세계를 짊어진 듯한 젊은 남자의 뒷모습을.

안개는 들판을 뒤덮고는 뱀처럼 도시의 거리를 휘감았다. 자욱한 안개 속에서 모든 동물, 모든 인간, 모든 나무가 형체를 잃었다.

　도시 입구에 들어서고 잠시 뒤 아비브는 그리 멀지 않은 곳에 흐릿한 형태 하나가 나타난 것을 발견했다. 누가 이런 이른 새벽에 안개 속을 누비는지 정확히 알아보지 못한 채 아비브는 신중한 발걸음을 옮겼다. 아비브는 그게 의사가 아닐까 하는 불길한 예감에 사로잡혔다.

　그리고 실제로 그는 카민스키였다. 처음에는 짙은 안개 속에서 그의 모자만이 언뜻언뜻 보였다. 그러나 잠시 뒤 안개가 조금씩 걷히기 시작하자 검은 외투가 드러났다.

　의사가 베른슈타인 집 앞에 멈추어 서서 정원으로 들어가는 문을 열고 서둘러 현관으로 올라가 집 안으로 사라졌을 때 아비브는 바짝 긴장했다. 그는 잠깐 멈추어 서서 어찌하면 좋을지 생각을 정리했다. 마침내 아비브는 어깨를 활짝 펴고 자세를 바르게 잡고 깊은 숨을 들이마시고 의사를 따랐다.

집으로 들어가는 문은 잠겨 있지 않았다. 아비브는 조심스럽게 문을 열고 살짝 열린 틈으로 복도에 들어섰다. 그는 자신의 용기가 허락하는 한 최대한 가까이 열린 방문에 다가가 안을 엿보았다. 틈새는 의사의 옆얼굴을 알아보기에 충분했다. 카민스키는 한네스 베른슈타인의 침대에 앉아 있었다. 노인은 거친 숨을 몰아쉬며 신음했다.

어떻게 이럴 수 있을까? 불과 몇 주 전 아비브가 처음으로 만난 필립의 아버지는 비록 충격을 받기는 했지만, 아직 정정한 노인이었다.

노인의 막힌 호흡을 풀어주는 대신 카민스키는 손에 병을 들고 만족한 미소를 지었다. 노인의 영혼 역시 저 병에 담겨 영혼들의 공동묘지로 직행하리라. 그리고 시간이 가면서 병은 먼지를 뒤집어쓰고 거미줄로 뒤덮이리라. 아비브가 여전히 그 정체를 알지 못하는 목적으로.

환자가 속이 텅 빌 정도로 거친 숨을 쉬자 의사는 병의 마개를 열었다. 병을 노인의 입에 대려는 순간, 카민스키는 아비브의 따갑게 노려보는 시선을 느꼈다. 카민스키는 문 쪽으로 돌아서며 흘깃 쳐다보았다. 눈으로 청년을 집어삼킬 것처럼 노려보며 의사는 병을 다시 가방에 넣고 의자를 박차고 일어나 아비브에게 달려들었다. 멱살을 잡은 카민스키의 차가운 숨은 아비브를 얼려버릴 것만 같았다. 그리고 공원과 지하실에서 마주쳤을 때와 마찬가지로 카민스키는 아비브의 눈에서 자신에게는 허락되지 않은 세계를 보았다. 내심 자신도 인간으로 살아가는 행복을 맛볼 수만 있다면 하고 끝없이 기다렸지만 이 세계는 자신을 받아들이지 않는다는 생각이 들었고 그러한 생각은 의사를 뼛속까지 아프게 만들었다.

아비브가 보기에 카민스키의 태도에는 증오와 경멸이 담겨 있을 뿐이었다. 그러나 실제로 그의 태도에는 질투와, 자신도 인간답게 살 수 있었으면 하는 갈망이 담겨 있었다.

카민스키는 마치 집게로 고깃덩어리를 잡듯 침입자의 팔을 움켜쥐었다. 아비브는 처음으로 의사의 손가락 마디마디가 굵고, 손은 끝이 구부러진 갈퀴같이 생긴 것을 보았다.

"야, 이 빌어먹을 겁쟁이야, 도대체 네까짓 게 뭐라고 생각해? 무슨 위대한 구원자야? 아니면 그저 평범한 사람?"

"나는 그저 평범한 사람일 뿐이에요."

의사는 마디가 굵은 손가락으로 청년의 팔을 더욱 강하게 움켜쥐었다. 아픔이 온몸으로 퍼져 아비브의 몸을 팽팽한 밧줄처럼 옭아맸다.

"네까짓 게 나한테 적수가 될 수 있을 것 같아?"

카민스키는 손아귀의 힘을 풀고 아비브의 등을 벽으로 밀어붙인 다음 그의 멱살을 잡았다. 아비브는 숨이 막혀 헐떡거렸다.

"너하고 상관없는 일에 계속 참견했다가는 숨은 다 쉴 줄 알아."

그런 다음 그는 손아귀의 힘을 풀었다. 아비브는 가쁜 숨을 몰아쉬었다.

"지금 여기서 뭐 하는 거야? 나를 염탐하는 건가?"

심장 뛰는 소리가 귓전을 울렸지만 아비브는 또랑또랑한 목소리로 말했다. "지하실에서 당신을 본 이후 도대체 왜 이런 일을 벌이는지 알고 싶었어요."

"그럼 이 개자식아, 왜 하지 말아야 하는지 내가 물어볼게."

"당신은 대체 어떻게 된 사람이죠? 인간에게서 영혼을, 영혼에게서 생명을 훔치잖아요! 그리고 당신은 가족에게 작별의 순간을 앗아버려 추억마저 빼앗아가요. 이제껏 내가 본 가장 파렴치한 악행이에요."

"아이고, 내 심장이 터질 듯하구나, 꼬마야."

"당신에게 심장이라는 게 있기는 한가요?"

"말조심해, 쪼그만 오줌싸개야! 그만하면 알아들을 때도 됐는데."

"제발 무얼 어떻게 알아들어야 하는지 도와주시죠?"

"꺼져, 이놈아." 의사가 눈을 부라렸다.

아비브는 카민스키의 냉담한 표정을 빌려 이렇게 말했다. "내가 이곳을 떠나고 싶은 단 하나의 이유는 깨끗한 공기를 마시고 싶은 것뿐이에요."

"생쥐 같은 자식!"

"그 말은 나보다는 당신에게 더 어울려요."

"나는 네가 상상하는 것 이상으로 빨리 네 목을 꺾어버릴 수 있어."

카민스키의 혀는 차라리 칼을 가는 편이 어울릴 정도로 독살 스러웠다. 그리고 그 눈빛이라니! 그의 눈은 단 한 번도 깜빡이 지 않았다. 아비브는 정말 두려웠다. 의젓한 대답으로 가리려 했 지만 두려움은 숨길 수 없이 배어 나왔다. 그렇지만 이번에는 아비브도 눈을 깜빡이지 않았다. 그는 카민스키의 독한 눈빛을 견뎌내며 상대를 적수가 아니라 인간으로 대접해주려 노력했다. 하지만 카민스키는 안하무인이었다. 그가 인간이 되기 전까지 이런 거만함은 절대 사라지지 않으리라. 최소한 노인을 의사의 간계로부터 지켜주고자 아비브는 주먹을 불끈 쥐었다. 그때 늙 은 베른슈타인이 숨넘어가는 소리를 냈다. 젊은 아비브는 카민 스키를 힘껏 밀치고 노인의 침상으로 달려갔다.

아비브는 노인의 속옷을 위로 올리고 그의 가슴팍에 두 손을 모아 힘껏 누르기 시작했다. 몇십 번을 그런 식으로 심폐 소생술 을 시도한 다음 노인의 머리를 뒤로 젖혀 기도를 열어주려 안간 힘을 썼다. 그런 다음 한 손으로는 턱을, 다른 손의 엄지와 검지 로는 노인의 코를 잡고 입을 연 뒤에 자신이 입술로 한네스 베 른슈타인의 입을 눌러 여러 차례 숨을 천천히 불어 넣어주었다. 노인의 가슴팍이 올라왔다. 아비브는 입술을 떼고서 자신의 머리를 옆으로 돌리고 다시금 깊은 숨을 들이마셨다. 노인의 가슴팍이 가라앉는 걸 확인하고 아비브는 다시금 입을 맞추어 숨을 불어 넣었다. 마침내 한네스 베른슈타인이 기침을 하며 콜록거렸다. 아비브는 노인을 옆으로 뉘었다. 머리를 들어 주위를 둘러보니 카민스키는 사라지고 없었다.

아비브는 의자를 가져와 그동안 천천히 다시 숨을 쉬며 안색이 정상으로 돌아온 필립 아버지의 침대 옆에 앉았다. 노인은 눈을 뜨기에는 아직 너무 허약했다. 그는 이곳에서 무슨 일이 일어났는지 전혀 모르리라. 또 모르는 편이 낫다.

아비브는 여러 차례 노인의 맥박을 쟀다. 오후 내내 그는 병간호를 했다. 그리고 노인이 한결 나아졌으며 한동안 홀로 있어도 된다는 것을 확인하고는 노인이 깨어나기를 기다리지 않고 집을 나섰다. 많은 설명이 필요했지만, 아비브는 어떻게 설명해야 할지 도무지 알 수 없었다. 그는 자신이 믿는 의사에게 연락을 해서 늙은 베른슈타인을 돌봐달라고 부탁했다. 그런 다음 아비브는 유리 세공소로 발길을 향했다. 아브라모비치의 작업장은 계속 유지되어야만 한다. 도구와 화덕을 쓰지 않은 채로 내버려둘 수는 없는 노릇이다. 또 아비브는 생각을 정리해 다시금 힘을 회복하기 위해서는 손으로 작업하는 일을 반드시 해야만 했다.

카민스키는 살인자다. 아비브는 이제 증거를 가졌다. 그렇지만 어떻게 하는 것이 좋을까? 경찰에 신고한다? 그런다고 뭐가 달라질까? 자신이 하는 이야기는 아무도 믿어주지 않을 것임을 아비브는 너무도 잘 알았다.

게다가 카민스키는 이제 촉각을 세우고 경계할 게 틀림없다. 경찰이 수사에 나선 걸 감지하는 순간 그는 가둬둔 영혼들과 함께 영원히 사라지리라고 아비브는 확신했다.

유리 세공소에 들어갔을 때 아비브는 시간이 멈춘 것처럼 느꼈다. 그저 정적만이 고였다. 모든 것이 잠을 잔다. 아비브는 손가락 끝으로 판매대와 작업대와 의자(죽은 아브라모비치가 마지막에 앉아 있던 의자)를 차례로 어루만졌다.

아비브는 이 공간에 다시는 들어오고 싶지 않았었다. 아브라모비치가 죽기 이전의 모습을 그대로 간직해두고 싶었기 때문이다. 하지만 지금은 그렇게 하는 건 불가피한 일을 미루는 것이라는 생각이 들었다. 상실과 같은 운명의 시련은 피할 수 있는 게 아니다.

바닥에는 노인이 뒤적거렸던 나무 상자가 그대로 놓였다. 아비브는 상자를 들어 아브라모비치가 앉았던 의자로 갔다. 그는 그곳에 앉아 상자를 열고 그 안에 뭐가 있는지 살폈다. 오래전에 지나가버린 시간 속, 오래전에 잊어버린 세월 속의 얼굴들이 그를 보고 웃었다. 망자가 개인적인 기록을 담은 종이들도 상자 안에서 나왔다. 아비브는 눈을 감고 생각에 잠겼다. 죽은 사람의 유품을, 지극히 개인적인 것까지 살피노라면, 망자는 돌연 우리 앞에 열린 책처럼 펼쳐진다. 앞으로도 영원히. 우리는 그가 혼자서만 간직하고 싶었던 것을, 누구와도 나누고 싶지 않았던 것을 읽는 셈이다. 이제 더는 그에게 허락을 구하지 않아도 된다고 해서 우리가 마음대로 읽어도 될까? 이런 생각이 들자 아비브는 상자를 닫았다.

아비브는 양아버지를 더 잘 이해하고, 혹시라도 그의 죽음과 관련한 정황을 알아낼 수 있지 않을까 하는 기대가 컸지만, 상자의 유품은 오로지 그만의 것이라는 생각을 했다. 유품도 그와 함께 가는 것이 마땅하리라. 아비브는 그만큼 아브라모비치를 각별히 존중했다.

아비브는 화덕에 불을 지피고 상자를 불길 속에 집어넣었다.

카민스키

47

몇십 년을 그는 끔찍한 악몽에 시달리며 살았다. 누구도 자신을 사랑해주지 않는다는 절절한 외로움 탓에 그는 그 어떤 사람의 감정도 헤아릴 줄 몰랐다. 몇십 년 동안 그는 자신이 모든 것을 알며, 아쉬운 건 전혀 없다고 믿어왔다. 그런데 이제 그는 악몽의 실체를 목도하며 자신이 다른 사람들과 매우 큰 차이를 가졌다는 점을 깨달았다. 또 자신이 얼마나 부족한 존재인지도.

카민스키의 해묵은 세계가 그대로 존재했더라면, 그는 여전히 물음의 올바른 답은 오직 과학을 통해서만 얻을 수 있다고 믿었으리라. 그러나 이제 그는 아비브의 눈을 볼 때마다 뭔가 자신의 몸을 찌르는 것만 같은 아픔을 느꼈다. 아비브의 눈길에서 그는 이제껏 자신이 인생을 살며 잘못된 물음만 가져왔음을, 그리고 올바른 물음의 답은 오로지 참된 인간다움으로만 얻을 수 있음을 발견했다.

인간은 정말 아는 게 없구나. 인간은 살아 생동하는 느낌으로 인생을 사는 것, 영혼의 축복으로 건강한 인생을 사는 것이 얼마나 귀중한 선물인지 알지 못하는구나.

"너희 조무래기들은 영혼을 누릴 자격이 없어. 자연을 있는 그대로 바라보는 감정이야말로 너희에게 불멸의 세상을 활짝 열어 둔다는 점을 너희는 믿지 않거나, 별 의미를 두지 않지. 기다려라, 내가 너희의 영혼을 취해 내 완벽한 영혼을 빚어낼 때까지. 그런데 오늘 다시 그 생쥐 같은 녀석이 나를 방해하는구나. 하지만 녀석을 처치해 그 영혼을 병에 담기까지 시간은 오래 걸리지 않아. 녀석의 영혼은 이 세상이 꿈꾸는 덕성을 갖추어 특히 풍부한 엑기스를 자랑할 게 틀림없어. 그 영혼이야말로 내 완벽한 영혼을 위한 화룡점정이 될 거야. 녀석이 어디 사는지 알아내고야 말 거야. 그리고 책의 사라진 부분이 어디 있는지 녀석을 족쳐야 해. 이 문제만 해결하면 바로 녀석을 해치워야지. 녀석의 생명 엑기스는 내 영혼 창조에 정점을 찍어줄 거야. 다른 영혼들의 좋은 점만 뽑아 녀석의 것과 섞으면 내 영혼은 완벽해질 거야! 그러면, 감사할 줄 모르는 조무래기들, 너희는 기적을 목격할 거다."

카민스키는 카탈로그를 뒤적이며, 흠결 하나 없는 완벽한 영혼을 위해 아직 마련하지 못한 것이 무엇인지 살폈다. 이 최후의 성분을 그는 곧바로 찾아낼 작정이다. 그는 사냥을 위해 집을 나섰다.

아비브

48

아비브는 눈을 뜨고 창밖을 내다보았다. 세상은 동틀 녘의 빛 속에 잠겼다. 하늘은 아침을 기다린다. 아비브는 창을 통해 사라져가는 밤을 지켜보며 오늘 해야 할 일을 새겼다. 안개는 여전히 우듬지에 짙게 걸려 있었다.

살인을 저지르는 카민스키를 어찌하면 좋을까 하는 생각이 내내 아비브의 머리를 떠나지 않았다. 이 남자가 계획하고 있는 것은 무엇일까? 아비브는 기억을 더듬으며 맥락을 이어보고 수수께끼를 완전히 풀어줄 마지막 퍼즐 조각을 찾으려 시도했지만 실패했다. 아비브는 자신이 너무 많은 자잘한 것만 알 뿐, 정작 중요한 것은 아무것도 모름을 깨달았다.

카민스키에게는 대체 무슨 일이 있었던 걸까? 무엇이 오늘의 그를 만들었을까? 그것은 우리 모두와 관련된 일이라던 젤마의 말이 옳았다. 아비브는 이 인간이 겪은 시련이 무엇인지 찾아내지 못한다면, 의사가 무얼 계획하는지 절대 알아낼 수 없음을 깨달았다.

아비브는 자리에서 일어나 창문을 열었다. 차가운 아침 공기가 그의 얼굴을 쓰다듬었다. 아비브는 무거운 생각을 아침 공기에 실어 날려 보냈으면 하는 마음이 간절했다. 그러나 그는 분명히 알았다. 우리의 머리를 점령한 유령은 그 가면을 벗겨 실상을 똑바로 직시하지 않는 한, 끝없이 우리를 괴롭힌다는 점을! 정신적 충격이 인생을 사는 내내 우리를 괴롭히듯.

젤마가 방문을 두드렸다. 아비브는 얼른 침대로 돌아가서 자는 시늉을 했다. 이른 새벽에 깨어 있는 모습을 보면 그녀가 걱정할까 봐 아비브가 선수를 친 셈이다. 젤마는 방으로 들어서며 아비브를 사랑이 듬뿍 담긴 시선으로 바라보았다. 그녀는 침대에 걸터앉아 아비브 옆 빈자리를 손바닥으로 두드렸다. 무슨 고민이 있는지 털어놓으라는 몸짓이다. 아비브는 그녀의 섬세한 감각은 물론이고 지구를 휘감고도 남을 질긴 실 같은 그녀의 인내심이 새삼 놀랍게 느껴졌다. 아비브는 최근 겪은 일을 젤마에게 털어놓았다. 그녀는 아들을 꼭 안아주었다. 두 사람은 한동안 아무 말도 하지 않았다.

"아무래도 최근 벌어진 사건들을 좀 거리를 두고 바라보아야만 할 것 같아요. 마음 같아서는 모든 것을 잊고 다른 사람이 되고 싶어요."

젤마는 포옹을 풀었다. 손가락으로 아비브의 턱을 잡은 젤마는 그의 얼굴을 그윽이 바라보았다. 젤마는 아들의 눈을 보며 미소를 짓고 말했다. "아비브, 어떤 인생이든 무수한 가능성, 여러 갈래의 길과 갈림길이 있지. 다른 인생을 사는 다른 사람이었으면 하는 생각을 품게 만드는 절박한 사건도 많기만 해. 하지만 말이다, 애야. 너는 있는 그대로의 너 자신에게 충실해야 해. 알아, 네가 발견한 추악한 현실 그리고 세계 전체는 많은 경우 정말 견디기 힘들다는 것을. 하지만 세상에는 어려운 문제에 부딪히거나 누군가 네 앞을 가로막는다고 곧바로 위축되지 않는 너 같은 사람이 필요해. 그저 자유롭고 싶은 마음에 네가 믿는 모든 것을 놓아버린다면, 결국 너는 빈손으로 남게 될 거야." 아비브는 젤마의 어깨에 고개를 기댔다.

"더는 할 수 없어요. 너무 힘들어요." 아비브는 한숨을 쉬었다.

"날개를 꺾어서는 안 되지."

"포기하면 안 된다고요?"

"그래서는 안 돼."

"전망이 좀 더 밝았으면 좋겠어요."

"더 나은 전망은 바라는 게 아니야, 만들어내는 거지."

"어머니는 어디서 그처럼 항상 옳은 말만 찾아내세요?"

"네 안에서, 아비브. 나는 너를 보기만 하면 돼. 네 눈에 답이 들어 있으니까. 나는 오로지 그 답을 너에게 말해줄 뿐이야."

49

아비브는 그저 쏜살같이 사라지는 카민스키의 뒷모습만 보았다. 어떤 집에서 나온 카민스키는 뒤도 돌아보지 않고 사라졌다. 얼마 뒤 장의사가 도착했으며, 관이 하나 실려 나왔다. 그 집은 고서점 여주인인 아바 프리트만의 집이었다.

카민스키가 또 살인을 저질렀을까? 대체 그는 어떤 방법을 쓰는 걸까? 무엇으로 불과 몇 분 만에 사람을 죽게 만들까?

아비브는 거리 반대편에서 모두 가버리기만 기다렸다. 사건의 전모를 알아볼 단서를 찾을 수 있었으면 하는 희망으로 그는 아바의 집에 숨어들었다. 1층은 서점이고, 2층은 살림집이다. 그곳에서 대략 60세 정도인 고서적상 아바는 혼자 살았다. 아비브는 현관으로 들어가 복도를 지나 계단을 통해 2층에 올라갔다. 문은 열린 채였다. 방은 버려진 고아처럼 얼이 나갔다. 바닥에 고인 찬 공기가 섬뜩하기만 하다. 죽임을 당한 목숨이 남겨놓은 공허함이 방 안 곳곳에서 느껴진다.

아비브는 불처럼 빨간 머리의 이 아담한 여인을 좋아했다. 그녀는 현명하고 모든 사람에게 존경을 받았으며, 워낙 착해 약간 덜렁거리는 것도 애교로 봐줄 정도로 높은 인기를 누렸다. 그녀가 가장 기뻐하는 일은 누군가 고서적을 들고 책방을 찾아오는 것이었다.

방 안의 공기는 기묘한 긴장감이 감돌았다. 특별한 빛이 방금 전에 죽은 여인의 침상을 감싸고 있지도 않았고, 방 안에 꿀 같은 황금색 빛이 흐르지도 않았다. 두 가지 현상 모두 착한 사람이 죽었을 때 나타나는 것이라고 젤마는 이야기했었다. 또 그런 현상을 여러 차례 보았다고 강조하기도 했다.

아비브는 이런 징조가 자신의 퍼즐에 빠져 있던 부분이라는 생각을 했다. 필립이 죽었을 때도 그의 어머니가 죽었을 때도 아비브는 이런 작은 기적을 보지 못했다. 젤마가 보았다던 그런 기적은 왜 일어나지 않았을까? 그리고 이런 기적이 일어나지 않은 경우마다 카민스키가 관련되어 있었다.

젤마의 말대로라면 자연의 변화는 착한 영혼의 상실과 관련해 일어난다. 고결한 영혼이 마지막 숨을 세상에 쏟아내고 몸을 떠나면, 그 영혼이 마지막 여행을 하는 어딘가에서 갑자기 자연의 변화가 일어난다. 꽃이 만개하고 향기가 진동하는 것이다. 반대로 착한 영혼이 카민스키의 마수에 사로잡히면, 꽃은 색을 잃고 하얗게 되며 향기가 사라진다. 많은 경우 심지어 자연의 한 조각이 죽어버린다.

의사가 아바 프리트만의 영혼을 훔쳐간 게 분명하다. 아르투어 카민스키의 지하실에서 그녀의 영혼은 병 안에 갇혀 영혼의 공동묘지에서 쓸쓸히 먼지를 뒤집어쓰리라. 분명 어딘가에서 자연의 한 조각이 죽었을 거라고 아비브는 확신했다. 거리로 나온 아비브는 마지막으로 집의 앞면을 올려다보았다. 언뜻 그는 집 안의 뭔가가 움직이는 것을 포착했다. 놀란 아비브는 창문을 뚫어져라 바라보았다. 누군가 창문을 통해 자신을 내려다본다고 아비브는 느꼈다. 그렇지만 유리창에 비친 햇살 탓에 아비브의 눈에는 창에 비친 하늘만 보였다.

카민스키

50

아주 잠깐 카민스키는 연민과 비슷한 감정을 느꼈다. 그러나 그의 머리를 혼란스럽게 만든 감정은 소나기를 쏟아붓고 사라지는 하늘의 구름 조각처럼 금방 사라졌다.

의사는 가방에서 병을 꺼내 고서점 여주인의 영혼을 증류해 무게를 달았다. 무거운 부분은 언급할 가치조차 없었다. 아래쪽 플라스크에는 아주 작은 한 방울만 모였기 때문이다. 워낙 조금이라 다른 용기에 옮겨 담을 수조차 없었다. 카민스키는 무거운 부분은 아예 증발시켜버렸다. 반대로 위쪽 플라스크에는 자그마치 4.584g의 엑기스가 모였다. 섹스툴라[*]를 반대편 저울에 올려놓자 가벼운 엑기스는 완전한 평형을 이루었다.

의사는 영혼 카탈로그에 이렇게 써 넣었다.

---

[*] 섹스툴라(Sextula): 고대 로마의 동전.

고서점 여주인 아바 프리트만, 59세

5.001g, 영혼 엑기스 천연 그대로

4.584g, '가벼움', 맑은 엑기스

≈0.189g, '무거움', 탁한 엑기스, 증발시킴.

≈0.228g, 증류하는 과정에서 증발함.

그는 크리스털 병에 이름표를 붙이고 탁자 위에 병을 올려놓고는 아바 프리트만의 반짝이는 영혼 엑기스를 감상했다. 카민스키는 두 손을 비볐다. "우리의 만남을 당신은 우연이라고 여겼겠지만, 이 만남이 당신의 운명이 될 줄은 절대 몰랐을 거야. 이 쪼그만 여자야, 당신이 나에게 당신의 가장 깊숙한 내면을 보여주리라고는 꿈에도 몰랐지! 멍청한 당신은 심지어 내가 당신 집 문 앞에 섰을 때 정말 필립 베른슈타인의 책을 당신에게 건네주리라고 믿었어. 우리의 첫 만남에서 내가 그토록 거친 말투를 썼는데도 당신은 나를 믿었어. 진짜 멍청하군. 당신은 깜박깜박 잊어버리는 건망증 환자이거나, 못돼먹은 인간도 너그럽게 대해주는 바보가 틀림없어. 그렇지 않았으면 당신의 온유함이 어떻게 이 병에 들어갔겠나."

카민스키는 엑기스 한 방울을 자신의 손등에 떨어뜨렸다. 그는 장미유 향기가 나는 엑기스를 혀를 내밀어 탐욕스럽게 핥았다.

불과 몇 초 만에 카민스키는 지난 모든 세월 동안 자신이 키워온 성격이 무너지는 것을 느꼈다. 그는 자족할 줄 아는 평화롭고 조화로운 평정 속으로 침잠했다.

아바의 눈을 통해 카민스키는 그녀의 빛나는 과거를 보았다. 사랑에 빠진 그녀의 눈빛은 우주의 신비를 발산했다. 키가 크고 군살 하나 없는 몸매의 남자는 보기만 해도 고결한 매력을 자랑했다. 약 40년에 걸쳐 남자는 아바의 영혼을 보고 미소 지으며 그녀에게 손을 내밀었다. 카민스키는 그 사랑의 깊이를 느꼈고, 비록 극히 짧은 순간이지만 인간으로 살아감의 핵심이 무엇인지 느꼈다. 그런 다음 갑자기 어두워졌다. 성냥불 하나가 켜지며 젊은 남자의 피로 범벅이 된 얼굴을 비추어주었다. 성냥불은 이내 바람결에 꺼졌다. 두 번째 성냥불은 더욱 환하게 밝혀주며 어둠 속에서 남자의 묘비가 드러나게 해준다. 칼로 베는 것만 같은 슬픔이 카민스키의 심장에 아로새겨졌다. 그런 다음 이 불도 꺼지고, 아바의 인생 시간은 중간을 휙 뛰어넘어 의사의 눈을 보여준다. 카민스키는 여인의 눈을 통해 자신의 검은 눈을 보았다. 아바에게 죽음의 주사를 놓아주던 순간의 눈이다. 그리고 카민스키는 증오를, 자신을 향한 증오를 느꼈다.

엑기스의 효과는 사라졌다. 카민스키는 고개를 세차게 흔들며 탁자를 꽉 움켜쥐었다. 한동안 그는 현기증을 주체할 수 없었다. 이 영혼 엑기스로 그는 몇 분 동안 인간처럼 사랑하고 사랑받는 감정을, 고통으로 괴로워하는 아픔을 느꼈다. 정말이지 믿기 힘든 감정이었다. 이런 감정은 얼마나 대단한 선물인가!

자연 또는 어린 시절 주변 사람들이 카민스키로 하여금 이런 기적적인 감정을 누리지 못하게 만들었다. 그의 초라한 영혼은 이 모든 감정을 맛볼 수 없다. 아냐! 누구도 내 인생을 이처럼 멋대로 잘라낼 수 없어! 카민스키는 자신의 머리를 쥐어뜯었다. 문제는 시간이야. 이제 몇 번만 더 살인을 하면 완벽한 영혼을 얻어 행복을 누릴 수 있어. 카민스키는 이렇게 자신을 위로했다.

51

다음 날 아침, 강에서 피어오른 안개는 초원과 들판을 지나 도시로 스며들었다. 안개 탓에 햇빛은 흐릿하기만 했다. 이 계절의 해는 시간이 지나며 하늘 높이 치솟기는 했지만 안개의 장막을 걷어내기에는 힘이 턱없이 부족했다.

그동안 이 지역에서 사람이 죽어나가는 일에는 모두 카민스키의 마수가 뻗쳤다. 그는 도처에서 죽어가는 사람을 귀신같이 알아냈다. 심지어 자신의 수집품 가운데 아직 없는 특성을 노리고 건강한 사람의 목숨까지 빼앗았다. 이 도시에서 카민스키의 영혼 사냥은 끊이지 않고 계속되었다. 그가 자신이 관심을 가진 영혼의 소유자가 사는 집에 죽음 신의 외투를 걸치고 들어선 뒤에는 카민스키의 면전에서 그 영혼의 소유자가 고작 몇 번의 심장 박동 끝에 죽었다.

이제 머지않아 카민스키는 모든 인간을 능가하리라. 그가 빚어낸 영혼은 그를 전국, 아니 전 세계에서 가장 여유롭고, 최고로 용감하며, 가장 인정이 많고, 가장 재능 있고, 가장 감정이 풍부한 인간으로 만들어줄 것이다. 그리고 무엇보다도 중요한 것은 모든 사람이 그를 사랑하게 되리라는 점이다. 그를, 위대한 카민스키를.

　카민스키는 너무도 흡족한 나머지 자신을 격려하는 미소를 지었다. 어리석은 인간들은 오로지 상대의 직업이나 재력 등 외적인 것만을 주목한다. 상대가 정작 어떤 본질을 가졌는지 살피는 사람은 거의 없다. 최소한 상대의 본질을 충분히 살피지 않는다. 카민스키가 의사라고 직업을 밝히면 사람들은 당연히 그가 고결한 인품과 따스한 심장을 가졌을 거라고 여긴다. 더욱 어리석게도 이런 간판에만 현혹된 나머지 상대가 정작 무슨 짓을 벌이고 다니는지 관심도 가지지 않는다. 이 도시에서 최근 들어 죽어나가는 사람이 급증했음에도 왜 그런지 캐묻는 사람이 아무도 없는 것을 보라. 어리석기 짝이 없는 단순한 인간들은 카민스키가 그 배후라는 것, 이 의사가 비열하고 잔혹하기 짝이 없는 괴물이라는 것을 전혀 짐작조차 하지 못한다. 극히 소수의 지혜로운 두뇌들을 제외하고는. 그러나 카민스키는 이 지혜로운 사람들의 영혼을 거의 모두 사로잡았다. 오로지 아비브의 영혼만 빠졌을 뿐이다. 아비브의 영혼이야말로 카민스키의 트로피가 되리라! 이 청년의 영혼은 고결한 감정을 풍부히 담고 있어서, 혹여 실수를 저지르더라도 사랑받을 만한 점이 있음을 카민스키는 확신했다. 자연은 이 청년을 세상에 태어나게 함으로써 뭔가 특별한 일을 기획했음에 틀림없다. 그리고 카민스키가 아비브의 섬세한 본질이 가지는 모든 뉘앙스를 차지하기까지는 오래 걸리지 않으리라.

아비브

52

햇빛을 받은 목조 주택의 지붕이 꿀빛으로 반짝였다. 아비브가 카민스키를 마지막으로 본 지도 벌써 몇 주가 지났다. 아비브는 정신 건강을 위해 의사와 일정 간격을 두었다.

젤마는 이 일요일 아침에 아비브와 함께 호수로 낚시를 하러 갔다. 그녀는 호수에 비친 자신의 모습을 보며 몰라볼 정도로 작아진 체구를 발견했다. 마치 지난 몇 년간 겪은 근심과, 인생을 살며 때때로 감당해야 했던 힘든 일들로 몸이 완전히 졸아든 것만 같았다. 머지않아 그녀의 쇠약해진 뼈는 노년의 그늘 아래서 가루처럼 부서져 내리리라고 젤마는 확신했다. 그녀는 자신의 손을 살폈다. 손에는 검버섯이 가득 피었다. 종이처럼 얇아진 얼굴 피부는 광대뼈 위에 간신히 걸쳐져 있었다. 가늘어진 핏줄은 몸을 오래 지탱하지 못할 것임을 예고했다. 야생 거위가 호수의 잔잔한 수면에 머리를 집어넣는 바람에 거기 비친 자신의 모습이 산산이 갈라질 때까지 그녀는 한동안 자신의 모습을 들여다보았다.

아비브가 그녀를 보며 미소를 지었다. 그의 눈은 이 잔잔하고 푸른 세계를 고스란히 담아냈다. 이 눈길, 그녀의 근심을 뜨거운 돌에 떨어지는 물방울처럼 날려버리는 이 눈길은 괴로움과 걱정과 곤경으로 얼룩진 이 세상을 측량할 수 없는 아름다움이 가득 찬 곳으로 느끼게 해주었다. 젤마는 아들의 이 눈길을 기억 깊숙이 새겨두었다가 힘들거나 우울할 때면 떠올리곤 했고 그러면 마치 하늘의 한 조각을 품은 듯한 기분이 들었다.

두 사람은 갈댓잎들이 바람에 몸을 비비는 소리를, 호수의 호흡을 귀 기울여 들었다. 이윽고 젤마는 쪽지 한 장을 아비브에게 건네고는 두 눈을 감았다.

"그 쪽지에 쓰인 구절이 무엇을 뜻하는지 이제야 비로소 알 것 같구나. 용서해주렴, 내 아들아. 내가 그 구절을 좀 더 정확히 음미했더라면 이처럼 늦기 전에 너에게 그걸 읽어보라고 했을 거야. 하지만 나는 이 편지를 네가 태어난 직후에 단 한 번만 읽었어. 그리고 오늘 아침 일찍 이 쪽지를 펼쳤다가 문득, 그리고 너무 늦게 깨달았단다. 용서해주렴, 내 아들아!" 젤마가 말했다.

아비브는 잘 접힌 이 작은 쪽지를 펼쳤다. 푸른 깃털 하나가 그 안에서 반짝였다. 편지는 아비브의 친어머니가 쓴 것이다. 젤마는 그 오랜 세월 동안 편지를 간직해왔다. 그리고 아비브는 젤마가 오늘 이 편지를 건네주는 속뜻을 알았다. 젤마는 자신의 임박한 죽음 앞에서 아비브의 운명을, 마치 친어머니가 죽음을 맞이하며 그랬듯, 새롭게 정리해주려는 것이다. 그 오랜 세월 동안 젤마는 쪽지를 자신의 몸에서 떼어놓은 적이 없었다. 시간은 종이 위에 그 흔적을 고스란히 남겼다. 젤마는 옷을 갈아입을 때마다 쪽지를 새로 입은 옷 안에 간직해두었다.

아비브는 쪽지에서 깃털을 꺼내 손가락으로 쓰다듬었다. "헬레네가 죽은 날 아침 이 깃털이 방 안을 떠돌다가 네 등 위에 내려앉더구나." 젤마가 말했다. 두 사람은 그동안 깃털이 가진 비밀을 알았다. 깃털은 분명 헬레네 영혼의 새가 날아오를 때 떨어져 나온 것이다. 선한 영혼에는 날개가 있다는 점을 상기시켜주기 위해서.

주름살이 가득한, 그러나 여전히 깃털처럼 가벼운 손으로 젤마는 아비브의 뺨을 어루만졌다. 그는 그녀를 보았다. 그녀는 만면에 미소를 머금었다. 그의 눈은 눈물로 가득 찼다. 아비브는 젤마가 평소와 같은 평온한 모습으로 죽어가기 시작했음을 알았기 때문이다.

"세상에 태어난 사람은 인생을 사는 법을 배워야만 해. 그리고 인생을 살 줄 안다고 믿는다면, 이제 죽는 법을 배워야만 하지." 젤마가 말했다. "그리고 인생의 막바지에 이르면 사람은 피곤하게 마련이야. 뼛속 깊이 스민 피곤함은 주인에게 말해주지, 이제 그만하면 충분하다고. 하지만 아비브야, 너는 살아야 해! 세상은 신비로 가득하니까."

아비브는 젤마의 목에 머리를 묻고 아픔으로 몸을 떨었다. 포도송이 같은 눈물방울이 뺨 위로 흘러내렸다. 그는 그녀 피부의 냄새를, 그 비단결 같은 머리카락의 냄새를 깊이 들이마셨다. 젤마의 향기는 라벤더 향이었다. 두 사람은 서로를 꼭 끌어안았다.

"인생은 거울과 같아, 아들아. 주의 깊게 살펴보지 않으면 우리의 눈은 늘 익숙한 것만 보지. 자신의 더 많은 모습을 보기 위해서 너는 사려가 깊어야만 해. 그럼 너는 지구의 신비를 알아낼 수 있을 거야. 이 신비를 위해, 그리고 사랑을 위해 인생은 정말 살아볼 가치가 있단다."

구름 사이로 어디선가 밝은 빛이 내려온다. 그곳의 하늘은 밝고, 거의 파랗다. 하늘에 난 저 작은 구멍으로 아비브는 젤마의 손을 꼭 잡고 이 세상을 빠져나가고만 싶었다. 이제 오려는 것, 그것이 두려웠기 때문이다. 그렇지만 그것으로부터 도망갈 수는 없다. 인생은 그것을 우리 모두의 의무라고 가르치니까.

점차 두꺼운 구름이 갈라지며 그 사이로 해가 얼굴을 내밀었다. 아침 햇살은 나뭇잎 사이를 지나며 땅 위에 아름다운 무늬를 수놓았다. 그것은 마치 멋진 융단처럼 보였다.

53

젤마가 목숨을 거둔 날은 뭉게구름처럼, 이른 새벽에 가뭇없이 사라져버린 아름다운 꿈처럼 빠르게 지나갔다.

겨울이 다가올 무렵 젤마는 날이 갈수록 허약해졌다. 창백하고 지친 그녀의 얼굴은 잠을 잤으면 좋겠다는 표정으로만 읽혔다. 하루 종일 누워 지내는 통에 그녀는 밤과 낮을 구분하지 못했다. 그래도 아비브가 나타나면 그녀의 얼굴은 해처럼 밝게 빛났다.

벽난로에서 장작이 타닥거렸다. 살랑거리는 불꽃은 공간 안에 따뜻한 빛 놀이를 연출했다. 일렁이는 불꽃을 따라 그림자는 커졌다가 작아지고 작아졌다가 커졌다. 빛이 젤마의 몸을 얇은 천처럼 덮자, 늙은 여인의 날카롭게 불거진 뼈가 도드라졌다. 그녀는 뼈만 남을 정도로 말랐다. 하얗고 고운 머리카락이 어깨를 비단처럼 덮었다. 풍성했던 머리카락이 듬성듬성 빠진 것이 안타까움을 자아냈다. 뺨과 턱과 목의 피부는 탄력을 잃었으며, 얼굴색은 시들어버린 낙엽 같았다. 늘 바위처럼 아비브를 받쳐주며 그 어떤 시련에도 굴하지 않던 여인은 이제 세월의 무게를 이기지 못하고 섬약해지고 말았다.

젤마는 피곤했다. 호숫가에서 그녀가 아비브에게 이미 보여주었던 피로는 잠을 자면 회복할 수 있는 성질의 것이 아니었다. 그것은 마지막으로 남은 힘이 천천히 빠져나가 더는 회복되지 않는 바람에 사로잡히는 인생의 피로였다.

그녀는 아직 숨은 쉬었다. 언제 꺼질지 모르는 아주 가늘고 아무 소리도 없는 숨결이었다.

집 안에는 천천히 어둠이 깃들었다. 아비브가 보는 유일한 빛은 젤마가 그를 보며 반짝이는 눈이다. "심장의 가장 깊숙한 곳에서 우러나는 사랑보다 더 큰 행복은 없을 거야. 너는 나에게 두 번째 인생을 선물했단다. 너와 너의 어머니. 나는 두 사람에게 영원히 감사할 거야. 죽음을 넘어서까지."

"제가 어머니 아들로 살 수 있게 해주셔서 고맙습니다." 이렇게 말하며 아비브는 흐느껴 울었다. "저야말로 선물을 받았죠. 어머니와 인생을 함께하게 해주셨잖아요." 아비브는 눈물을 삼키려 했으나 눈물은 그대로 흘러내렸다. "어머니가 조금이라도 더 오래 곁에 있어주시면 좋겠어요." 아비브는 더 숨을 쉬기 곤란한 사람처럼 한숨을 쉬었다. 그는 가슴이 답답한 걸 느꼈다. 목이 부어올랐다. 하고 싶은 말은 많았지만 너무 심각하고 아프기만 할 것 같아 아비브는 단 한 마디도 하지 않았다.

임박한 이별이 조용히 집 안으로 스며들어와 갈수록 모습을 분명히 드러냈다. 목전에 다가온 죽음과 싸우는 일은 숨이 막힐 정도로 힘들었다. 죽음의 기운이 천천히 방 안에 퍼졌다. 슬그머니 젤마에게 다가선 죽음은 그녀의 마지막 생기를 거두었다.

이런 순간에 위로 삼아 할 수 있는 유일한 말은 젤마의 자연스러운 죽음, 늙음으로 맞는 죽음을 막기 위해 할 수 있는 게 아무것도 없다는 점뿐이다. 이제 죽음은 되돌릴 수 없다.

그녀의 숨은 그녀와 이승을 이어주는 유일한 실이었다. "죽음은 누구도 잊지 않고 찾아오지." 젤마는 영혼을 떠나보내기 전에 미소를 지으며 말했다. "나의 소중한 아들아, 잘 지내렴." 그녀는 마치 아비브의 얼굴을 영원으로 가져가려는 듯 그의 얼굴을 뚫어지게 바라보았다.

그런 다음 젤마는 눈을 감았다. 그녀의 마지막 숨결은 한 조각 부드러운 구름을 이루어 그녀의 얼굴 위에 떠올랐다. 창문을 통해 바람이 들어오자 그 숨결은 무수히 많은 작은 안개 실오라기로 갈라지며 하늘의 모든 방향으로 날아갔다. 마치 그녀의 정신이 세계를 구석구석 채우려는 것처럼.

아비브가 다시금 젤마를 굽어보며 귀에 대고 뭔가 속삭였을 때 그는 그녀의 입가에 살며시 미소가 떠오른 것처럼 느꼈다. 영혼의 작별 인사일까.

젤마는 아비브의 인생에 들어설 때처럼 조용하고 은근하게 그의 인생을 떠났다.

54

신비한 황금색 빛이 젤마의 방 안을 가득 채웠다. 아비브는 방 안에 드리운 평화를 간직하고 싶은 마음이 간절했다.

약한 빛이 젤마의 죽은 몸을 은근하면서도 분명하게 감쌌다. 영혼이 지금까지의 자신의 인생과 작별을 하고 자유로워질 때 나타나는 후광인 모양이라고 아비브는 생각했다. 의사에게 영혼을 빼앗긴 시신에서는 전혀 볼 수 없던 현상이었다. 이제 아비브는 어머니가 하신 말씀이 무슨 뜻인지 이해했다.

침대 모서리에 걸터앉아 아비브는 어머니의 시신을 오랫동안 바라보았다. 그의 머릿속은 순전한 슬픔의 호수로 채워졌다. 아비브는 전 세계의 정적이 자신과 돌아가신 어머니를 중심으로 모여든 것처럼 느껴졌다.

젤마는 옆에 있어주는 것만으로도 아비브의 세상을 넓혀주었고, 그의 인생을 아름답게 만들어주었다. 젤마의 사랑이 그를 강하게 만들었다.

아비브는 심장 주위가 타들어가며 심장이 녹아내리는 듯한 아픔을 느꼈다. 이제 자신을 어린 시절과 가족과 묶어주던 모든 것은 해체되었다. 아비브는 젤마의 죽음으로 그가 가졌던 모든 것을 잃은 것 같았다.

아비브는 바깥 공기를 마시고 싶어졌다. 그는 자리에서 일어나 집을 나가 달리기 시작했다. 그는 달리고 또 달렸다. 나무 그늘 속으로 들어가 신선한 숲의 공기를 들이마셨다.

불과 몇 초 만에 그는 누군가의 자식이기를 완전히 멈추었다. 불과 몇 초 만에 그는 가족을 잃었다. 뿌리도 없다. 인생에서 처음으로 아비브는 모든 것이 먼지가 되어 바람에 날려갔음을 느꼈다. 그리고 마침내 자신도 해체될 것만 같았다.

그는 혼자다. 철저히 혼자다. 세상에 홀로 남았다는 확인은 두렵기만 했다. 아비브는 삼나무 아래 홀로 앉아 줄기에 등을 기댔다. 그 줄기는 겨울 태양의 마지막 온기를 간직했다. 그동안 주위는 어두워졌다. 추운 날씨에도 개똥벌레들이 하늘에서 춤을 추었다. 이 계절에 개똥벌레라니 참으로 이상한 일이다. 작은 점과 같은 빛들이 어디론가 흩어졌다. 나도 개똥벌레들과 함께 사라지면 얼마나 좋을까!

아비브는 밤이슬을 머금은 풀들을 발견했다. 이슬방울. 저 작은 이슬방울이 얼마나 많은 것을 담아내는가. 날씨가 좋은 밤이면 밤이슬은 하늘 전체를 그 안에 품는다. 심지어 보름달도. 그의 눈물이 우주 전체의 슬픔을 품은 것처럼 작은 이슬방울이 우주 전체를 담아낸다.

머리는 텅 빈 듯하면서도 무겁다. 아름다웠던 추억들이 고통의 폭풍을 몰아온다. 젤마가 없이 아비브는 버팀목도, 디디고 설

땅도 잃은 것만 같았다. 자기 자신으로 살아갈 수 없을 것 같았다. 어떻게 해야 현실로 돌아가 자기 자신을 회복할 수 있을까? 자신의 뿌리를 모르는 마당에 어찌해야 자신이 기댄 삼나무처럼 뿌리를 내릴 수 있을까?

젤마와 아브라모비치와 필립 외에는 누구도 아비브가 사랑과 든든함과 보금자리와 함께 필요로 하는 것, 곧 답을 줄 수 없었다. 그러나 이제 세 사람 모두 죽었다.

인생이 이처럼 최단 시간에 깊은 상처를 안겨주자 비로소 아비브는 진짜 아픔이라는 게 무엇인지 실감했다. 이 상처에 비하면 예전의 모든 아픔은 생채기에 지나지 않았다. 영원히 젤마와 떨어졌다고 생각하니 그는 숨통이 끊어질 것만 같았다.

아비브는 머릿속으로 과거의 풍경을 찾아다니는 여행을 계속했다. 아름다웠던 추억으로 자신을 위로하려는 몸부림이었다. 그는 자신의 기억 속에서 젤마가 결코 죽지 않도록 하겠다고 다짐했다. 젤마는 자신이 아비브에게 심어놓은 것을 통해 삶을 유지할 것이다.

아비브는 하늘을 향해 고개를 젖히고 눈을 감았다. 그리고 베토벤의 「월광 소나타」가 들려온다고 믿었다. 음악은 그의 귀가 추억 속에서 불러낸 것이다. 아비브는 그 선율에 자신을 맡겼다.

다시 눈을 뜬 아비브를 맞아준 것은 밝게 빛나는 둥근 창문 같은 보름달이었다. 아비브는 그 창문을 통해 이 세상을 빠져나가 무한함 속으로 빠져들고 싶었다. 그가 사랑하는 모든 사람,

젤마와 아브라모비치와 필립과 헬레네를 그곳에서 다시 만났으면 하는 희망으로.

아비브는 다시 눈을 감았다가 떴다. 이번에는 푸른 새들이 가득 날아오르는 하늘이 눈앞에 펼쳐졌다. 지금껏 본 것 가운데 가장 어두운 이날 밤의 하늘은 푸르게 빛나는 깃털로 수놓아졌다. 날개들의 불꽃놀이. 마치 새들이 젤마의 영혼을 마중 나온 것 같았다. 이제부터 그녀는 이 새 떼와 함께 살아가리라. 평화와 행복의 부드러운 감정이 아비브의 영혼을 감쌌다. 푸른 깃털 하나가 아비브의 손에 떨어졌다.

달빛 속에서 모든 것은 은으로 변했다. 아비브는 깃털을 들고 밤의 빛 속을 걸어 집으로 돌아왔다. 집은 평소 볼 수 없던 따뜻한 광채 속에서 평온했다. 주변에 얼어붙은 풀들이 달빛을 받아 반짝였다.

55

다음 날 아침, 잠에서 깬 아비브는 혈관에 납이 흐르는 것처럼 몸이 무거웠다. 무자비한 피로가 사지와 심장과 머리로 퍼졌다. 아비브는 속이 텅 빈 것 같으면서도 몸이 너무 무거웠다. 마치 누군가 아비브의 머리를 검은색 물감 안에 푹 담가놓은 것처럼 아무 생각도 할 수 없었고, 속을 움푹 파낸 듯 공허하기만 했다. 혹시 공허함처럼 느껴지는 것은 아픔이 아비브를 찢어놓지 못하게 막기 위한 일종의 충전물일까?

아비브는 그저 잠만 자고 싶었다. 지금껏 자신의 인생에서 겪은 모든 아픔을 잊고 그냥 자고 싶었다. 자리에서 일어나고, 게다가 새로운 하루를 시작하기에 자신이 너무 허약하다고 느꼈다. 인생을 그저 넋 놓고 바라보기만 할 뿐, 어떻게 살아야 할지 전혀 알지 못하는 사람이 된 것 같았다.

아비브는 아무 근심이 없었던 어린 시절과 청소년기를 생각했다. 그때는 모든 게 시작인 것만 같았는데 이제 돌연 끝만 남았다.

나이를 얼마나 먹었든 상관없이, 심지어 우리가 이미 어른이 되었고 부모가 고령의 노인이 되었다 할지라도, 자식인 우리는 부모가 나이를 먹지 않는 것처럼, 부모가 어떤 일에도 끄떡없이 견딜 것처럼 여긴다. 우리는 부모가 항상 옆을 지켜주며 영원히 살 거라는, 최소한 우리가 사는 동안은 곁을 떠나지 않을 거라는 생각에 익숙해져 있다가 사별의 순간을 맞으면 엄청난 충격을 받는다. 이제는 궁금한 것이 생겨도 물어볼 수 없고, 더는 포옹도 할 수 없다. 지구상에서 함께했던 시간은 이처럼 갑자기 끝나버린다.

춥다. 문과 창문의 틈새로 냉기가 몰려온다. 결국 아비브는 자리에서 일어났다. 불을 피우려 집 안을 조용히 걸었다.

집 안의 공간들도 영혼을 잃었다. 젤마가 없는 집은 또 하나의 죽은 몸이었다. 의자, 식탁, 침대, 그리고 그녀의 옷들, 이것들은 주인의 죽음과 함께 그 기능을 멈춰버린 죽은 장기 같았다.

젤마의 죽음과 더불어 두 사람의 보금자리인 이 집의 심장도 뛰기를 멈추었다. 이 집이 다시 생기로 채워지지 않는다면, 속절없이 흐르는 세월의 먼지를 고스란히 뒤집어쓰고 기억의 앙상한 해골로 남으리라. 아비브는 이런 사실을 모르지 않았다. 이제는 길을 떠나야만 한다. 오로지 생기를 회복하기 위해서만이라도.

아비브는 내키지 않았지만 눈을 들어 밖을 바라보았다. 앗! 이게 어찌된 일일까? 바깥에는 놀랍게도 거의 마법과 같은 광경이 펼쳐졌다. 사방이 온통 꽃이다. 불과 며칠 전에 젤마가 다가올 봄을 위해 심은 모든 알뿌리 식물이 꽃을 활짝 피워 그야말로 꽃바다를 만들어냈다. 이 작은 꽃밭은 정말이지 장엄한 색의 향연을 벌였다.

자기도 모르게 눈시울이 붉어진 아비브는 집 밖으로 나섰다. 눈길 닿는 곳마다 꽃이 피어나 향기를 발산했다.

젤마의 정신이 도처에 만개했다. 아비브는 꽃 송이송이마다 젤마의 얼굴이, 그 상냥한 미소가, 그윽한 눈길이 보이는 듯했다. 젤마는 마치 아비브에게 견뎌내라고 외치는 것만 같았다.

약간 떨어진, 여전히 밤의 검은 어둠에 덮인 도시는 꽃밭과 선명한 대비를 이루었다. 물론 동이 트기 시작해서 약간 밝아지기는 했지만 그래도 여전히 도시는 우중충한 잿빛이었다.

아비브는 도시 위에서 흐릿하게 빛나는 해를 망연히 바라보았다. 그는 아침이면 사방이 온통 다채로운 색깔을 자랑하던 어린 시절을 떠올렸다. 그러나 오늘의 도시는 온통 회색이다. 유일한 색은 아비브의 충혈된 눈의 빨강과 집 주변을 장식한 화려한 꽃 양탄자가 보여주는 것뿐이다.

아비브는 죽음이 젤마만 앗아간 게 아니라, 생각을 표현할 말까지도 앗아갔다는 생각을 했다. 아비브는 자신이 시간의 소음을 따라 둥둥 떠다니는, 침묵으로 채워진 비눗방울 같다는 느낌을 받았다. 단 한 번의 잘못된 움직임, 단 한 번의 심술궂은 바람에도 비눗방울은 터져버리리라.

아비브는 눈을 감고 귀를 기울였다. 풀, 나무, 꽃, 바람, 모든 것이 호흡했다. 젤마만 제외한 모든 것이. 아비브는 젤마가 없는 이 세상을 어찌 살아갈지 여전히 막막하기만 했다.

자신의 인생 갈피갈피에 주어지던 어머니의 조언 없이 살아가야 한다는 생각을 하니 두려움이 고개를 들었다. 이제껏 아비브는 미래를 위해 스스로 결정해본 적이 없다. 그런데 이제 갑자기 어떻게 결정을 내려야 좋은지 누구에게 배울까? 그는 언젠가 아브라모비치에게 어떤 인생이 자신에게 맞는 것인지 물어보았다. 양아버지는 이렇게 답했다. "내가 중요하다고 여기는 것을 위해 끝없이 노력하는 거야. 물론 실패가 끊이지 않을지라도." 성공보다는 실패로부터 더 많은 것을 배웠다는 말도 그는 했다. 그리고 자신이 중요하다고 여긴 것은 항상 오랜 생명력을 가진 것을 창조하는 일, 자신이 죽어서도 생명력을 잃지 않을 것을 창조하는 일이라고 했다. 유리 세공에서든, 인간적인 일에서든. 그렇다, 아브라모비치는 물론이고 젤마가 남겨준 인간적인 면모와 그 유품은 생명력을 가졌다. 그녀가 죽고 난 지금에도.

아비브는 집으로 들어가 젤마의 죽은 몸과 하나가 되기라도 하려는 듯 마지막으로 그녀의 몸을 끌어안았다. 그러나 붙든다고 해서 무슨 소용이 있으랴. 자신의 아픔만 더 커질 뿐이다. 특히 상실의 아픔이.

젤마로부터 아비브는 깊은 상처가 나을 수 있으려면 그 아픔을 똑바로 응시할 줄 알아야 한다고 배웠다. 아픔이 저절로 바닥을 드러내도록.

이것이 정말 마지막이다 다짐하며 아비브는 젤마의 차가운 입술에 입 맞추었다. 그리고 옷장에서 그녀가 가장 좋아했던 옷을 꺼내 입히고, 비단 천으로 시신을 감쌌다.

아비브는 죽음의 예복으로 치장한 시신을 수레에 싣고 호숫가로 갔다. 얼어붙은 풀밭에 장작더미를 쌓은 그는 시신을 그 위에 올려놓았다. 그리고 성냥으로 불을 붙였다.

연기가 실처럼 하늘로 피어올랐다. 바람에 날려 흩어지는 연기는 축축한 이파리가 타는 냄새를 풍겼다. 아비브의 혀는 묘한 맛을 감지했다. 그것은 살이 타들어가는 달콤한 풍미였다.

연기는 하얀 소용돌이를 이루며 계속 하늘로 올라갔다. 넘실거리는 불꽃이 비단으로 감싼 시신을 중심으로 이글거렸다.

장작더미 위에서 타는 깡마른 시신을 보며 아비브는 울음을 삼켰다. 비단 천에 싸인 시신은 책갈피에 끼워둔 꽃잎처럼 보였다.

마치 소금을 흩뿌린 듯 들판에는 서리가 내렸다. 젤마의 죽음과 더불어 인생의 겨울뿐만 아니라 모든 것이 얼어붙는 빙하기가 온 것만 같았다.

호수는 고즈넉하기만 했다. 호수는 불꽃을 사로잡기라도 한 것처럼 그 빛을 수면에 담아내며, 불꽃이 젤마의 텅 빈 껍데기를 그 날름거리는 마지막 혀로 집어삼켜, 열기가 이글거리는 재만 남겨놓는 과정을 고스란히 지켜보았다.

아비브는 피어오르는 연기를 하염없이 바라보았다. 이윽고 그의 앞에는 한 줌의 재가 되어버린 추억과 꿈과 희망이 남았다. 깊은 상처를 입은 그의 세상은 말이 없었다. 마치 주변 전체가 죽은 이를 애도하는 것처럼 보였다. 부드러운 바람이 불어와 재를 실어갔다. 하늘과 세상의 구석구석으로.

아비브는 남은 재를 호수와 바람에 뿌렸다. 그리고 재가 된 과거로 희망과 믿음을 길어올리듯 그는 바지 호주머니에서 헬레네의 편지를 꺼냈다.

젤마에게 편지를 건네받은 이래 아비브는 그것을 항상 몸에 지녀왔다. 편지는 호주머니에서 호주머니로 옮겨 다녔다. 틈이 날 때마다 그는 편지를 꺼내 손으로 어루만지고 뒤집어보고 작게 더 작게 접고 또 접어서 다시 집어넣곤 했다. 그러나 이제 친어머니가 남긴 편지를 읽을 때가 되었다. 젤마와 함께했던 현재는 과거가 되었다. 그리고 이 과거는 지금 바로 여기서 친어머니를 향한 창을 열어주었다.

56

낡은 고문서처럼 테두리가 누렇게 변색한 종이는 바람결에 사르르 떨었다. 접은 편지를 너무 빨리 펼쳤다가는 글자들이 우수수 종이에서 떨어질까 두려운 듯 아비브는 조심스럽게 펼쳤다. 접고 또 접었던 편지를 차례차례 펼칠 때마다, 아비브는 조금씩 조금씩 자신의 접힌 날개가 펼쳐지는 느낌이 들었다.

푸른색 잉크로 쓴 편지 글씨는 헬레네의 손 떨림을 고스란히 보여주었다. 첫 몇 줄을 훑어 내려가던 아비브는 갈수록 눈이 반짝반짝하다가 마지막 줄에 이르자 거의 편지 속으로 빨려 들어간 것처럼 넋을 잃고 창백해졌다.

사랑하는 아들 아비브에게

인생을 사는 동안 내가 품었던 간절한 꿈은 아이를 낳는 것이었단다. 아무래도 나는 너를 키우는 것까지 꿈꾸어야 했던 모양이야. 우주는 꿈꾸는 것만큼 선물해주는 것 같거든. 네가 크는 걸 보는 건 나에게는 이룰 수 없는 꿈이 되고 말았어. 아니, 볼 수도 있지 않을까. 나는 그저 장소만 바꾸는 거니까. 나는 너를 보고, 너는 나를 느끼게 될 거야. 비록 짧은 순간이기는 했지만 너는 내 인생의 최대 행복이었어. 그저 눈 몇 번 깜빡일 정도의 시간에만 너를 내 품에 안았는데, 아쉽게도 나는 너를 두고 이 아름다운 세상을 떠나야만 하는구나. 이것이 나의 운명이야. 이런 게 인생이지. 하지만 너는 혼자가 아니란다. 너는 아빠가 있으니까. 네 아빠는 네가 태어난 걸 알면 기뻐서 펄쩍 뛸 거야. 아직은 아무것도 몰라. 임신한 걸 알고 나는 네 아빠에게 전혀 알리지 않고 그를 떠났으니까. 나는 네 아빠의 인생에 방해가 되고 싶지 않았어. 네 아빠는 나와는 전혀 다른 계획을 가졌으니까. 네 아빠는 대학교수였고, 이 험한 세상에 아이를 낳고 싶지 않다고 했어. 충분한 나이가 되었을 때 네 아빠를 찾아가보렴. 아마도 어렸을 때는 적당하지 않을 거야. 어린 너를 보면 네 아빠가 괴로워할 수도 있으니까. 그러나 분명한 것은, 네가 너의 뿌리와 인생이 알고 싶어질 때는 언제라도 찾아가도 좋다는 거야. 네 아빠의 이름은 필립 베른슈타인이야.

아들아, 언젠가 이 세상에 아무도 없다는 생각이 들 때가 있겠지. 하지만 그렇지 않아. 너는 네가 필요로 하는 모든 것을 가졌단다. 너의 인생에는 부족함이 없을 거야.

안녕.

너의 엄마 헬레네

아비브는 편지를 무릎에 떨어뜨렸다. 그랬다가 얼른 다시 편지를 들었다. 그는 친어머니의 편지를 코에 가까이 가져갔다. 헐레네의 피부 향기가 나는 듯했다. 자신의 심장에 아주 오래된, 깊이 새겨진 기억이 기지개를 켰다. 아비브는 그 기억 속의 경험이 이제야 이해되었다. 편지의 문장은 환한 미소 같았다.

이 구절에 담긴 힘은 얼마나 강한가! 이 무슨 놀라운 기적인가! 운명이여, 이 심술궂은 아이러니여! 필립, 그 걸인이 아버지로구나! 아비브는 "네 아빠의 이름은 필립 베른슈타인이야." 하는 구절을 몇 번이고 나직하게 되풀이했다. 자신의 발음이 공기 가운데 남기는 작은 구름 같은 흔적을 아비브는 지켜보았다. 읽은 글귀가 그의 눈앞에 떠 있다. 각각의 단어는 마치 실에 꿰이기라도 한 것처럼 이어지며 아비브에게 세상에 대한 신뢰와 인생에 대한 자신감을 되돌려주었다. '나에게 아버지가 있구나. 나는 아버지를 만났구나, 비록 서로 아버지와 아들이라는 것을 모르기는 했지만. 나에게 가족이 있구나.' 아비브는 깊은 생각에 잠겼다. 인생은 참 이해하기 힘든 교묘한 길로 자신을 아버지에게 이끌었다는 확인에 그는 가슴이 먹먹해졌다. 아버지가 죽어가는 것을 옆에서 지켜보게 해준 운명의 힘이 아비브는 놀랍기만 했다. 또 운명은 관 뚜껑이 영원히 닫히기 전 맞춤한 때에 할머니에게로 아비브를 데려다주었다.

"우리 인간은 얼마나 유별난가." 아비브는 이렇게 중얼거렸다. "우리는 사랑하는 사람에게 좋은 게 무엇인지, 또 그 사람이 원하는 게 무엇인지 안다고 믿는다. 하지만 우리는 정말 아는 게 없다!" 만약 헬레네가 필립이 꿈꾸는 인생이 이런 것일 거야 하고 지레짐작하지 않고 그에게 그냥 간단하게 인생에서 원하는 게 무엇인지 물어보았더라면, 필립의 인생은 그 자신의 눈에 훨씬 더 만족스러운 것이었으리라. 필립은 자신이 무엇을 선택하거나 포기했는지 정확히 알았어야만 했다. "어머니가 혼자 내린 단 하나의 결정이 참으로 많은 인생을 바꾸어놓았구나."

아비브는 친어머니가 남긴 편지와 이 구절들에서 들리는 듯한 목소리에 깊이 빠져 오랫동안 앉아 있었다. 이 편지에서 독특한 깨달음이 배어 나왔다. 물론 이 편지의 내용이 매우 슬프기는 했지만, 아비브는 그것을 통해 자신의 뿌리를 알게 되었고 운명이 새로운 인생을 열어줄 것이라는 기대를 갖게 되었다. 이 깨달음은 과거에서, 동시에 미래에서 들려오는 외침이었다. 외침은 아비브를 부드럽게 포옹해주었다.

다시금 자기 자신을 향한 믿음, 젤마가 가르쳐준 선함을 향한 믿음이 되살아났다. 지금껏 이런 믿음은 그가 날개를 펼친 제비처럼 세상을 살아갈 수 있게 떠받쳐주었다.

아비브는 마음이 한결 차분해졌다. 그는 앞으로 맞이할 인생을, 그리고 자신 앞에 다시금 무한하게 펼쳐진 인생을 생각했다.

그렇지만 아비브는 먼저 해결해야 할 일이 있다. 그는 다시 한 번 의사의 지하실로 가야만 한다. 카민스키가 세상으로부터 훔친 영혼을 해방시키려는 시도를 하지 않고는 마음 편히 새로운 인생을 시작할 수 없다. 혹은 이런 결정이 이미 새로운 인생의 출발일까?

아비브는 두려워도 맞서야 한다는 단호한 결정을 내리고 출발했다.

겨울

57

아침이 왔다. 지평선을 따라 생겨난 가느다란 빛의 띠와 함께.

헬레네의 편지는 아비브에게 세계를 되돌려주었다. 편지는 이승의 아비브와 그가 사랑하는 저승의 사람들 사이의 거리를 훨씬 더 좁혀주는, 영원에서 들려오는, 희망의 메시지였다.

새로운 희망을 품고 아비브는 폐가의 정원으로 들어섰다. 다시금 그는 표석 아래서 열쇠고리를 발견했다. 그는 맞는 열쇠를 찾아 지하실로 가는 문을 열고는 열쇠고리를 다시 있던 자리에 놓고 표석을 제자리로 돌려놓았다.

지하실 안의 문들은 이번에도 잠겨 있지 않았다. 마치 카민스키가 아비브를 기다린 것처럼. 아비브는 영혼을 가둔 병들이 있는 공간으로 들어서며 사방을 주의 깊게 살폈다. 그런데 뭔가 알 수 없는 이유로 그의 눈길은 두 번째 선반의 중간에 위치한 어떤 병에게 꽂혔다. 아비브는 그 병에 조심스럽게 다가갔다. 어떤 섬뜩한 느낌이 아비브를 엄습했다. 돌연 아비브는 이 병 안에 갇힌 영혼이 자신보다 더 간절하게, 될 수 있는 한 빨리 이 지하실을 빠져나가고 싶어 한다는 것을 느꼈다. 재빨리 병을 선반에서 집어든 아비브는 병의 이름표가 붙은 쪽을 조심스럽게 자신

쪽으로 돌렸다.

유리 세공사 아브라모비치 시니어

순간 아비브는 눈이 튀어나올 것처럼 놀랐다. 그는 다시 읽었다.

유리 세공사 아브라모비치 시니어

아브라모비치의 영혼이 이 병 안에 들어 있다고 확신하는 순간 아비브는 등줄기를 훑어 내리는 냉기에 전율했다. 양아버지의 영혼이 이 유리로 만든 작은 병 안에 갇혔다. 그것도 자신이 만든 병 안에. 아브라모비치도 자연사한 것이 아니었다. 그는 카민스키에게 살해당했다!

의사는 누군가 지하실에 침입했다는 것을 곧장 알아차렸다. 지하실에 들어서지 않고도 그의 눈은 표석 옆의 축축한 흙에 생긴 자국을 주목했다. 자국은 누군가 표석을 옆으로 밀었다가 다시 제자리로 돌려놓은 흔적이었다.

발자국 소리를 내지 않으며 지하실로 내려가 복도를 지나간 의사는 침입자의 형상을 발견했다. 어둠에 익숙해지자 그 형상의 주인이 젊은 남자임을 알 수 있었다. 그 남자는 등을 돌린 채 손에 유리병 하나를 들고 있었다.

너무 늦었다. 아비브는 자신의 목덜미에 와 닿는 축축한 숨결을 느꼈다. 소름이 쫙 끼쳤다. 그는 억센 손이 자신의 어깨를 잡을 때까지 꼼짝도 하지 못했다. 서둘러 아비브는 병을 선반에 돌려놓았다. 그것을 다시 거기에 놓아야만 하는 자신의 태도에 아비브는 가슴이 찢어지는 것만 같았다. 그의 어깨를 잡은 손이 떨어지는가 싶더니 팔을 잡고는 아비브를 거칠게 돌려세웠다. 이제 두 사람은 서로 마주 보았다. 카민스키의 얼굴에는 분노가 가득했다.

"이런 개자식을 봤나. 남의 집을 무단으로 들어온 게 지난번으로 충분하지 않더냐? 경고했을 텐데. 못 알아들었다면 느끼는 수밖에." 카민스키의 눈은 입에 물고 있는 파르타가스 시가의 불빛처럼 이글거렸다.

저런 눈빛은 새카맣게 타서 숯덩이가 된 영혼의 소유자에게서만 볼 수 있는 게 아닐까 하고 아비브는 생각했다. 하긴 의사 눈에 붉게 핏발이 선 이유가 달리 있을까. 이윽고 아비브는 부러진 나뭇가지처럼 갈라진 목소리로 말했다.

"꼼짝없이 잡혔군."

"네가 제 발로 걸어 들어온 거야. 지옥 맛 좀 봐라!"

퇴로가 없는 상황을 의식한 아비브는 혀가 얼어붙은 것처럼 아무 말도 하지 못하고 떨었다. 말 한마디 잘못했다가는 이제 끝장이다. 아비브는 잔뜩 긴장했다.

카민스키는 마치 영혼을 읽으려는 듯 아비브의 얼굴을 빤히 바라보았다. 그런 다음 카민스키는 아비브의 멱살을 쥐고 그의 머리를 벽에 대고 눌렀다. 아비브의 코에 축축한 돌의 악취가 올라왔다. 다른 손으로 카민스키는 열쇠고리를 찾기 위해 아비브의 허리춤을 뒤졌다. 그는 아비브의 멱살을 쥔 채 질질 끌고 가 반대편의 어두운 공간 안으로 그를 밀어 넣었다.

"대체 왜 이런 일을 벌이는 거죠?" 아비브는 상대가 답을 하지 않을 거라는 것을 알면서도 이렇게 물었다. 그는 카민스키의 얼굴을 똑바로 보았다. 의사의 눈은 빛도 광택도 없다. 어둠 속에서 두 사람의 눈은 서로 노려볼 뿐이다. 그런데 빛이 지워진 카민스키의 눈을 오래 볼수록 아비브는 그 냉혹한 표정 뒤에 숨을 죽인 아픔이 도사리고 있는 것을 더욱더 확연하게 발견했다. 그리고 아비브는 문득 깨달았다. 그는 카민스키의 머릿속에서 울리는 가장 슬픈 노래를 들었다. 이 남자는 외롭구나. 여느 평범한 사람처럼 그도 한 조각의 천국을 갈망하는구나. 살아 생동하는 기쁨을 맛보고 싶어 애를 태우는구나. 그리고 그가 이런 감정을 맛볼 유일한 길은 다른 사람의 죽음을 밟고 가는 것이로구나. 그의 행위는 달의 뒷면보다 더 시커멓다. 그러나 그는 그렇게 해서라도 빛에 이르고 싶구나. 그는 인간이고 싶구나. 아마도 심지어 좋은 인간이. 그리고 그도 분명 이 세상에는 오로지 선함만이 승리하며, 악함은 빠르든 늦든 언젠가는 불에 타는 처벌을 받는다는 점을 잘 알리라. 누가 그를 비난할 수 있으랴. 우리는 모두 충만한 인생을, 그래서 결국 죽지 않는 죽음을 원하지 않는가.

　두 남자는 그렇게 마주 선 채로 한동안 아무 말도 하지 않았다. 아비브는 카민스키에게서 처음으로 공감의 숨결을 느꼈다. 의사는 아주 잠깐이지만 얼굴에서 적의를 거두었다. 날카롭기만 했던 그의 얼굴은 살짝 누그러졌다. 아비브를 보는 카민스키의 눈길은 늘 악몽에 시달리는 사람의 처연한 눈길이었다. 자신의 마음을 읽어주는 것 같은 아비브의 눈길에 카민스키의 냉혹하기만 했던 표정이 일순간 누그러졌다. 카민스키의 인생에서 아비브는 그 잔혹해 보이는 얼굴의 배면에 그 자신이 겪은 잔혹함이 숨어 있다는 것을 알아보아준 첫 번째 인간이었다. 자신이 겪은 잔혹함은 너무도 끔찍해서 아무도 이해해주지 못할 거라고 여겨왔던 카민스키는 아비브의 눈길을 보며 실제로 약해졌다. 카민스키는 지금이라도 당장 청년 앞에 무릎을 꿇고 잘못했다고 빌며 자신은 생각할 줄 알게 된 이래 늘 혼자였다고, 얼마나 끔찍하고 잔혹한 일을 겪었던지 정말 무섭고 막막하기만 했다고 털어놓고 싶었다.

　그렇지만 카민스키는 이내 냉혹함을 회복했다. 잠깐 흔들렸던 자신에게 이런 약해터진 놈이라고 속으로 욕설을 퍼부으며 그는 잔혹한 본성 그대로 아비브에게 고함을 질렀다. "누구도 내 연구를 망가뜨릴 수 없어. 절대 안 돼! 너는 주제넘게 내 연구에 손을 댔어, 자식아! 이제 너는 내 손아귀 안에서 꼼짝도 못 해. 저 바깊의 어떤 영혼도 너를 여기서 풀어줄 수 없어." 카민스키는 쾅 소리와 함께 문을 닫았다. 어찌나 강한 힘이었는지 문이 진동으로 떨었다. 자물쇠가 걸리는 소리가 났다. 마치 카민스키는 갑자기 솟아오른 자신의 인간다움을 아비브와 함께 가두어두고 싶은 모양이었다. 그래서 카민스키는 이 청년의 눈앞에서 자신의 분노를 짐짓 과장했다.

아비브는 곰팡이가 피어나는 축축한 돌에서 나는 썩은 냄새 속에 사로잡혔다. 들려오는 소리는 오로지 멀리서 의사가 계단을 올라가며 내는 발자국 소리가 만드는 메아리뿐이다. 이 메아리는 갈수록 약해져갔다. 드디어 지하실 문이 닫히는 소리가 났다. 이윽고 사방이 조용해졌다. 아비브는 머리에 생긴 상처가 화끈거리는 것을 느꼈다. 어둠 탓에 그를 포위한 냉기는 그 어느 때보다도 더 강력했다.

아비브는 문제가 간단히 풀리지 않으리라는 것은 이미 잘 알았다. 인간이 하는 일에서 쉬운 것은 없다.

　빠져나갈 수 없는 막다른 상황이라고 믿을 때마다 항상 아비브는 젤마의 말을 기억했다. "인생은 양파와 같아. 눈물을 흘리지 않고는 양파 껍질을 벗길 수가 없어. 그리고 벗기고 또 벗겨도 양파는 알맹이라는 걸 가지고 있지 않지만, 그 껍질만으로도 감칠맛을 우리에게 베풀어주지."

앞으로 얼마나 많은 껍질과 싸워야 아비브는 영혼의 해방이라는 감칠맛을 맛볼 수 있을까? 혹시 갇힌 영혼들을 풀어주기도 전에 자신의 영혼이 의사의 병에 갇히는 것은 아닐까?

카민스키는 다른 사람들이 손작업을 하듯 아무렇지도 않게 폭력을 행사했다. 그는 아비브를 이 지하실에서 죽게 내버려두고도 남을 냉혈한이다. 그런데 남의 영혼을 훔쳐서 의사는 대체 무얼 하려는 걸까?

이런 의문이 드는 순간 갑자기 아비브는 머리를 망치로 얻어맞은 것처럼 번쩍 하는 깨달음을 얻었다. 그랬구나, 청년은 돌연 의사에게 무슨 일이 일어났었는지 깨달았다. 아비브는 마치 처음부터 줄곧 그것을 알았던 것처럼 느꼈다. 그는 의사가 계획하고 있는 일이 무엇인지 본능적으로 느꼈다. 다만 너무 엄청난 일이라, 상상을 초월할 정도로 폭력적이라, 아비브는 그것을 믿고 싶지 않았던 것뿐이다. 의사는 자신의 상황에서 해야만 할 일을 하리라. 의사에게 의미 있는 유일한 일은 자신에게 영혼을 빚어주는 것이다. 인생에서 누릴 수 있는 모든 기적적인 일을 맛보게 해줄 영혼을. 그를 완전한 인간으로 만들어줄 영혼을.

이런 깨달음은 이미 처음부터 자명했다. 다만 아비브가 그것을 간과했을 뿐이다. 자신이 완벽한 영혼을 가졌으면 하는 바람은 모든 인간이 품는 너무도 당연한 이야기이기에. 의사가 이미 어려서 그 영혼이 불살라져 숯덩이가 되어버린 유일한 사람이라 할지라도, 이 이야기가 덜 심각해지는 것은 아니라고 아비브는 생각했다. 우리 모두는 아직 어린, 보호받지 못하는 영혼들을 불구덩이에 빠뜨려 그들과 우리 자신의 인간성을 차츰 잃어버리게 만들 수 있기 때문이다. 카민스키는 틀림없이 나쁜 일을 겪으며 살아왔을 것이다. 부모의 방임, 주변 사람들의 거부. 그 원인이 무엇이든 간에 그의 인생은 이렇게 당한 아픔으로 나쁜 길로 빠지고 말았다.

아비브는 차가운 돌벽에 등을 기댔다. 카민스키는 그 죽음의 주삿바늘을 찌를 때마다 자신의 영혼, 더욱이 좋은 영혼을 가졌으면 하는 희망을 불태웠구나. 사람을 죽이는 독으로 자신은 생명을 선물받기를 갈망했구나. 그렇다, 카민스키도 갇혔구나. 영혼이 없는 자신의 몸 안에 갇혀 있구나. 그리고 그는 결국 악의 어둠이 자신을 완전히 집어삼켜 영원히 차가운 지옥으로 떨어질 수밖에 없음을 깨달았으리라. 자신을 해방시켜야 한다는 갈망은 그 깨달음만큼 절박해졌을 것이 분명하다. 영혼을 차례로 약탈하면서 카민스키는 그때마다 자신의 절망적 처지에 위로를 얻었으리라. 카민스키는 인간이 되고자 비인간적인 일을 저질렀다. 일말의 공감이 아비브에게 동정심을 불러일으켰다. 그러나 악행을 막지 않는 것 역시 일종의 악행이다. 사랑을 느낄 능력을 키우는 것을 방해받은 사람은 어쩌면 좋을까? 그가 다른 사람에게 악행을 저지르며 잔혹한 죄를 짓는 것은 막아야 하지 않을까? 아비브는 머릿속이 복잡해졌다. 의사에게 구원의 손길을 베풀어야 할까? 아니면 그를 심판해야 할까? 어느 쪽이 더 도덕적일까?

아비브는 생각 같아서는 카민스키를 기꺼이 더 이해하고 싶었다. 그러나 지금 두 남자 사이의 문제는 너무 커서 둘 다 그냥 지나칠 수가 없었다.

58

아비브는 여전히 네 개의 차가운, 헐벗은 돌벽 안에 갇혀 있었다. 한 점의 하늘도 보이지 않았다. 어둠이 아비브의 창백한 얼굴을 빙 둘러싸고 있었다. 머지않아 어둠은 그를 완전히 삼켜버리리라.

아비브의 눈은 그동안 어둠에 익숙해졌다. 그는 주위를 둘러보았다. 머리 위로 활처럼 굽은 모양의 아치형 천장이 보였다. 시커먼 바닥을 보니 아비브 바로 아래 심연에 놓여 있는 듯했다. 허공에는 누더기 같은 거미줄이 곳곳에서 흔들렸다. 다리에 털이 난 이상한 곤충이 목덜미로 기어들었다. 아비브는 화들짝 놀라 몸서리를 쳐서 곤충을 떨어뜨렸다. 머리에 난 상처에서 피가 가는 실처럼 관자놀이로 흘러내렸다. 아비브는 자신이 할 수 있는 일이 무엇인지 궁리했다.

사방은 쥐 죽은 듯 고요했다. 그러나 평화로운 정적이 아니라 위협적인 정적이었다. 지하실에서 나는 유일한 소리는 아비브 자신이 내는 소리뿐이었다. 계속해서 그는 주위를 둘러보았다. 온통 차가운 잿빛과 먹물 같은 어둠뿐인 이곳에서 어디에 시선을 두어야 하지 몰랐다. 얼음처럼 차가운 맨바닥에 주저앉아 생명을 위협하는 지하 감옥의 차가운 돌벽만 노려보았다. 마침내 그는 고개를 가슴에 묻었다.

"절망하지 말자." 아비브는 계속 이 말을 되풀이했다. "절망에 사로잡힌 사람은 거미줄에 걸린 벌레처럼 더욱 자신을 옭아맬 뿐이다. 절망한 사람은 오로지 자신이 암담하다고 여기는 상황에 맞는 것만 보고 듣는다." 그렇지만 자신을 안정시키려는 시도는 거듭 실패했다. 그는 두려웠다. 바닥을 알 수 없는 무시무시한 두려움.

지하실 바닥에 시간은 먹물처럼 고였다. 도대체 얼마나 오래 이렇게 갇혀 있었는지 아비브는 가늠이 되지 않았다. 몇 분? 몇 시간? 하루? 어둠 속에는 예전도 나중도, 어제도 내일도 없었다.

갑자기 철거덕거리며 자물쇠에 열쇠가 꽂히는 소리가 들렸다. 잠금장치가 철거덕하고 열렸다. 그리고 누군가 손잡이를 아래로 눌렀다. 육중한 철문이 삐걱거리며 열렸다가 다시 닫혔다.

짤랑거리는 소리가 들렸다. 고리에 묶인 열쇠들이 서로 부딪히는 소리와 빠른 발걸음 소리. 그러다가 다시 조용해졌다.

상황을 이보다 더 나쁘게 만들 것은 거의 없었다. 아비브는 자리에서 일어나 등을 차가운 벽에 기대고 섰다. 마치 벽의 한 부분인 것처럼 벽에 기댄 아비브는 공간의 무겁고 케케묵은 습기를 호흡했다. 얼굴은 미동도 하지 않았다. 완전히 굳었다. 아비브의 희망은 자갈 크기만큼 줄어들었고, 두려움은 측량할 수 없을 정도로 커졌다. 혈관의 피가 얼어붙었다. "피할 수 없는 것을 어떻게 피할까?" 아비브는 자문했다. 그러나 어쩌랴, 지금 주어진 상황에 맞서는 수밖에 없다고 그는 다짐했다. 도망칠 수 있는 가능성은 없다. 아비브의 남은 인생 시간은 아주 작은 점 하나로 좁아들었다. 아비브는 바닥이 올라오고 천장이 내려오며 벽들이 그를 향해 좁혀오는 느낌을 받았다.

다시금 열쇠들이 짤랑거리는 소리가 났다. 소리는 먼저 병들이 있는 맞은편 방 앞에 멈추었다. 이제는 아비브가 갇힌 방의 문 앞이다. 아비브의 어깨를 타고 올라온 두려움은 그의 목을 조였다. 조그만 소리라도 냈다가는 영원히 끝장일 수 있다 싶어 아비브는 숨소리도 내지 않았다. 단 몇 초 지났을 뿐인데도 아비브가 입은 셔츠는 땀으로 흠씬 젖었다. 바지도 그의 허벅지에 착 달라붙어 피부와 하나가 되었다. 아비브는 발의 감각을 느낄 수 없었다. 그의 두 팔은 줄처럼 축 늘어졌다.

드디어 문이 열렸다.

59

아비브는 복도의 어둠 탓에 거기 선 사람이 누구인지 아주 조금씩 알아보았다. 그는 의사가 아니었다. 그는 거리의 불량배 이삭 잘링거였다. 걸인 필립, 아니 자신의 아버지를 몇 주 전에 걸어차 굴욕을 안겼던 바로 그 불량배 말이다. 그는 자신에게 너무 작은 해진 상의를 입었고, 그 안에 받쳐 입은 셔츠도 너덜너덜해서 곳곳에 푸른 멍이 드러났다. 바지도 바지라 부르기 민망할 정도로 해졌다. 아예 옷이라는 개념만 입었다고 해도 좋을 정도의 옷차림이었다. 차림새 못지않게 옷의 주인은 앙상하게 말랐다. 앙상한 어깨가 상의를 통해 고스란히 드러났다. 셔츠를 통해 불거진 쇄골이 안쓰러울 정도였다.

이삭은 상황의 위험성을 곧장 감지했다. 그는 아비브의 얼굴을 똑바로 보았다. 길거리 불량배의 눈은 올리브색으로 반짝이는 것이 꼭 우물 바닥에 떨어진 두 개의 동전 같았다.

　창백한 아비브의 얼굴은 지하 공간의 어둠 탓에 마치 어두운 배경에 백묵으로 그린 점처럼 보였다. 운명의 변화무쌍함에 놀란 아비브는 자신도 모르게 이렇게 묻고 말았다. "아니, 너는? 여기서 뭐 하는 거야?"

청년은 아비브를 보았다. "누가 그러더군, 은혜를 갚을 시간은 반드시 찾아온다고."

청년은 지금껏 아비브가 그에게서 보지 못한 표정을 지었다. 그 표정은 상대를 배려할 줄 아는 따뜻함이 담긴 표정이었다.

"얼른 가자."

아비브는 놀란 눈으로 이삭을 보며 꼼짝도 하지 않았다.

"빨리 오라니까. 혹시 못 움직여? 업어줄까?"

"내가 얼마나 무거운지도 모르면서."

"내 양심보다 더 무겁겠어."

더는 아무 말을 하지 않고 청년은 아비브의 팔을 잡고 지하 감옥 밖으로 이끌었다. 두 사람은 부리나케 계단을 올라가 철문에 이르렀다. 그곳에서 잠깐 멈춘 이삭은 아비브에게 손바닥을 내보였다. 그것은 잠깐 기다리라는 신호였다. 문틈으로 바깥을 살핀 청년은 주변에 아무도 없는 것을 확인하고 문을 활짝 열었다. 칼 같은 바람이 훅 밀고 들어왔다. 바람 탓에 두 남자는 웅크리지 않을 수 없었다. 이삭은 열쇠고리를 다시 구멍 안에 넣고 표석을 제자리로 굴렸다. 그런 다음 그는 아비브의 팔을 잡아당기며 말했다.

"가자, 빨리. 얼른 여길 벗어나야만 해. 어서."

"그럼 지하실의 병들은?" 아비브가 물었다.

"시간이 없어. 빨리 가자."

아비브와 이삭은 지하실로부터 충분히 멀리 떨어졌을 때 멈추어 서서 주저앉아 달리느라 가빠진 숨을 골랐다. 이들이 가쁜 숨을 내쉴 때마다 입김이 얼음처럼 찬 공기를 만나 하얀 동그라미 모양으로 떠올랐다. 아비브는 머릿속이 어느 정도 정돈될 수 있도록 냉기에 몸을 맡겼다.

이삭은 돌아서서 아비브를 보았다. 아비브는 이삭의 눈을 보며 저 눈이 과연 그때의 그 눈일까 하는 의문을 품었다. 아버지를 폭행했던 그때보다 이삭의 눈은 더 커진 것처럼 보였다. 물론 그의 눈은 그동안 인생을 살며 보아야만 했던 온갖 비참함을 담아내기 위해 그렇게 클 수밖에 없으리라. 또 그의 눈은 거리에서 피할 수 없이 맞닥뜨려야만 하는 갖은 고통을 보여주기도 했다. 아비브가 이 청년의 눈빛에서 발견한 것은 불량배들에게서 일반적으로 보는 단순함이 아니라, 흔히 보기 힘든 깊이였다. 그러나 잠깐 반짝였던 그 깊이는 곧바로 자취를 감추었다. 이삭의 얼굴은 매우 평범했고, 그의 차림새는 거리의 인생임을 한눈에 알 수 있었다. 그가 속에 지닌 것이 무엇인지 가려볼 수 있게 해주는 외모의 특징은 딱히 없었다. 잠깐 번뜩했던 그 깊이는 대다수의 사람들이 인생을 살며 일상에 지쳐 그저 묻어버린 것, 결코 평범하지 않은 것, 곧 자신의 이름을 더럽히지 않으려는 명예심이었다.

지하실에 사로잡혔던 충격이 어느 정도 가시고 상황을 파악하게 되었을 때 아비브는 이삭에게 말했다. "무슨 말을 해야 좋을지 모르겠네."

"뭐, '고마워'라는 말은 항상 좋지." 이삭이 대답했다.

"이 경우는 '고마워'라는 말만으로는 부족한 것 같아."

두 청년은 미소를 지었다. 이윽고 아비브가 물었다.

"왜 위험을 무릅쓰고 나를 도와주었어?"

"난 걸인의 눈에서 보았던 내 모습이 좋았어. 걸인은 내가 고귀한 사람이 될 수 있다고 했지. 걸인은 새롭고 올바른 삶을 살도록 나에게 용기를 심어주었어. 물론 그의 발자취를 그대로 따라갈 수는 없을 거야. 하지만 최소한 시도는 해봐야지."

두 청년의 신발 바닥을 통해 한기가 올라왔다. 아비브는 무심코 이삭의 발을 보았다가 흥미로운 발견을 했다. 자신의 구원자 이삭은 아버지의 해진 구두를 여전히 신고 있었다. 전혀 예상하지 못한 모습에 아비브는 그때까지 청년을 두고 자신이 내린 모든 판단을 고치기로 마음먹었다. 다시금 아비브는 인생의 가장 어려운 상황에 닥쳐야 올바른 생각, 올바른 길을 찾게 해주는 깨달음을 얻는다고 누누이 강조하던 젤마의 말을 떠올렸다.

그래도 아비브는 구두를 보고 받은 감동을 이삭에게 감추고 싶지 않았다. 아비브는 이삭을 보고 미소를 지었다. 이삭은 미소로 화답했다. 별것 아닌 작은 것도 지금껏 인생을 살며 오로지 곤궁함에만 시달려온 사람을 행복하게 해줄 수 있다는 생각에 아비브는 눈시울이 촉촉해졌다. 모든 것은 우연이라던, 머리에 떨어지는 빗방울과 마찬가지로 인간이 어떤 인생으로 태어나는지도 우연이라던 필립의 말을 아비브는 떠올렸다. 그래 모든 것은 변덕스러운 운명의 장난일 뿐이다. 운명이 우리의 인생이라는 실을 어떻게 다루느냐에 따라, 우리는 이 실로 자신의 이야기를 짜나갈 자유를 많이 혹은 적게 누린다. 어떤 사람들은 천을 꿰는 바늘 끝처럼 원하는 대로 쉽게 자신의 삶을 살아간다. 반면, 어떤 사람들은 평생 실에 매달린 바늘귀처럼 부자유스럽게 살아갈 뿐이다. 자신을 구해준 이삭과 비교해 아비브는 얼마나 좋은 인생을 살아왔는가.

아비브의 심장 깊숙한 곳에서 거리의 이 청년을 향한 존경심이 우러나왔다. 세상의 곤궁함을 몸소 겪어야만 인간의 덕성은 저렇게 성숙할 수 있는 것일까? 두 청년은 서로 마주 보았다.

날씨는 여전히 혹독하게 추웠다. 굵은 눈발이 도시 전체를 집어삼킬 기세로 퍼부었다. 두 청년은 소리 없이 떨어지는 눈발 사이를 터벅터벅 걸었다. 무심한 도시는 그저 침묵에만 잠겼다.

아비브는 고요한 가운데 귀를 기울이고 깊은 숨을 들이마시며 코를 통해 들어오는 유리처럼 맑은 공기가 자신의 폐를 채우는 것을 즐겼다.

모든 것을 감싸는 하얀색이 일체의 잿빛 잔혹함을 덮어버렸다. 눈에 덮여 날카로운 윤곽이 사라진 도시는 포근해 보였다.

이내 얼음처럼 차가운 바람이 불어와 도시를 덮은 정적의 막을 찢었다. 휘몰아치는 바람은 하얀 눈보라를 일으켰다.

"어떻게 알았어⋯⋯?" 아비브가 말을 더듬거리며 물었다. "음, 내가 거기 있는지 어떻게 알았어?"

이삭은 어깨를 으쓱했다. "나는 거리에 살잖아. 거리에서는 알고 싶은 것 이상을 알게 마련이지. 너는 그 의사를 다시는 만나지 않는 게 좋을 거야. 그는 너를 산 채로 구워버리고도 남을 악한이야. 네가 달아난 걸 알면 의사의 심장은 화로처럼 불탈 거야. 너는 의사에게 심각한 위협이야, 필립 베른슈타인처럼. 걸인역시 의사에게 심각한 위협이었지."

"그는 죽었어." 아비브가 말했다.

"알아." 이삭이 대꾸했다. "그가 어디에 있든 이제 나에게 만족했으면 하는 게 내 간절한 바람이야."

한동안 이들은 아무 말도 하지 않고 그냥 그렇게 서 있었다. 저마다 생각에 잠겨.

"약속해, 그를 멀리한다고. 카민스키 말이야." 이삭이 말했다.

"그가 어디로 튈지 예측할 수 없는 인간이라는 건 나도 알아. 그의 다음 행보를 알아내기 위해 그의 머릿속에 들어가보곤 하지. 그렇게 하면 할수록 나는 완전히 병든 마음의 지도를 헤맨다는 느낌이 더 강해져. 무엇이 그를 그렇게 만들었는지 궁금해."

"그는 인간이 아니야. 아무튼 더는 아니야. 그가 인간의 몸을 가지기는 했지만, 그가 벌이는 짓을 보면 인간이 아닌 다른 존재, 이를테면 악마가 된 거라고 나는 확신해. 의사가 그 걸인과 싸우는 것을 본 적이 있어. 걸인이 의사와 관련해 뭔가를 알아낸 것 같았어. 그때 의사는 횃불을 흔들며 지나가던 고양이의 꼬리를 잡고는 그 불로 고양이 살을 태웠어. 그 쉿쉿거리며 타던 살 냄새는 정말이지 끔찍하더라……." 이삭은 침을 꿀꺽 삼켰다. 그러고는 계속 말했다. "그러더니 카민스키는 걸인에게 자신의 일에 끼어들면 누구라도 예외 없이 이렇게 불태워버리겠다고 했어."

아비브는 구역질이 났다. 의사에게 느꼈던 일체의 연민은 사라졌다. 카민스키의 악의로부터 이 도시를 지키고 영혼들을 구출하기 위해 가야만 할 길은 멀다. 아마도 아주 멀 것이다. 거듭 자신의 심장이 의사의 처지를 헤아려주려 할지라도 꿋꿋이 이 길을 가야만 한다고 아비브는 다짐했다.

그만하면 충분히 쉬었다 싶은 생각이 들자 두 청년은 다시 달렸다. 어디로 갈 것인지 서로 전혀 말을 하지 않았음에도 두 사람은 약속이나 한 듯 공원의 떡갈나무로 향했다. 그곳에 도착한 그들은 눈밭에 그대로 앉았다.

"도시가 이처럼 밝아 보이기는 정말 오랜만이네." 아비브가 말했다.

"아름답네, 그렇지 않아?" 이삭이 화답했다.

이삭은 아비브를 죽음으로부터 지켜주었다. 아비브는 감사한 마음으로 이삭을 보았다. 이삭은 어디에 있든 배경과 하나가 되어 자신의 모습을 드러내지 않는 능력을 가졌다. 거리에서 살아가려면 꼭 필요한 능력이라고 아비브는 생각했다. 관심을 가지고 자세히 살펴야만 그의 존재가 드러나기 때문에 이삭은 그만큼 위기에 잘 대처할 수 있으리라. 익숙하지 않은 눈에 그는 잘 띄지 않기 때문이다. 세상에서 남의 눈에 띄지 않는 작은 공간만 가진 청년. 그 역시 다른 모든 사람과 마찬가지로 세상에서 누릴 자신의 자리, 자신을 위한 올바른 인생을 갈구한다.

두 청년은 서로 눈을 보며 그 안에 담긴 인생, 지금껏 살아오며 받은 상처를 읽었다. 두 사람은 서로 주의 깊게 상대의 말을 경청했다. 의심하지도 평가하지도 않고.

"그가 그립구나, 그렇지?" 이삭이 물었다.

"그래." 아비브가 답했다. "그와 나의 두 어머니, 친어머니와 길러주신 어머니, 그리고 유리 세공사, 모두가 그리워. 너는 누가 그리워?"

"얼굴도 모르는 부모."

"아, 이런 괜한 걸 물어봤구나, 미안해." 아비브는 안타까운 표정으로 말했다.

"흔히 사람들은 아픈 과거를 그 어딘가에 버려둘 수 있다고 믿지. 그러나 아픈 경험은 우리를 붙들고 놓아주지 않아. 우리는 그런 경험에 무너지지 않고 세상이 선하다는 것을 믿을 수 있도록 노력해야만 해. 이런 노력이 수포로 돌아가면 언젠가 우리의 눈은 불이 꺼진 초처럼 공허해져. 너무 많은 끔찍한 것을 본 두 개의 상처처럼 우리 눈은 경직되고 말아. 아쉽게도 인생에는 운명으로부터 숨을 구석이 전혀 없어." 이삭이 말했다.

"너는 어떻게 그 모든 죽음을 지켜보면서도 너 자신을 지킬 수 있었어?"

"운이 좋았어. 걸인이 슬쩍 일깨워준 깨달음 덕분에 나는 좌절하지 않고 일어나 계속 새로운 세상, 인간적이면서 정직함을 중시하는 세상을 찾으려 노력했지. 다행히도 그런 세상은 나를 부드럽게 받아주었어." 두 청년은 환한 미소를 지었다.

인생을 살며 중요한 것은 자신에게 주어진 한계를 어떻게 받아들이는가 하는 태도의 문제라고 아비브는 생각했다. 이삭은 거리에서 자신의 힘으로 이겨내기 힘든 한계를 숱하게 겪었으리라. 그럼에도 그는 굴하지 않고 인생을 긍정적으로 받아들이는 데 성공했다. 그는 운명이 베풀어준, 좁기는 하지만 그래도 기회임에 틀림없는 구멍을 통해 더 나은 인생을 찾는 데 성공했다. 필립이 따스한 온정으로 베풀어준 말 몇 마디가 그 구멍을 열어주었다. 걸인은 세상이 출구 없는 끝없는 복도와 같은 사람에게 문을 열어주어야만 한다는 사실을, 이 문이 닫힌 건 아니지만 운명은 이 문을 절대 열어주지 않는다는 사실을 잘 알았다. 운명이 절대 열어줄 것 같지 않아 보인다 할지라도 약간의 인간다운 관심만으로 더 나은 인생을 향한 문은 충분히 열린다.

고작 몇 시간 함께 있었음에도 아비브와 이삭은 형제처럼 서로 친숙해졌다. 운명이 선물해주는 것을 잊어버린 형제애를 두 청년은 스스로 찾아냈다.

이삭은 갖은 고생을 하며 온갖 나쁜 일을 겪었음에도 인생을 다스리는 뭔가 더 큰 힘이 있다는, 세상은 신비로움으로 가득 찼다는 믿음을 잃지 않은 청년이었다. 이런 신비는 우리의 머리에는 아리송하기만 하지만, 아주 섬세하게 우리의 심장을 파고들어와 기적과도 같은 생명력을 선물한다. 이삭은 상대방이 듣기 좋아하는 말만 늘어놓으며 비위나 맞춰주는 남자가 아니었다. 그는 의젓하고 당당하게 자신의 생각을 밝힐 줄 알았다. 그리고 그는 인간적 약점에 놀라울 정도로 너그러웠다. 아비브는 이삭의 눈을 통해 전혀 다른 세계를 보았다.

날이 어두워졌다. 두 청년은 여전히 떡갈나무 아래 눈밭에 앉아 있었다. 하늘에서 모든 빛이 사라질 때까지 두 사람은 꼼짝도 하지 않았다. 추위 탓에 두 사람의 입술은 시퍼레졌다.

"괜찮으면 나와 함께 갈래? 내 집에서 같이 지내자." 아비브가 말했다.

"고마워, 통 크게 초대해줘서. 하지만 나는 지낼 곳이 있어. 걱정하지 마, 그곳은 따뜻하니까. 거기서 나를 기다리는 사람들도 있고."

두 청년은 포옹을 했다. 마치 이미 오래전부터 알고 지냈던 것처럼 두 청년은 깊은 결속을 느꼈다. 혹시 이미 만나본 적이 있는 걸까? 다른 인생에서? 다른 시간에?

아비브는 이 뭉클한 순간을 절대 잊지 못하리라. 그의 눈에서 흘러내리는 눈물은 얼음처럼 차가운 바람을 맞아 뺨 위에서 소금을 머금은 작은 크리스털로 얼어버렸다. 이윽고 두 사람은 저마다 자신의 길을 갔다. 아비브는 다시 한 번 돌아보며 이삭에게 외쳤다. "곧 다시 만나자!" 그러나 그의 말은 바람에 쓸려 날아갔다.

60

아비브는 이삭에게서 지금껏 자신이 몰랐던 세상을 발견했다. 대화를 나누며 밝혀졌듯 이삭은 완전히 홀로 버려진 안타까운 인생을 살아온 청년이었다. 그는 가혹한 인생을 상대로 철저히 외로운 싸움을 벌여왔다. 물론 그도 부모는 있으리라. 하지만 부모는 있으되, 아버지도 어머니도 없이 자라야만 했던 인생은 얼마나 힘들었을까. 이 청년의 실제 어머니는 거리였다. 아비브는 젤마와 함께 살면서 그녀의 사랑이라는 보호막에 감싸여 성장했다. 그리고 젤마가 베풀어준 온기 덕분에 단단한 땅을 딛고 설 수 있었다. 아비브는 어머니도 아버지도 일말의 관심과 애정을 보여준 적이 없는 사람에게 어떤 일이 일어날지 자문해보았다. 그런 사람은 행복을 느낄 일체의 기회를 빼앗긴 게 아닐까? 최소한 어느 한쪽, 친부모든 아니든, 어머니나 아버지의 보호를 받지 못하고 자라는 아이는 피할 수 없이 맹수들의 먹잇감이 되게 마련이다. 그리고 최악의 경우 자신이 겪은 잔혹함 탓에 오로지 잔혹한 행위만 일삼는 자가 될 수도 있다. 카민스키처럼.

문득 아비브는 이삭이 늦든 빠르든 언젠가는 세상과 갈등을 빚을 수밖에 없었음을 깨달았다. 아비브는 왜 이삭이 걸인, 곧 아비브의 아버지에게 분노를 쏟아냈는지 이해할 수 있었다. 그리고 아비브는 누군가를 평가하기 전에 그 사람이 살아온 과정을 살펴야만 한다던 젤마의 가르침을 떠올렸다. 대개 가해자는 다른 사람의 피해자다. 이 불쌍한 친구 이삭은 거리에서 듣고 본 거친 욕설로만 세상을 보았을 게 틀림없다. 그러니까 그는 가혹한 운명의 피해자일 뿐이다.

예전에야 이삭은 거리에서 살아남기 위해 자신이 저지른 사고를 피해 달아나기 바빴으리라. 오늘날 그의 행보는 필립의 눈이 자신을 보아준 것에 맞추기 위해 더없이 신중하다.

걸인과 가졌던 단 한 번의 만남, 그를 폭행하고 그의 물건을 훔쳤음에도 전혀 예상하지 못한 선의를 베풀어준 만남은 이삭을 완전히 다른 사람으로 만들어주었다.

아비브는 예전에 이처럼 그윽한 생명의 향기를 발산하는 사람을 못 보았던 것처럼 이삭의 눈을 바라보았다.

예전 그때에는 불량배였으나, 이번에는 자신을 구원해준 이삭과의 만남으로 아비브는 생각을 완전히 고쳐먹는 혁명을 맛보았다. 최근 겪은 체험을 통해 아비브는 새로운 진실에 눈을 떴다. 아비브는 오늘날까지 세상이 승자와 패자로 이루어졌음을 헤아리지 못했고, 자신이 어떤 삶을 살아왔는지 전혀 몰랐으며, 다른 누구도 이해하지 못했음을 명확히 깨달았다. "운명은 어떤 사람에게는 아주 넉넉하게 분배하고, 어떤 사람에게는 정말 보잘 것없게 분배한다. 바로 그런 이유로 정의는 유복하게 살아가는 사람이 비참하게 살아가는 사람들을 돌봐줌으로써만 세워질 수 있다." 아비브는 혼잣말을 했다. 그리고 아비브는 자신을 구해준 이삭의 입장에 가까워질수록 서로 잘났다고 싸우는 도시 생활의 번잡함이 얼마나 무의미한지 깨달았다.

젤마와 아브라모비치 그리고 아버지 필립을 잃은 슬픔이 죽고 싶을 정도로 아프기는 했지만 아비브는 자신의 아픔이 다른 사람도 마찬가지로 겪는 것임을 깨달았다. 그리고 무엇보다도 자신보다 훨씬 더 큰 어려움에 시달리는 사람들이 많다는 것을, 오늘날까지 자신은 진짜 아픔이라는 게 무엇인지 알지 못했다는 것을 깨달았다.

눈바람이 얼굴을 때리자 아비브는 생각에서 깨어났다. 상황이 아무리 암담해 보인다 할지라도 포기해서는 안 된다고 그는 다짐했다. 모든 가능성을 남김없이 시도해보기 전에 포기하는 건 절대 안 된다. 세상을 더 낫게 만들기 위해 자신의 몫을 다해야만 한다고 아비브는 굳은 결심을 했다. 이 깨달음과 더불어 그는 집으로 갔다.

지쳐서 집에 들어선 아비브는 거울을 보고 깜짝 놀랐다. 흘린 피가 굳어져 엉킨 머리카락이 이마와 관자놀이에 그대로 달라붙어 있었다. 얼굴은 창백하고 널빤지처럼 거칠었다. 그의 몰골은 진홍색 물감에 푹 담갔다가 꺼낸 뒤 말라비틀어진 붓 같았다. 아비브는 이날 겪은 아픔이 완전히 씻겨나간 것처럼 느껴질 때까지 샤워기 아래 서서 꼼짝도 하지 않았다.

씻고 난 뒤 아비브는 창을 통해 밤하늘을 내다보았다. 하늘에서 고운 유리 가루 같은 눈이 내렸다. 아비브는 아브라모비치가 내려다보며 길을 끝까지 가야 한다고 상기시켜주는 것처럼 느꼈다.

61

그동안 눈은 그쳤다. 달빛이 비쳐 구름의 테두리가 환했다. 이
날 밤 아비브는 눈을 감을 수가 없었다. 그는 되도록 아름다운
것만 떠올리려 했다. 꿈에서 카민스키의 살인적인 눈빛을 보는
게 아닐까 하는 두려움은 너무 컸다.

하는 일 없이 며칠이 흘렀다. 마치 시간이 멈추어버린 고치 안
에 갇힌 것처럼 하루하루가 덧없이 지나갔다. 아비브는 머릿속
에 헝클어진 실타래를 풀 수가 없었다. 그가 유일하게 또렷이 의
식하는 것은 누군가 죽음의 실을 쥐고 있고, 이 누군가의 이름
이 아르투어 카민스키라는 것이다.

'침잠한 영혼'을 의사의 지하실에서 풀어주는 일은 아비브가
이전에 생각했던 것보다 훨씬 어렵고 위험했다. 이 일을 성공적
으로 마무리하지 않고는 도시를 더 끔찍한 불행으로부터 구할
수도 없고, 자신도 절대 평안을 찾을 수 없다는 점을 아비브는
분명히 깨달았다.

하지만 아비브는 그 폐가에 다시 가기 전에 시간을 의미 있게
보내야 한다는 것도 잘 알았다. 그리고 다시 찾아갈 때는 모든
경우에 대비해야만 한다는 것도.

아비브와 의사는 온기와 한기처럼 서로 부딪치면 피할 수 없이 번개를 때릴 수밖에 없다. 그리고 다음번 뇌우를 아비브는 될 수 있으면 피하고 싶었다. 그 뇌우는 그가 겪게 될 마지막 뇌우일 것이기에.

62

갈수록 아침이 이 도시를 깨우는 일은 드물어졌다. 도시의 하늘은 눈길이 닿는 곳마다 회색이다. 구름은 여기저기 노란 핏줄이 불거진 것처럼 핏기 없는 햇빛만 통과시켰다. 빛은 갈수록 줄어들어 도시는 무서움에 질린 표정만 보여주었다. 마지막으로 남은 약간의 색마저 바래버려 도시는 창백하고 흐릿하기만 했다. 누군가 초벌칠을 워낙 두껍게 한 바람에 어떤 색도 덧칠할 수 없게 되어버린 화폭처럼 도시는 변해버렸다. 심지어 공기도 신선함을 잃고 말았다. 눈은 더는 내리지 않았다.

세상은 모든 화려함을, 모든 신비를, 일체의 색을, 모든 향기를, 아예 모든 생기를 잃고 말았다. 도시를 뒤덮은 것은 어둠과 추위였다. 아비브는 이곳 사람들의 분위기마저 갈수록 거칠어질 것을 예감했다.

외로움이 워낙 뼛속 깊이 똬리를 튼 탓에 아비브는 다시는 기쁨을 누리지 못할 것 같은 감정에 사로잡혔다. 그는 머릿속으로 과거의 기억을 더듬는 여행을 했다. 자신에게 크나큰 사랑을 베풀어준 어머니 젤마, 언제나 친아들처럼 사랑해준 양아버지 아브라모비치, 그리고 자신의 특별한 친구이자 아버지이며 가늠할 수 없는 비밀을 가진 필립을 차례로 떠올려가며 아비브는 눈물 지었다. 아비브는 과거를 살피며 현재의 발판을 찾고 싶었다.

공원에서 아비브는 아버지의 떡갈나무 아래 앉았다. 그는 내심 새 친구 이삭을 볼 수 있기를 바랐으나, 거리의 청년은 그를 구해준 그날 이후 전혀 모습을 보이지 않았다.

아비브는 눈을 감았다. 겨울의 한복판에 부드러운 바람이 한때 그윽하기만 했던 도시의 향기를 실어왔다. 라일락과 재스민 같은 봄꽃과 여름꽃의 섬세한 아로마가 아비브의 코를 간질였다. 도시의 유물 같은 이 향기는 갑자기 어디서 나는 것일까? 모든 것이 그저 상상일까? 그는 바람의 소리에 귀를 기울였다. 바람은 이제는 떠나야 할 때라고 속삭였다. 한동안 도시를 떠나 있어야 할 때라고, 이 상처받은 세상과 거리를 두고 바라볼 필요가 있다고 바람은 속삭였다.

아비브는 눈을 뜨고 손바닥으로 떡갈나무의 껍질을 어루만졌다. 껍질의 생채기가 난 곳에서 약간의 수액이 흘러나왔다. 수액은 꼭 밀랍으로 된 눈물처럼 생겼다. 아비브는 아버지를 떠올리며 손끝으로 줄기를 부드럽게 쓰다듬다가 갈라진 틈을 발견했다. 그 틈은 꽤 깊어보였다. 그는 그 틈에 손을 넣어 조심스레 더듬다가 종이 꾸러미가 만져지는 것을 느꼈다. 그것은 책의 페이지들이었다. 아비브는 그것을 꺼내 살폈다. 누렇게 바랜 종이는 자칫했다가는 가루가 되어버릴 것만 같았다. 몇백 년은 족히 된 것이 분명했다. 옛날 서체인 데다 라틴어라서 아비브는 단 한 단어도 이해할 수 없었다. 이것은 틀림없이 필립이 죽기 전에 이야기했던 『영혼의 본성에 대하여』라는 책의 일부분인 듯했다. 아비브가 해독할 수 있는 것은 이것이 제2장의 일부분과 제3장의 전체라는 것 정도뿐이었다. 섬약한 재질의 종이는 그동안 습기의 공격까지 받아 최악의 상태였다. 아비브는 이 필사본을 지극히 신중하게 다뤄야만 했다. 마찬가지로 이 페이지들을 카민스키의 손길이 닿지 않게 보관해야만 했다. 필립이 이 부분을 책에서 떼어내 나무줄기에 숨겨둔 데에는 그럴 만한 이유가 분명 있으리라. 내용을 번역해 읽어보는 일은 시간이 무르익었을 때로 미루어두기로 했다. 아비브는 이 페이지들을 헬레네의 편지와 푸른 깃털과 함께 가방 안에 넣고 출발했다.

아비브는 이미 오랫동안 출발을 기다려온 조급한 사람처럼 땅 위를 날듯이 갔다. 처음부터 워낙 빨리 걸어서 그를 둘러쌌던 슬픈 풍경은 머지않아 어슴푸레한 윤곽만 남기고 뒤로 사라졌다.

63

여행은 굳이 언급할 목적지도 끝도 없었다. 아비브는 뒤를 돌아보는 일 없이 걷기만 했다. 죽어가는 도시, 황량하기만 한 광장, 향기를 잃어버린 정원은 어차피 그의 심장에 새겨져 있었다. 아비브는 모든 것을, 도시를 최악의 상황으로부터 지켜주고자 했던 환상도, 갇힌 영혼들─심지어 아브라모비치의 영혼도─을 의사의 손아귀에서 풀어주고자 했던 생각도 뒤에 두고 떠났다. 이 순간 그 어떤 것도 그를 고향에 잡아놓지 못했다.

그의 앞에 펼쳐진 길은 한적하기만 했다. 이런 고요함 탓에 처음에는 머릿속의 심란한 생각들을 더 견디기 힘들었지만, 발길을 내디딜 때마다 생각의 폭풍은 점점 더 잠잠해졌다. 머릿속에 마지막으로 남았던 음울한 생각의 잔재를 바람이 날려버리자 아비브의 등 뒤에는 암울함이 먼지처럼 쌓였다. 계속 갈수록 공기는 더 가벼워지고 더욱 정갈해졌다. 아비브의 눈앞에는 오로지 미래만 보였다. 그의 앞에는 오로지 평화로운 고요함만 놓였을 뿐이다.

이제 그는 길과 들판과 이끼가 자란 땅을 재빠르게 걸었다. 그는 숲속을, 나무들이 드리운 그림자 속을 산책했다. 물결이 부드럽게 찰싹이는 호숫가를 따라 아비브는 느릿느릿 걸었다. 물결은 멀리서 자연이 보내준 메시지를 그에게 속삭이는 듯했다. 가벼운 바람이 수면에 주름을 수놓았다. 햇살은 잔물결 속에서 부서지며 호수의 수면에 반짝이는 양탄자를 깔아놓는 마법을 부렸다. 아비브는 수면을 물끄러미 바라보았다. 그는 살아 생동하는 것에서 위안을 얻었다.

다시금 그의 머릿속에서 음악이 연주되었다. 그의 귀를 울리는 것은 파반, 곧 궁중 무도곡이었다. 아비브는 호수에서 눈길을 거두고 경쾌한 스텝으로 초원을 가로질렀다.

제지 공장, 치즈 제조 공장, 가죽 공장, 방적 공장, 모자 공장과 타일 공장을 차례로 지나치며 아비브는 거칠기는 하지만 사람 냄새가 물씬 풍기는 이들과 마주쳤다.

며칠 동안 계속 걸은 끝에 청년은 빛나는 풍경에 도착했다. 숨을 쉴 때마다 마음이 한결 더 가벼워지는 좋은 향기를 풍기는 지역이었다. 그는 겨울을 떠나왔다. 그의 앞에는 오로지 꽃들로만 가득한 한 조각 땅이 펼쳐졌다. 들판은 신선함의 향기, 생명의 향기를 발산했다.

멀리 지평선에 솟은 산등성이의 정상은 마치 하늘에 새긴 듯 선명했다. 한 점의 부드러운 바람이 아비브의 피부를 쓰다듬으며 기분 좋은 간질임을 선사했다. 푸른 하늘은 아비브의 눈에 그대로 들어와 깃들었다. 하늘은 어떤 좋은 예감으로 반짝였다. 시름과 걱정이라는 겨울 이불 아래 웅크렸던 아비브의 심장이 무력함에서 깨어났다.

아비브는 생명의 그림을 내면에 새겨놓기 위해 모든 것을 자세히 살폈다. 할 수만 있다면 이 풍경의 빛을 병에 담아 가지고 가서 죽어가는 고향에 다시 풀어놓고 싶었다.

저녁이 되자 아비브는 평안한 마음으로 쉬었다. 그는 새로운 힘을 자신에게 선물해줄 아침이 기다리는 것을 알았기 때문이다. 기분 좋은 예감으로 평안해지면서 그의 영혼은 인생의 새로운 출발이 머지않았음을 느꼈다.

아침 햇살이 반짝였다. 햇살은 나무 우듬지를 거쳐 숲의 호수로 떨어져 물을 빛살로 바꿔놓았다. 시든 이파리가 터키옥처럼 파란 호수 위를 둥둥 떠다녔다. 아비브는 지금 이 지역에서 정말로 죽는 것이 아무것도 없다는 생각을 했다. 심지어 이 이파리도. 그렇다, 죽는 것은 없다. 그저 다른 상태로 넘어갈 뿐이다. 세상의 이곳은 생명으로 충만하다.

자연은 이처럼 아름답구나! 아비브는 누추한 낡은 세상의 벌어진 틈새를 통해 반짝이는 새 세상으로 나온 것만 같았다. 이 새로운 세상은 예전의 어두운 세상과는 전혀 달랐다.

마침내 아비브는 생명이 북적이는, 그러나 결코 소란스럽지는 않은 도시에 도착했다. 이 도시의 서두르지 않는 느긋함은 모든 감각을 섬세하게 다듬어주었다. 색은 풍부했고, 소리는 은처럼 맑앗으며, 향기가 넘쳐났고, 사람들이 서로 만나 나누는 인사와 악수는 힘찼으며, 대화는 심오했다. 이 도시의 인생은 의미로 충만했다. 정원에는 신비한 꽃들이 자태를 뽐냈다. 사과나무와 벚나무 그리고 아몬드나무는 하얀색과 분홍색의, 향기로운 옷을 입었다. 예전의 고향처럼 이곳은 모든 것이 빛나는 신선함을 자랑한다고 아비브는 생각했다.

바람이 무수히 많은 꽃잎들을 어루만지자 허공 가운데 꽃향기가 춤을 추었다. 아비브가 이 향기를 들이마시자 그의 안에서 자라던 생명나무 가지에 매달린 꽃봉오리도 활짝 꽃을 피웠다.

이곳은 아비브가 어린 시절에 보았던 세상 그대로였다. 이곳에서 생명의 흐름을 차분하게 지켜보자 아비브는 자신 안에서 얼어붙었던 모든 것이 다시 흐르는 것을 느꼈다.

카민스키

64

천벌을 받는 사람들은 아마도 태어날 때부터 검은 영혼을 가졌거나, 이미 젊은 시절에 악행으로 자신의 영혼을 까맣게 태운 사람들이리라. 운명 탓에 다른 사람들이 어떤 시련을 받든 카민스키의 고통과는 비할 바가 못 되었다. 그는 인간의 따뜻하고도 깊은 감정을 느낄 수 없어서 고통스러웠다. 그는 완전한 인간이 되고 싶다는 악착같은 욕구로 고통스러웠다. 그는 자신이 서글픈 존재라는 사실이 고통스러웠다. 그는 비인간적일 수밖에 없는 자신의 처지를 참을 수 없었다.

카민스키는 세상이 일반적으로 사람들에게 베푸는 것을 자신은 누릴 수 없다는 사실을 더는 참을 수 없었다. 그는 결국 세상이 자신에게 주지 않은 것을 스스로 획득해야만 했다. 이제 거의 목표를 이루었다.

그는 거울에 비친 자신의 쇠락한 몸을 보았다. 어린 시절부터 그의 안에 쌓인 검은 독이 혈관을 흐르며 그의 살아 있는 몸을 망가뜨렸다. 이제 곧 끝난다. 머리와 심장은 너무 오랫동안 황량하기만 했다. 평생 동안 그는 자신의 가장 깊숙한 곳에 생긴 검은 구멍과 씨름해왔다. 지난 세월 동안 자기 나름대로 갖은 술수를 부려가며 피해왔지만, 늦든 빠르든 언젠가는 자신의 심연에 빠지고야 말리라는 두려움은 크기만 했다.

세상과의 싸움, 자기 자신과의 싸움을 그는 이제 곧 끝낼 것이다. 그리고 승리하리라고 자신했다. 지금 손에 쥔 기회를 그는 손가락 사이로 흘리고 싶지 않았다.

카민스키는 출발했다. 이것이 지하실로 가는 마지막 길, 영혼 없이 가는 마지막 길이어야 한다.

바깥은 완전한 정적에 휩싸여 있었다. 바람 한 점 불지 않았다. 얼어붙은 시간. 집들의 칙칙한 앞면이 굳어진 밤하늘에 톱질한 실루엣처럼 솟았다.

아비브

65

아비브는 여행 중에 호숫가를 지나게 되었다. 그는 특히 조용한 호숫가에 앉았다. 호수의 수면은 아주 잔잔해 아비브의 모습을 고스란히 비추었다. 그의 눈은 생기로 가득 찼다. 그는 호수에 비친 자신의 눈빛 속으로 뛰어들고 싶은 생각이 간절했다. 그 안에서 헤엄을 치면 신선한 기운이 샘솟을 거라는 기대로.

"그저 아무 생각 없이 자기 자신 안으로 침잠했다가 다시금 의식의 수면 위로 떠오를 때 우리는 순전한 평화를 맛볼 수 있구나." 아비브는 혼잣말을 했다.

이 지역의 빛은 참 특별했다. 이미 정오가 되었음에도 하늘에는 아침의 황금빛 기운이 여전히 감돌았다. 오후에는 황금빛이 더욱 짙어져 풍경은 사프란 염료의 등황색으로 물들었다. 초저녁이 되자 하늘은 사프란꽃의 보라색으로 물들었다. 이곳은 색채들의 온전한 팔레트, 다채로운 음색의 피아노 건반, 향기의 아름다운 왕국이었다. 가장 근원적이고 순수한 생명이 이런 모습이리라. 이곳에는 인간이 원하는 만큼 시간도 멈추어 선다.

자신이 떠나온 소도시에서 볼 수 있었던 유일한 현상은 색깔과 향기의 죽어감, 곧 모든 생명의 죽어감이었다는 생각을 아비브는 떠올렸다. 선한 영혼들이 그들을 절실히 필요로 하는 세상에 머물지 못하고 카민스키의 손아귀에 사로잡힌 탓에 그런 것일까?

곧 달이 떠올라 풍경을 투명한 푸른색으로 물들였다. 아비브는, 떫은맛이 나는 담뱃잎을 파이프에 채우며 담소를 나누는 한 무리의 남자들에게 다가갔다. 가느다란 담배 연기가 밤하늘로 피어올랐다. 아비브는 남자들에게 하룻밤 묵을 숙소가 있는지 물었다. 오늘 밤 그는 다시 하늘 아래서 잠자고 싶지 않았기 때문이다. 그는 부드럽고 따뜻한 침대가 그리웠다. 남자들은 파이프를 입에서 떼지도 않고 모두 같은 방향을 가리켰다.

이날 밤 아비브는 젤마의 꿈을 꾸었다. 아비브는 어머니의 얼굴을 보며 가슴 깊은 곳이 찢어지는 것만 같은 그리움을 느꼈다. 그녀는 아비브에게 이렇게 말했다. "너는 나를 놓아주어야만 해, 아비브." 슬픔도 슬픔이지만, 아비브는 이루 말할 수 없는 상실감 때문에 더욱 괴로웠다. 그는 이 상실감이 언제까지나 지속되리라는 것을 알았다.

꿈을 꾸는 아비브의 눈꺼풀 뒤로 소도시의 지인들 얼굴이 차례로 나타났다. 제빵사, 우편배달부, 자신의 유치원 선생님의 머리 위에는 거꾸로 가는 시계가 떠 있었다. 이 시계의 바늘은 숫자가 작아지는 쪽으로 움직였다. 시계의 칸은 24시간이 아니라 햇수를 나타냈다. 제빵사의 시계에는 68개의 칸이 있었다. 바늘은 숫자 8에 가리켰다. 그는 60세, 남은 시간은 8년이었다. 갑자기 카민스키가 나타나 제빵사에게 곧장 다가가 시계 쪽으로 손을 뻗었다. 그러고는 숫자 판을 가린 시계 유리를 열어 손가락으로 바늘을 잡고는 0과 1 사이의 1/4 지점에 돌려놓았다. 이렇게 해서 의사는 억지로 제빵사의 남은 인생을 석 달로 줄여놓았다. 아비브는 당장 카민스키에게 달려들어 그를 옆으로 밀치고 바늘을 원래 자리인 숫자 8로 되돌려놓고 싶었다. 그러나 아무리 애를 써도 그는 꼼짝도 할 수 없었다. 다리가 마음먹은 대로 움직이지 않아 한 발자국도 나아가지 못했다. 아비브는 고개를 돌려 우편배달부 머리 위의 시계를 보았다. 그 시계에는 71개의 칸이 있었다. 바늘은 숫자 22를 가리켰다. 우편배달부는 49세, 남은 시간은 22년이었다. 그러나 어두운 곳에 몸을 숨겼던 카민스키가 순식간에 우편배달부의 인생 시계로 다가가 마찬가지로 시계 유리를 열고 바늘을 단박에 0으로 돌려놓았다.

눈을 뜬 아비브는 카민스키가 또 살인을 저질렀음을 깨달았다. 이번의 희생자는 우편배달부였다. 의사는 그에게서 영혼뿐만 아니라 22년이라는 인생을 훔쳤다.

아비브는 자신을 둘러싼 온전한 세상을 바라보았다. 비에 젖은 유리창에는 노란색과 오렌지색의 꽃잎들이 붙어 있었다. 햇살은, 꽃잎들로 알록달록한 유리창을 수줍게 비집고 들어와 유리창을 구원의 약속처럼 빛나게 했다. 위안을 주면서 동시에 격려를 해주는 것 같은 다채로운 빛살은 유리창을 통해 아비브에게 이제는 집으로 돌아가야 할 때라고 속삭였다. 아비브는 더는 먼 곳에 떨어져 사람들과 도시와 영혼들을 어려운 지경에 내버려둘 수 없다고 생각했다. 그는 해야 할 일이 있다.

이곳에서 회복한 내면의 평화를 고향에 있는 사람들에게 가져다줄 때가 찾아왔다. 새로운 생기로 충전한 아비브는 고향을 다시금 꽃피우는 일에 성공해야만 한다. 그는 자리에서 일어나 짐을 챙기고 출발했다.

첫 햇살과 함께 나무들이 밤에서 가지를 내밀었고, 꽃들이 어둠에서 기어 나왔다. 새들은 날개를 펴고 하늘로 날아올랐다. 아침 햇살은 청동을 녹인 액체처럼 풍경 위를 흘렀다. 아비브는 하늘에서 쏟아지는 빛다발 속에 잠기며 다시금 힘을 충전했다.

내딛는 발걸음마다 아비브는 꿈에서 자신을 압도했던 아픔을 떨쳐버렸다. 차분한 마음가짐으로 아비브는 자신을 기다리는 것을 향해 나아가며 미래의 특별한 향기를 담은 공기를 마음껏 호흡했다.

카민스키

66

우편배달부를 살해하는 것은 아이들 놀이만큼이나 간단했다. 카민스키는 우체국 앞에서 직접 편지를 우편배달부 손에 건네 주며 허벅지에 주삿바늘을 꽂았다. 의사는 약물의 힘으로 우편 배달부를 무기력하게 만들었다. 우편배달부는 그저 따끔 하는 것을 느꼈을 뿐이다. 그런 다음 그는 불과 몇 초 만에 의식을 잃었다.

카민스키는 재빨리 그의 입에 병을 가져다대고 흘러나오는 영혼을 사로잡았다. 그리고 그 죽음을 뜻밖에 일찌감치 맞이한 자연사처럼 보이게 만들었다.

　의사는 자신의 계획대로 일이 착착 진행되어가는 것을 즐겼다. 그 자신은 잃을 것이 전혀 없었다. 자신은 오로지 승자일 뿐이라고 그는 굳게 믿었다.

아비브

67

며칠 뒤 아비브는 고향으로 돌아왔다. 고향은 어둠 속에 잠겨 있었다. 하늘은 무겁게 도시를 짓눌렀다. 공기는 질식할 것만 같았다. 도시 전체는 경직된 채 침묵에 휩싸였다. 사방에서 죽음의 냄새가 진동했다. 마치 겨울의 혹독한 추위가 도시를 얼려버려 공동묘지로 만들어버린 것처럼 보였다.

아비브는 살을 에는 것만 같은 추위에 손으로 얼굴을 감쌌다. 냉기는 모든 것을 압도할 정도였다. 아비브는 삭막한 공허함이 자신을 집어삼키는 것만 같았다. 앞에는 오로지 어둠만이 보일 뿐이었다.

그러나 아비브가 도시에 들어서자 가볍고 따뜻한 바람이 불기 시작했다. 바람이 청년의 뒤를 따라온 것일까. 바람은 아비브의 머릿속에 남아 있던 마지막 두려움 한 조각을 날려버렸다. 바람은 안개를 몇 줄기의 하얀 줄로 풀어버려 마치 커튼을 열듯 아비브 앞에 길을 열어주었다. 그런 다음 바람은 들판과 집과 정원을 차례로 휩쓸며 도시의 음산한 기운을 실어가버렸다.

마침내 해가 떠오르며 그 부드러운 황금빛으로 아비브를 지하실로 인도하는 길을 비추었다.

하늘의 모든 세력이 단결해 이 도시에 빛을 되찾아주려는 청년을 돕는 것처럼 보였다.

카민스키

68

카민스키는 지하실로 들어서며 번뜩이는 눈으로 선반 위의 병들을 바라보았다. 그의 보물인 잠든 영혼을 보며 그는 만족한 미소를 지었다. 이제 곧 이 영혼들은 자신의 몸에서 새로운 생명을 얻으리라! 마침내 이 세상에서 가장 순수하고 최고로 성숙한 영혼이, 가장 위대한 영혼이 창조될 날이 찾아왔다. 그리고 이 영혼은 자신의 몫이 될 거라는 생각에 카민스키는 만족스러운 미소를 흘렸다.

그는 레이스가 달린 자수 손수건을 가방에서 꺼내 탁자 위에 펼쳐놓았다. 그런 다음 그 위에 마개가 달린 크리스털 향수병을 놓았고 유리 마개를 가볍게 돌려 열었다. 이 최고의 향수병으로 카민스키는 자신의 영혼을 빚어낼 생각이었다.

그는 숨을 깊게 들이마셨다. 인생에서 처음으로 그는 생명을 호흡하는 느낌을 만끽했다.

아직 마련하지 못한 것은 아비브 질버베르크의 영혼이었다. 의사는 이미 며칠째 청년의 소재를 알아내려 했으나 허사였다. 어떻게 아비브가 지하 감옥에서 빠져나갔을까 하는 궁리로 카민스키는 거의 녹초가 되었다. 그러나 이제 더는 기다릴 수 없어서 아비브는 나중에 처리하기로 마음먹었다. 누군가 자신의 계획을 망쳐버리는 게 아닐까 하는 카민스키의 근심은 너무 컸다. 더 늦기 전에 실행에 옮겨야 한다고 그는 다짐했다. 새 영혼을 사로잡을 때마다 이미 잡아둔 영혼을 다시 잃는 것은 아닐까 하는 걱정이 커졌다.

카민스키는 선반의 병들을 아주 치밀하게 배열해두었다. 그저 손가락 끝으로 왼쪽에서 오른쪽으로, 위에서 아래로 훑기만 해도 필요로 하는 병이 어디 있는지 찾아낼 수 있었다. 그는 선반에서 몇 개의 병을 골라 탁자 위에 늘어놓았다.

목적을 위해서는 수단 방법을 가리지 않는 이 남자는 자신이 정복한 영혼들 앞에 서서 이미 시간의 지배자가 되기라도 한 양 허리를 젖히고 큰 소리로 웃었다.

그는 영혼 카탈로그를 펼쳐 선반에서 병을 제대로 고른 것인지 확인했다. 엄선한 영혼 엑기스의 혼합물은 전체적으로 28개의 마법적인 특성을 가져야만 한다. 그래야 카민스키가 구상한 완벽한 영혼이 창조될 수 있다. 이 영혼 엑기스들을 크리스털 향수병의 목까지 찰랑이게 채운 다음, 그는 단 한 방울도 남기지 않고 마실 생각이다. 그럼 그는 28개의 특성을 자신 안에 품게 된다.

앗! 그런데 걸인의 엑기스가 어디로 갔지? 그것은 지금껏 사로잡은 것 가운데 가장 특별한 영혼이다. 10g이나 되는 천연의 영혼 숨결은 증류를 한 뒤에도 9.8g의 아주 순수한 엑기스를 남겼다. 게다가 초자연적인 힘과 특성까지 갖추었다. 이 얼마나 놀라운 인간의 영혼인가! 다시금 카민스키는 선반으로 가서 남은 병들을 차례로 살폈다. 그러나 없다. 필립 베른슈타인의 병이 사라졌다! 카민스키의 혈관에서 피가 끓어올라 관자놀이가 불거졌다. 카민스키는 눈을 질끈 감고 어찌된 일인지 기억을 훑어보았다. 다시금 지하실 안을 샅샅이 뒤졌다. 없다!

당황한 카민스키는 머릿속으로 지난 시간을 돌아보다가 마침내 아비브가 처음으로 지하실에 침입했던 날을 떠올렸다. 그놈이 붙들리기 전에 뭔가 일을 벌인 게 틀림없다고 카민스키는 확신했다. 자신이 무엇을 못 보고 지나쳤을까?

문득 어떤 예감에 사로잡혀 카민스키는 바닥을 보았다. 단서를 찾았다. 바닥에 반짝이는 유리 조각이 보였다. 아비브는 서둘러 도망갈 생각에 깨진 유리 조각들을 구석에 칠칠치 못하게 밀어 두었다. 그동안 어찌해서 유리 조각들을 보지 못한 것일까? 카민스키는 허리를 굽혀 범포를 젖혔다. 심지어 깨진 병은 두 개인 모양이었다. 수북한 유리 조각들에서 찢어지기는 했지만 아직 읽을 수 있는 이름표가 너덜거렸다. 카민스키는 자신의 필적으로 미루어 하나는 필립 베른슈타인의 것이고, 다른 하나는 한나 베른슈타인의 것임을 알아보았다.

그럼 깨진 병의 내용물은 어디로 간 거지? 카민스키는 서둘러 당시 상황을 복기해보았다. 아비브는 카민스키가 지하실로 들어오는 소리를 듣고 병을 손에서 떨어뜨린 게 분명했다.

격분한 의사는 발로 바닥을 탕탕 굴렀다. "이런 빌어먹을 놈! 그 소중한 베른슈타인 영혼을 두 개나 훔쳐갔구나!"

아비브가 영혼 엑기스를 마시지는 않았으리라. 그러기에는 그의 성격이 너무나 순결하다. 게다가 그는 카민스키의 계획을 속속들이 간파하지 못하지 않았는가. 병이 깨지며 바닥에 흐른 영혼 엑기스는 그대로 말라버렸으리라. 그래, 그런 게 틀림없어! 또다시 이 세상에 카민스키가 가질 수 없는 것이 생겼다! 자신의 인생은 항상 패배만 거듭하는 것일까 하는 생각에 카민스키는 분통이 터졌다.

눈을 깜빡거리며 카민스키는 한동안 꼼짝도 하지 않고 서 있었다. 더 잃기 전에, 세상과 그 자신 사이의 간극이 더 커져 인간다움을 영원히 맛보지 못하기 전에, 행동해야만 한다고 카민스키는 다짐했다. 바로 지금. 베른슈타인 영혼들이 없이도. 아비브 질버베르크의 영혼 역시 없어도 된다. 두 손으로 깍지를 낀 채 카민스키는 생각을 거듭했다. 영혼을 더 빼앗기기 전에, 심지어 모두 빼앗기기 전에, 그는 해야 할 일을 해야만 한다고 결심했다.

드디어 카민스키는 왼손으로 고서점 여주인 아바 프리트만의 엑기스를, 오른손으로는 어떤 어린아이의 엑기스를 잡았다. 그 순수한 엑기스를 그윽한 눈으로 감상한 그는 중간에 놓아둔 크리스털 향수병에 두 엑기스를 남김없이 부었다. 그런 다음 탁자 위에 놓인 병들을 차례로 잡아 마개를 열고 그 엑기스를 크리스털 향수병에 부었다. 이처럼 지극히 순수한 영혼들이라면 필립 베른슈타인과 아비브 젤버베르크의 영혼이 없더라도 얼마든지 훌륭한 배합을 이루리라! 그동안 연구한 결과에 따르면 카민스키는 최소한 20개의 완벽한 인간의 특성을 자신의 것으로 만들 수 있다고 확신했다. 이런 특성들을 조합한 결과물은 하나의 특성만 가진 개인 영혼보다 훨씬 더 뛰어나다. 부족한 8개는 나중에 마련하겠다고 카민스키는 다짐했다.

카민스키는 몇 개의 맑은 엑기스를 향수병에 담고 마개를 닫은 다음 잘 섞이도록 이리저리 흔들었다. 그는 엄청나게 비싼 와인을 담은 잔처럼 가볍게 흔든 다음 부드럽게 돌리고는 탁자 위에 내려놓았다. 카민스키는 기대에 가득 찬 눈빛으로 반짝이는 황금빛 액체를 들여다보았다. 마개를 열었다. 이 혼합물에서 형언할 수 없는 매혹적인 향기가 올라왔다.

그러나 이게 어찌된 일일까? 엑기스는 서로 전혀 섞이지 않았다! 마치 물속의 기름처럼, 은색과 청동색과 구릿빛 그리고 무지갯빛을 내는 방울이 저마다 자태를 뽐냈다. 마개를 열지 않았을 때는 황금빛을 발하던 엑기스가 담긴 향수병을 카민스키는 당혹해서 바라보았다. 다시금 병을 손에 쥐고 마개를 막은 다음 더욱 세차게 흔들었다. 너무 세게 흔들어서 병이 손에서 빠지지 않을까 진땀이 났다. 그런 다음 다시 병을 탁자 위에 올려놓고 내용물을 들여다보고는 경악했다. 은색과 청동색과 구릿빛 그리고 무지갯빛을 내는 방울이 작아지기는 했지만 그 대신 더 많이 황금빛 액체 속을 떠다녔다.

이 무슨 충격적인 결과인가! 인간의 영혼 엑기스는 서로 섞이지 않았다. 인간의 인생은 섞일 수 없다! 인간은 누구나 유일무이한 존재다! 소중한 특성들은 저마다 따로 놀며 병 안을 떠돌았다.

카민스키는 탄식을 쏟아냈다. "음, 이렇게 쉽사리 왕관을 손에서 놓을 수는 없어!" 흥분한 그는 다시금 향수병을 잡아 격렬하게 흔들었다. 그는 혜성처럼 빠르게 병을 흔들어댔다. 돌연 카민스키는 현기증을 느꼈다. 눈을 감자 눈꺼풀 안에 희생자들의 얼굴이 차례로 나타났다.

카민스키 관자놀이의 혈관은 벌레가 기어 다니는 것처럼 꿈틀거렸다. 그는 몸을 떨었고, 그 바람에 병은 바닥에 떨어졌다. 병은 수천 개의 조각으로 산산조각이 났고, 액체는 일종의 화학 반응처럼 폭발했다. 수백 개의 깃털이 어지럽게 소용돌이쳤다. 공간은 믿기 힘들 정도로 밝아졌다. 카민스키는 너무 눈이 부신 나머지 눈이 멀지 않도록 손등으로 눈을 꽉 눌렀다. 그때 카민스키는 전혀 들어본 적이 없는 아주 사랑스러운 지저귐을 들었다. 눈을 뜬 카민스키는 방 안에서 매혹적인 새들이 날아다니는 것을 보았다.

지저귐의 고운 음색이 서로 합쳐져 멜로디를 이루었다. 경쾌하고 우아한 멜로디는 더없이 매혹적이었다. 지극히 우아하고 매혹적인 멜로디는 새의 노랫소리 그 이상이었다.

음악은 카민스키의 가슴을 파고들며 더욱 커지면서 그를 마법처럼 사로잡았다. 음악은 카민스키의 가장 깊숙한 내면을 수천 개의 불에 달궈진 바늘처럼 찔렀다. 의사는 완전히 홀리지 않기 위해 서둘러 귀를 막았다. 교향악의 마법을 차단하기 위해 귀를 막자마자 이번에는 카민스키의 코에 더할 수 없이 그윽하고 기분 좋은 향기가 파고들었다. 마치 지하실 전체가 갑자기 녹차와 등화유, 레몬 꽃잎, 재스민, 일랑일랑, 민트, 그리고 베티베르의 향기로 가득 찬 것만 같았다. 향기는 마법의 손을 뻗어 카민스키의 칠흑과도 같은 생각을 완전히 사로잡았다. 카민스키는 이 마법에 완전히 얼이 나가기 전에 도망가려 했다. 향기와 고혹적인 멜로디로부터.

문을 찾아 더듬거리는 카민스키에게 돌연 새들이 날아들었다. 카민스키는 팔을 휘저었지만 새들은 물러서지 않았다. 새들은 원을 그리며 날개를 퍼덕였다. 깃털이 소용돌이치다 바닥으로 떨어졌다. 깃털이 닿자 돌바닥이 갈라지며 수많은 꽃대가 올라와 꽃을 가득 피웠다. 지하실은 단 몇 초 만에 신비로운 정원으로 바뀌었다. 모든 것이 피어나고 반짝였다.

카민스키는 긴 복도를 허우적거리며 헤치고 나가 계단을 통해 정원으로 올라갔다. 그는 공원을 가로질러 반대편의 자기 집으로 달렸다. 새 떼가 그의 뒤를 따랐다. 그리고 깃털이 닿는 곳마다 땅이 따뜻하고 촉촉해지며 새싹이 돋아났다. 얼어붙은 겨울 풍경에 봄의 띠가 한 줄로 길게 생겨났다.

현관에 도착한 카민스키는 거친 숨을 몰아쉬었다. 그는 서둘러 한 사람이 들어갈 정도로만 문을 열고 집으로 들어가 곧장 문을 닫았다. 문에 등을 기댄 자세로 카민스키는 헐떡이며 숨을 골랐다. 그는 계속해서 새가 부리로 문을 쪼아대고 날개를 퍼덕이는 소리를 들었다. 그러다 점차 새들의 날카로운 소리가 줄어들더니 이윽고 아무 소리도 들리지 않았다. 카민스키는 문에 기댄 채 그대로 바닥에 주저앉았다.

69

그는 자신의 뒤를 따라 죽음이 집 안으로 숨어든 것을 느꼈다. 그리고 수포로 돌아간 계획이 자신의 무의미한 인생의 마지막 시간을 갉아먹고 있음을 그는 깨달았다. 자신의 인생은 끝없이 이어지는 공허함이었다. 이 사실을 정면으로 응시한 지금 카민스키에게는 오로지 마지막 행보만 남았다. 이 마지막 행보는 의사 가방으로 가는 것이었다.

카민스키는 가방에서 독약 캡슐들을 담은 가죽 꾸러미를 꺼냈다. 그리고 마지막 힘으로 7번 캡슐을 꺼냈다. 그 안의 내용물을 주사기에 채운 카민스키는 주삿바늘을 그의 팔오금에 꽂았다.

죽음은 따뜻하면서도 톡 쏘는 느낌으로 그의 혈관 안에 퍼져나 갔다. 속이 타는 듯했다. 기침이 터져 나와 몸이 요동쳤다. 구역질하다가 자신의 망가진 영혼의 잔재를 토해내듯 시커멓고 부패한 덩어리를 토해냈다. 그는 헉헉 숨을 몰아쉬다가 푹 쓰러졌다. 눈이 천장에 고정된 채, 그는 영혼 없는 마지막 숨결이 검은 연기처럼 피어오르는 것을 보았다. 그 연기는 그의 서글프고 추한 인생의 기록이었다. 연기는 썩어버린 시커먼 흙의 악취와 부패한 꽃물의 악취 이외에는 아무것도 남기지 않고 사라졌다.

아비브

70

눈보라가 휘몰아칠 뿐 아무 소리도 들리지 않는 완전한 정적이다. 그리고 사방이 온통 깃털이다. 어디를 보든 아비브는 깃털을 발견했다. 그의 머리 위로는 새 떼가 맴돌았다.

얼어붙은 풍경의 한복판에서 아비브 앞에 바다가 갈라지듯 길이 열렸다. 이 길 위에는 꽃들이 만개해 향기를 발산했다. 다채롭게 반짝이는 깃털이 흙을 따뜻하게 녹였다. 사방에서 봄의 아지랑이가 피어오르고 흙의 갈라진 틈새에서 꽃이 고개를 내밀었다.

봄의 띠가 아비브를 곧장 지하실로 이끌었다. 그 띠는 지하실에서 공원을 지나 구불구불 이어지는 듯했다. 그러나 길이 어디로 이어지는지는 지금 중요하지 않았다. 아비브는 먼저 갇힌 영혼들을 살펴보아야만 했다. 지하실 문은 열린 채였다. 아비브는 서둘러 계단을 내려가 복도를 따라 달렸다. 병들이 놓였던 방에는 눈을 의심할 정도로 빛이 환했다. 돌바닥의 곳곳에서 꽃이 피어나 향기를 발산했다. 생명을 얻은 지하실은 모든 색으로 빛났다.

탁자 위에서 아비브는 대략 스무 개 정도의 열린 병들을 발견했다. 그 옆에는 영혼 카탈로그가 펼쳐져 있었다. 돌바닥의 꽃들 사이로 수천 개의 유리 조각들이 보였다. 도처에 깃털이 달라붙어 아주 아름다운 빛으로 반짝였다. 아비브의 짐작이 맞았다. "카민스키는 영혼을 창조하려 했구나!" 한순간 아비브는 자신이 너무 늦은 게 아닐까 하는 두려움을 느꼈다. 그러나 눈앞에 펼쳐진 광경을 보고 안심했다. 어느 모로 보나 카민스키는 실패한 게 분명했다.

아비브는 꽃이 만개한 바닥에 무릎을 꿇고 보드라운 깃털을 쓰다듬었다. 그런 다음 머리를 들었다. 그의 눈길은 곧장 선반에 아직 남아 있는, 사로잡힌 영혼을 담은 병들에 꽃혔다. 자리에서 일어선 아비브는 병들을 차례로 살피며 영혼 카탈로그의 기록을 확인했다. 페이지를 넘겨본 아비브는 병에 담긴 맑은 액체는 영혼의 선한 부분이며, 탁한 액체는 악한 부분임을 곧장 깨달았다.

아비브는 자신의 가방을 열어 순수한 엑기스를 담은 남은 모든 병들을 집어넣었다. 탁한 엑기스의 병은 그대로 버려두었다. 탁한 엑기스는 어차피 그 자체로 소멸하리라. 그가 인생을 통해 배운 바에 따르면, 영혼의 악한 부분은 너무 무거워 인간의 몸이나 병을 빠져나올 수 없기 때문이다.

아비브는 마지막으로 주위를 돌아보고는 영혼 카탈로그를 챙겨 꽃이 만개한 지하실을 빠져나갔다.

아비브는 카민스키의 집으로 이르는, 겨울 풍경 한복판에 꽃이 만발한 길이 아니라 자신의 직감을 따라갔다. 아비브가 찾아간 곳은 공원의 떡갈나무였다. 잎을 모두 떨군 나무의 가지에는 눈이 덮였다. 나무에 가방을 기대놓은 아비브는 병들을 차례로 꺼냈다. 마치 하늘로 날려 보내고 싶은 작은 새처럼 병들을 하나하나 두 손으로 조심스럽게 감싸 쥐었다. 그리고 실제로 그가 손을 열자 무수히 많은 조그만 구름송이가 춤을 추며 하늘로 올라 새들로 변하는 마법을 연출했다. 각각의 영혼은 저마다 다른 색과 고유한 향기를 자랑했다. 새들의 날갯짓이 옴짝달싹 못 하게 하던 정적을 지웠다.

아비브는 유리 세공사 아브라모비치의 유리병 이름표를 다정하게 쓰다듬으며 나직하게 그의 이름을 부르면서 병마개를 열었다. 반짝이는 빛이 병에서 나와 한동안 양아버지의 얼굴 형상을 이루었다. 아브라모비치는 아비브를 보며 미소를 지었다. 그의 영혼이 보내는 마지막 감사 미소였다. 빛이 너무 환해 아비브는 잠깐 눈을 감았다. 다시 눈을 떴을 때 새 한 마리가 지저귀며 하늘 높이 날아올랐다.

가방에는 단 하나의 병만 남았다. 아비브는 그 병을 조심스레 손으로 감쌌다. 이름표를 읽은 아비브는 가슴이 철렁했다. 그는 병을 가슴에 꼭 품고 눈을 감았다. 이윽고 아비브는 병마개를 열었다. 반짝이는 빛 입자들이 아비브를 에워싸더니 그의 새 친구의 얼굴 형상을 이루었다. 이삭 역시 카민스키에게 당했다. 자신을 의사의 만행으로부터 지켜주었던 거리의 청년이 아비브는 하늘이 선물해준 형제처럼 여겨졌다. 아비브는 이삭을 그 짐승 같은 카민스키로부터 지켜줄 수 없었다. 아비브가 할 수 있는 유일한 일은 이삭의 영혼을 구해주는 것뿐이었다. 이삭은 그 눈부신 반짝임 속에서 아비브에게 미소를 지었다. 그러자 아비브는 이삭의 부드러운 숨결이 자신의 뺨을 쓰다듬는 듯했다. 그러더니 사방이 환해졌다. 이삭 영혼의 날갯짓은 오렌지꽃의 향기를 남겨놓았다. 아비브는 하늘로 날아오르며 다른 새들과 어우러지는 이삭의 영혼을 지켜보았다.

71

새들은 도시 위를 선회하며 차츰 빛과 색과 향기를 도시에 돌려주었다.

마침내 아비브는 띠처럼 생겨난 꽃길을 따라 공원을 지나 카민스키의 집으로 갔다. 아비브는 의사에게 필립의 책 또는 최소한 남은 부분만이라도 되찾고 싶었다. 혹여 누군가 그 책을 읽고 또다시 인간의 영혼을 빼앗으려는 생각을 해서는 절대 안 된다.

문은 닫혀 있지 않았다. 집으로 들어서며 아비브는 고약한 냄새에 얼굴을 찡그렸다. 몇 초 뒤 아비브는 이 악취가 카민스키의 영혼이 남긴 썩은 물에서 풍기는 것임을 확인했다.

아비브는 주방의 돌바닥에 널브러진 카민스키의 시신을 발견했다. 의사는 창백하게 굳어져 한 손에는 독약 캡슐을, 다른 손에는 주사기를 쥔 채였다. 그의 입에서는 썩은 꽃물과 부패하기 시작한 살덩이의 고약한 냄새가 흘러나왔다.

필립의 책은 시신 옆의 화로에 하얀 재로 남아 있었다. 아비브는 영혼 카탈로그도 화로에 넣고 불을 붙이고는 모든 철자가 재로 변할 때까지 기다렸다.

아비브는 문득 바닥에서 자신과 죽은 카민스키에게 다가오는 그림자를 발견했다. 아비브는 등을 돌려 그림자의 주인을 보았다. 그는 베른슈타인 노인이었다. 아비브와 노인의 시선이 서로 얽혔다. 잠깐 아비브는 자신이 알아낸 모든 것을 노인에게 이야기해주어야 좋은지 고민했다. 그렇지만 어디서부터 어떻게 시작해야 좋을까? 그리고 노인은 인생의 진실을 감당할 수 있는 여력이 남은 것으로 보이지 않았다. 그래서 아비브는 기다리기로 결심했다.

"이 괴물아!" 노인은 이렇게 외치며 카민스키의 시신을 노려보았다. "네놈이 내게서 내 아내와 아들을 빼앗아갔구나!" 의사를 보는 노인의 눈이 분노로 이글거렸다. 이런 분노는 노인 자신이 지금껏 전혀 알지 못하던 것이었다. 아비브는 그 분노의 불길을 달래려 시도했다. "그는 죽었습니다. 끝났어요. 우리가 지금 원한을 품는다면, 저 의사의 내면이 불탄 것처럼 우리의 속도 탈 것입니다. 불길은 우리의 모든 선함을 태워 씁쓸함의 재만 남기겠지요. 그의 독이 우리에게 옮아오는 것을 허용해서는 안 됩니다."

노인은 아비브의 얼굴을 보며 고개를 끄덕였다. 노인의 눈에서 눈물이 흘렀다. 그는 눈을 감았다가 다시 뜨며 차가운 바닥에 팔과 다리를 펼치고 널브러진 죽은 카민스키를 노려보았다. 그러고는 식칼을 잡아 정확히 의사의 심장을 찔렀다. 놀란 아비브는 눈을 크게 뜨고 입을 벌린 채 아무 소리도 내지 못하고 의사의 심장에 꽂힌 칼을 바라보았다. 노인의 손은 칼의 손잡이를 워낙 꽉 잡아 손가락의 피가 모두 빠져나간 것처럼 창백했다. 아비브는 손으로 노인의 팔을 잡으며 이제 됐다는 눈빛을 지으며 말했다. "할아버지, 끝났습니다." 노인은 아비브를 보며 미소를 지었다. 그는 손과 팔의 근육에서 힘을 빼고 카민스키의 가슴에서 칼을 다시 뽑아냈다. 그러나 이게 어찌된 일일까? 칼에는 피한 방울 묻지 않았다. 그 대신 칼에 찔린 상처는 시커먼 숯덩이처럼 부스러졌다.

아비브는 카민스키의 눈을 감겼다. 평생 죽음과 씨름했던 남자가 죽었다.

"자, 할아버지, 이제 그만 가시죠." 아비브는 이렇게 말하며 노인을 팔로 감쌌다. 노인은 칼을 떨어뜨리고 손자의 부축을 받았다. 두 사람은 밖으로 나와 온갖 색들로 휘황찬란한 하늘을 올려다보았다.

"필립은 너의 눈에서 자신의 모습을 보았다고 하더구나, 얘야." 노인은 이렇게 말하며 미소를 지었다. "필립은 알고 있었어. 그가 너를 처음 만난 그날, 그는 알았어. 그리고 왜 헬레네가 사라졌는지 그 이유도 깨달았지. 헬레네는 필립이 꿈꾸는 인생이 어떤 것인지 안다고 믿었어. 그녀는 필립의 인생에 방해가 되지 않겠다고 다짐했지. 그렇지만 그녀가 필립의 생각을 올바로 읽었더라면 좋았을 것을. 필립이 그녀를 자신의 가슴에 얼마나 깊게 아로새겼는지 헬레네는 알았어야 했어. 필립에게는 헬레네가 모든 것이었으니까. 그러나 인생은 너의 아버지에게 자신의 꿈을 말할 기회를 그리 많이 베풀지 않았어. 헬레네와 아이와 함께했다면 필립은 무척 행복했을 거야. 그러나 이제 와서 어쩌겠니. 이미 잃어버린 기회인걸."

"어머니는 돌아가셨어요, 할아버지. 어머니는 저를 낳자마자 돌아가셨어요." 아비브는 이렇게 말하고는 그동안 벌어졌던 일들을 카민스키 집의 계단에 앉아 할아버지에게 이야기해주었다. 노인은 손자를 사랑스럽게 품어 안았다.

그때 갑자기 문틈으로 연기가 새어 나왔다. 할아버지와 손자는 서둘러 집 안으로 들어갔다. 주방에서 불길이 넘실댔다. 누가 무엇을 가지고 어떻게 불을 질렀는지는 끝내 밝혀지지 않았다. 두 사람이 시신에 다가갔을 때 이미 카민스키의 온몸은 불길에 휩싸여 있었다. 불길에 타는 옷가지 사이로 카민스키의 피부가 번들거리며 마치 불타는 종이처럼 비틀어졌다. 뼈에서 떨어져 나온 살이 송진처럼 뚝뚝 떨어졌다. 마침내 불은 카민스키의 뼈까지 태워버렸다. 아비브와 노인은 불길이 천장까지 치솟으면서 카민스키의 몸이 검은 빛 속에서 해체되는 광경을 지켜보았다.

그런 다음 사방이 조용해졌다. 아비브는 한순간 검은 연기 속에서 카민스키의 얼굴을 본 듯했다. 의사의 입술은 이렇게 말하는 것만 같았다. "미안하네." 아비브는 의사의 입 모양에서 이렇게 읽었다고 믿었다. "용서해줄 수 있겠나?" 아비브는 카민스키를 향해 고개를 끄덕였다. 그 순간 연기 속에 그려졌던 의사의 얼굴이 다시 사라졌다. 그리고 검은 연기는 하얀 줄을 이루며 천장으로 피어올랐다.

불과 몇 분 뒤 의사는 한 줌의 재로 변했다. 몸을 벗어나 날아오르기에는 너무 무거웠던 암흑의 영혼은 재가 되었다.

72

아비브와 노인은 아무 말 없이 의사의 집을 나섰다. 인생이 다시 연을 이어준 할아버지와 손자는 어깨를 나란히 하고 걸었다. 두 사람은 새 떼를 따라 호숫가에 도착했다. 그곳은 아비브가 젤마를 화장하고 그 재를 뿌린 곳이다. 호수는 잔잔했고, 겨울 햇살을 받아 반짝였다. 아비브는 떡갈나무 줄기 안에서 찾아냈던 영혼 책의 페이지들을 꺼내 호수에 종이배처럼 띄웠다. 물은 종이의 잉크를 풀어내며 차례로 문장을, 글자를 녹여버렸다.

"자신의 영혼이 가진 특성을 알아내는 일은 각각의 개인이 해야죠." 아비브가 말했다.

노인은 생각에 잠겨 감았던 눈을 떴다. 노인은 마침내 이렇게 물었다. "그게 너였구나, 그렇지? 네가 내 목숨을 구해주었지?"

아비브는 고개를 끄덕였다.

그때 하늘에서 새 지저귀는 소리가 들려왔다. 두 남자는 하늘을 올려다보았다. 여섯 마리의 새가 두 남자의 머리 위를 맴돌았다. 두 남자는 한순간 새들에게서 얼굴들을 본 듯했다. 젤마, 헬레네, 아비브의 아버지 필립, 할머니 한나, 유리 세공사 아브라모비치, 그리고 거리의 청년 이삭 잘링거였다. 단순한 상상일지도 모르지만, 아비브는 하늘을 향해 외쳤다. "저에게 세상으로 나아갈 문을 보여주고 문을 통과할 수 있게 가르쳐주어 고맙습니다."

새들이 화답하는 지저귐은 맑은 웃음소리로 하늘을 수놓았다.

얼굴들이 사라지고, 여섯 마리의 새는 꽃바다 속으로 자취를 감추었다. 부드러운 바람이 풍경을 쓰다듬었다. 이때 바람에 날려 온 꽃들 중 하나가 아비브의 눈썹에 달라붙었다. 아비브는 조심스레 꽃을 떼어내 손등 위에 올려놓았다. 할아버지와 손자는 그 손등 위에 놓인 여섯 장의 서로 다른 꽃잎을 보며 소리 죽여 울었다. 그리고 아비브는 깨달았다. 아비브가 어디에 있든 이들은 항상 곁에 있어줄 것이라고.

청년 베른슈타인이 늙은 베른슈타인을 보았다. 아비브는 할아버지를 찾아냈다. 아비브는 나직하게 중얼거렸다. "때때로 네가 찾은 것은, 네가 찾던 바로 그것이 아니라, 네가 필요로 하는 것이야."

아비브는 눈을 감았다. 마음속에 다시금 미래가 펼쳐졌다. 처음에는 안개 속처럼 흐릿했던 풍경이 점점 더 분명하게 윤곽을 드러냈다. 아비브는 자신이 보는 것을 갈수록 명확하게 감지했다. 돌연 자신의 존재 의미를 아비브는 매우 선명하게 깨달았다. 인생의 참뜻을 그 장엄한 광채 속에서 깨닫는 강렬한 순간이었다.

아비브는 처음으로 자신이 살아가고 싶은 인생을 명확히 결정했다. 그리고 할아버지와 팔짱을 끼고 세상을 정면으로 응시하며 아비브는 뚜벅뚜벅 걸었다. 할아버지와 함께 당당한 인생을 살아나가리라 그는 다짐했다.

할아버지와 아비브는 두 개의 선으로 보이다가 마침내 하나의 검은 점으로 녹아들 때까지 멀리 나아갔다.

73

도시는 깨어났다. 도시는 순식간에 찾아온 빛 아래서 지난 몇 달 동안의 어둠을 털어버렸다. 하늘이 열리고 빛이 비처럼 내렸다. 깃털이 눈처럼 쏟아져 땅 위에서 굴러다녔다. 그리고 깃털이 땅을 살포시 건드릴 때마다 얼었던 땅이 풀렸고, 거기에서 무수히 많은 꽃들이 피어나며 꽃잎을 활짝 펼쳤다. 꽃과 함께 아로마가 되돌아왔다. 향기도, 그리고 삶을 즐길 줄 아는 감각도 되돌아왔다.

향기는 실처럼 도시 전체로 뻗어나가고 계속 새롭게 섞여 공기 가운데 매혹적인 멜로디를 빚어냈다. 오렌지꽃은 머리에 해당하는 고음을, 딸기, 목련, 자두, 제비꽃은 심장에 해당하는 중음을, 의젓한 나무는 묵직한 저음을 이루어 환상적인 멜로디가 빚어졌다. 새 출발의 향기가, 생명의 향기가 진동했다.

이처럼 풍만한 울림과 색과 향기라니! 이것이야말로 천국의 광경이리라. 마치 자연이, 아니 한 조각의 천국이 도시로 되돌아온 것만 같았다.

집에서만 움츠리고 있던 사람들도 쏟아져 나왔다. 거리마다 사람들은 만개한 꽃처럼 아름다운 자태를 뽐냈다. 사람들은 단지 갈망과 노력과 의무와 스스로 부과한 강제와 분망함의 연속일 뿐이었던 인생에서 빠져나왔다. 몸에 맞지 않은 옷의 솔기가 터지듯 더는 본질에 맞지 않은 인생의 실밥이 터져버린 듯했다.

처음으로 사람들은 두려움과 근심과 곤궁함을 있는 그대로, 곧 인간적인 것으로 보았다. 그리고 본질의 언저리만 맴돌던 낡은 옛 생활은 돌연 무너졌다.

깨어남은 경탄으로 이어졌다. 인간으로 살아가는 것이 축복임을 깨닫고 경탄했다. 이 땅의 아름다움에 경탄했다. 그리고 사람들에게 필요한 것은 그저 단순하고 조용한 행복이라는 점을 깨달았다.

사람들은 고개를 들어 수천 마리의 다채로운 새들이 수놓은 하늘을 올려다보았다. 이 광경은 커다란 비단보가 하늘에서 펄럭이며 세상의 모든 색을 자랑하는 것만 같았다. 색의 향연이 펼쳐내는 환상적인 광경이었다. 구름 사이로 세상의 모든 새들이 노래했다.

그리고 사람들은 인생을 새롭게 깨달은 통찰의 여진으로 자신이 단순한 인간 그 이상의 존재임을 가슴 깊이 새겼다.

그리고 이들은 모든 영혼, 모든 장소, 모든 땅에 자기만의 특별한 향기가 있음을, 그 모든 것들이 세상의 아로마를 빚어내기 위해 저마다 자신의 몫을 하고 있음을 깨달았다.

그동안 의사가 그 많은 사람들을 살해했으며, 스스로 목숨을 끊었다는 소문이 퍼졌다. 사람들은 카민스키가 살인자이리라고 는 짐작조차 못했을 뿐만 아니라 소문을 듣고도 그런 일은 불가능하다고 생각했다. 이를 통해 사람들은 깨닫게 되었다. 선입견을 가지면 자신의 생각을 입증하는 것만 보게 된다는 것을. 좋든 나쁘든 어떤 사람을 두고 이러쿵저러쿵 평가하는 일은 절대 올바를 수 없다. 인간은 서로 상대를 자신이 보고 싶은 대로 본다. 성급한 평가는 사람과 세상을 있는 그대로 보지 못하게 방해할 뿐이다.

이런 깨달음과 더불어 사람들은 카민스키가 실제 누구였는지, 그가 인생을 살며 어떤 괴로움을 겪었는지, 무엇이 그를 그런 괴물로 만들었는지 관심을 가지기 시작했다.

사람들은 저마다 자신도 악인이 될 충분한 소질을 가졌음을 깨달았다. 인간은 본래 착한 본성도 나쁜 본성도 가진 존재다. 사람들은 자신이 카민스키처럼 잔혹한 시련을 겪었다면 그보다 더 나은 사람이 될 수 있었을지 자문했다.

결국 유일하게 중요한 사실은 누군가에게 일어난 일은 자신에게도 일어날 수 있다는 점이다.

사랑의 상실, 증오, 거부, 폭력 등 인간에게 괴로움을 안기는 모든 잔혹한 것이 날카로운 파편처럼 영혼에 깊은 상처를 안겨 그런 일을 당한 사람을 잔혹하게 만드는 일은, 아픔으로 미쳐버린 괴물이 되게 만드는 일은 누구에게나 일어날 수 있다. 잔혹한 체험은 우리의 의식에 지울 수 없는 상처를 남긴다. 그러나 이런 상처를 어떻게 다루느냐에 따라 우리는 미래를 가질 수도, 잃을 수도 있다.

누군가에게 일어난 일은 우리 모두에게 일어날 수 있다. 인간은 서로 연결되어 세상을 이루기 때문에 누군가 겪는 어려움은 우리 모두의 문제다. 이 문제를 어떻게 다루느냐에 따라 세상은 더 좋아지거나, 나빠진다. 그리고 미래를 선물할지 아니면 빼앗을지 기로에 서는 상황은 누구에게나 찾아올 수 있다. 그러므로 우리는 저마다 책임감을 가지고 인생이 우리에게 베풀어준 것을 세상에 전해주고 그것이 모든 사람을 위한 선물이 될 수 있도록 노력해야만 한다.

도시의 사람들은 생명의 교향악처럼 울리는 멜로디를 들었다. 사람들은 이 멜로디가 머릿속에 남긴 여운을 즐기며 꽃, 이파리, 나무들이, 정녕 도시 전체가 숨 쉬는 소리를 들었다.

이런 마법과도 같은 체험 덕분에 사람들은 문득 자신의 어깻죽지에서 날개가 돋는 것 같은 느낌을 맛보았다.

그렇다, 사람들은 저마다 자신이 날개를 펼치고 날아올라 생명을 만끽하도록 지어진 존재라는 느낌을 받았다.

그리고 그들은 모두 저마다의 날개를 펼치고 자신의 미래로 비상했다.

이 작은 도시의 생명이 다시금 아주 부드럽게 흐르기 시작했다. 향기의 실이 새로운 생명 역사의 발자취를 그렸다.

이날부터 사람들은 무엇보다도 다음의 것으로 하나로 묶였다.

'인간다움'

에필로그

사람들은 오랫동안 도시의 구석구석에서 빛나는 깃털을 발견했다.

그리고 길에서 깃털을 보는 사람마다 이 이야기를 떠올리며 우리 모두는 단순한 인간 그 이상의 존재임을 가슴 깊이 새겼다.

영혼의 품을 활짝 열어, 생명을 호흡하세.
인생이 무얼 계획해두었는지 오늘 누가 알까?
차분한 마음가짐으로 생명을 호흡하세.

영혼의 향기

1판 1쇄 인쇄   2019년 11월 20일
1판 1쇄 발행   2019년 11월 29일

지은이   클라라 마리아 바구스
옮긴이   김희상
펴낸이   이종호
편 집   김미숙
디자인   씨오디
발행처   청미출판사
출판등록   2015년 2월 2일 제2015-000040호
주 소   서울시 마포구 토정로 158, 103-1403
전 화   02-379-0377
팩 스   0505-300-0377
전자우편   cheongmipub@daum.net
블로그   blog.naver.com/cheongmipub
페이스북   www.facebook.com/cheongmipub
인스타그램   www.instagram.com/cheongmipublishing

ISBN   979-11-89134-14-3   03850

이 도서의 국립중앙도서관 출판예정도서목록(CIP)은 서지정보유통지원시스템 홈페이지(http://seoji.nl.go.kr)와 국가자료공동목록시스템(http://www.nl.go.kr/kolisnet)에서 이용하실 수 있습니다.(CIP제어번호: CIP2019046409)
* 책값은 뒤표지에 있습니다.